尔斯泰与紫绒椅

一年阅读好时光

Tolstoy
and the Purple
Chair

My Year of
Magical Reading

〔美〕妮娜·桑科维奇（Nina Sankovitch）◎著

苏西◎译

ZHEJIANG UNIVERSITY PRESS
浙江大学出版社

各方对《托尔斯泰与紫绒椅》的赞誉

每一个曾在文学作品中寻求庇护的人，都必会对这本《托尔斯泰与紫绒椅》产生共鸣。

——《奥普拉杂志》

睿智，深刻，动人，极为出色的星级好书。

——《柯克斯书评》

一部优美、流畅、明敏、发人深省的回忆录，它把感人的家族往事与一个专业读者的"证词"——书籍让我们看见"人生体验的复杂与广博"——优雅地糅合起来。桑科维奇这份无所不包的阅读清单可谓一流。

——《书单》

一个嗜书瘾君子的美梦……这本回忆录说出了书籍对我们日常生活的影响力。在作者桑科维奇看来，阅读不是癖好，而是生活中不可缺少的东西。这本书是书虫之间的绝佳赠礼。

——《出版人周刊》

这个阅读年的美好之处在于，它让我们看到书籍如何与日常生活交织在一起，对我们的情绪和互动又有着有多么大的影响力，以及（尤其是对作者桑科维奇而言）我们该如何寻回并面对心中的回忆……桑科维奇把阅读变得平易近人、放松惬意、充满启发，又妙趣横生。

——《洛杉矶时报》

这本优雅的传记讲述了一个真挚的爱书故事。

——《波士顿环球报》

桑科维奇这部动人的回忆录把她移民家庭的历史与普天下共同的主题——希望、生命弹性、回忆——巧妙地交织在一起。这本书赞颂的不仅仅是文学的治愈力量，还有它的联结能力——让我们与自我最美好的部分相连，也让我们彼此相连。

——《美国方式》杂志

桑科维奇深情地赞颂了书籍和阅读的力量，这本富有启发性的书优雅地指出，书籍具有疗愈的力量，她正是从阅读中学会了在康复之后该如何生活。

——《书页》杂志

这本书深刻地描述出读者与作者之间那种几近神秘的联系，那是一种惊人的感觉，因为你与一个素昧平生的人相知相惜……一本扣人心弦又引人深思的好书。

——《康涅狄格邮报》

桑科维奇的这本回忆录是对书籍力量的赞颂——书令我们的日常生活变得充实多彩。

——《基督教科学箴言报》

这本书会把你送回到手机短信和推特尚未出现的那个年代。借由对家庭故事的讲述，妮娜·桑科维奇展现出书籍的魔力——它让我们重拾力量，振作起来，甚至能够治愈我们心中的伤口。我非常喜爱这部作品。

——朱莉·克莱姆

著有《那些狗狗教我的事》

妮娜·桑科维奇撰写出了一部迷人的回忆录，这本书让我们忆起文学作品最首要的功能：疗愈、呵护，让我们与最本真的自我相连。

——瑟丽缇·乌姆里加尔

著有《我们之间的距离》

一部新颖、振奋、非常感人的作品，它是对生活、爱和文学的独特赞颂。

——S. J.博尔顿

著有《现在你看见我了》

这本书娴熟地把作者心爱的书籍（有些作品还蛮出乎意料的）与她生活中的重大事件穿插编织在一起。从这本感人的书中能学到太多东西了。桑科维奇的笔法机敏而坦诚，引得我们这些读者也坦诚地面对内心。

——奇塔·蒂娃卡鲁尼

著有《一件神奇的事》

谨以此书纪念安妮-玛丽·桑科维奇

也献给我的家人

我们需要这样的书：它能深深地影响我们，犹如一场灾难；
它能令我们锥心刺痛，犹如挚爱之人撒手人寰，犹如被流放到杳无人烟的密林之中，
犹如亲手结束自己的生命。
一本书应当像利斧一样，破开我们心中那冰封的海洋。

——弗兰兹·卡夫卡（Franz Kafka）
写给奥斯卡·波拉克（Oskar Pollak）的信，1904年1月27日

一本书就像是一个花园，也像是一个果园，一座仓库，
一场派对，一位旅伴，一个顾问——应该是一组顾问才对。

——亨利·沃德·比彻（Henry Ward Beecher）
《来自普利茅斯讲道坛的箴言》（*Proverbs from Plymouth Pulpit*）

引言 悬崖边

> 我遍寻安宁而不得，唯有一册在手，向隔独坐，方才寻获。
>
> ——托马斯·肯皮斯（Thomas À Kempis）①

2008年9月，我与先生杰克把四个孩子托给我父母照看，出门去度周末。我们从康涅狄格（Connecticut）州的郊区出发，自驾前往长岛（Long Island）大西洋海岸。车子后备厢里放着几个包，里头装着够三天用的衣物和书，行李上头压着一辆自行车，汽车顶上还绑着一块帆板。这个周末假期是我送给杰克的五十岁生日礼物。我替他报了个帆板冲浪的高级班，在蒙托克高速（Montauk Highway）旁的酒店里订了房间，还经过一番好说歹说，终于在当地一个极难订位的餐馆里预订了晚餐。

---

① 也译为托马斯·金碧士（1380—1471），文艺复兴时期欧洲宗教作家，《效仿基督》一书的作者。——译者注

假期头一天，杰克冲浪去了，我推出自行车，往东边的蒙托克骑去。我在车筐里放了一本布拉姆·斯托克（Bram Stoker）的《惊情四百年》（*Dracula*）、一瓶水和一包巧克力。老旧的蒙托克高速公路旁有一条蜿蜒的山路，离海岸很近，灌木丛和冷杉的外侧就是悬崖。我沿着这条路骑了半小时左右，在一个有豁口的灌木丛前停下了车。就在小径的那一头，我瞧见了一个绝佳的地方。一条木质长椅摆在悬崖边，风雨和沙子已经把它打磨出了一种微微发亮的浅灰色。长椅正好面对着大西洋，旁边一棵矮树伸出枝叶，遮出一片阴凉。这里既与世隔绝，又舒朗开阔。我可以坐在长椅上，享受孤独和宁静，抬眼远眺，即是一望无际的碧海，粼粼波光中，雪白的浪花一波波地拍打着海岸。我把自行车靠在一块大石头上，从车筐里拿起书、巧克力和水瓶，在长椅上坐下，埋头看起书来。

整整一天，我都是在那儿度过的。我偶尔站起来舒展一下筋骨，后来骑车出去吃了个午饭，上洗手间，然后回来接着看书。我跟着吸血鬼德拉库拉（Dracula）踏上哥特范儿的旅途，从特兰斯瓦尼亚（Transylvania）到英格兰，又重返特兰斯瓦尼亚。我一路翻山越岭，与疯癫的村民擦肩而过，躲避着吸血鬼，还跟乔纳森·哈克（Jonathan Harker）、范海辛（Van Helsing）和米娜（Mina）这些好人一起为了拯救世界而奋战，不能让吸血鬼染指世界。

一阵带着寒意的微风突然拂来，把我拉回了现实世界。原来已是暮色初降，我还坐在蒙托克悬崖边的一个长椅上。我得回酒店去，准备晚上出去吃饭。骑车回去的路上，我在农夫市集上挑了一些苹果、一大块蓝芝士，还有一条面包。我在卖酒的铺子前停下，买了一瓶红酒，然后载着满满一车筐东西返回酒店。

杰克还没回来。太好了，我暗想。现在还用不着准备出去吃饭的事儿，我还可以接着看书。为了先垫垫肚子，我切下几片芝士夹在面包里，还慷慨地给自己倒了一大杯红酒。酒杯在手，我继续翻开书页。范海辛正如火如荼地追踪德拉库拉伯爵，这位吸血贵族很快就要被逮住了。

杰克冲浪结束，回到房间的时候，我已经拿着书睡着了。喝空了的红酒杯搁在地板上，一大块蓝芝士有一半已经被我吃下了肚。他悄悄坐进我身旁的沙发里时，我一点都没发觉。晚上十点半我醒来的时候，他就坐在我身后，扯着呼噜，浑身带着咸滋滋汗津津的气味。晚餐预订时间早就过了。我扭扭身子，坐正，又给自己倒了杯红酒，然后读完了这本《惊情四百年》。

次日，我意识到我把它读完了。我在一天之内读完了一本书。而且这书是个大部头，总共有四百多页。当然，这种事儿我以前也干过——在一天之内一口气或用舒服的节奏读完一本书。但这一次就像是个测试。我知道，我已经准备好了。我已经准备好了拿出一年的时间，每天读完一本书。

吃完早餐后，杰克又出门去玩帆板，我骑上自行车，到昨晚错过了预约的那家餐厅去。赶到那儿时，我已经满身是汗，灰头土脸。我焦急地跟餐厅领班解释：昨晚我们睡过了头，错过了预约。领班是个身材修长、面部轮廓如雕像般优雅的美人儿，听完我的解释，她笑了起来。

"我还从没听说过这种理由呐。"她一边说，一边在八点钟的那一格用铅笔为我们打了个星。

那天晚餐时分，我举起盛着意大利干白的高脚酒杯——手脚麻利的侍者刚刚把它斟满，我直视着杰克的眼睛，引起了他的注意。

"敬我的阅读年。"我宣布。

"你真的要开始了？"他问。

我点点头。

"一天一本书？一星期一本如何？"他问。

不行，我需要每天读完一本书。我需要坐下来，安安静静地读书。过去三年来，我一直像在赛跑一样，用各种各样的活动、计划、杂事——没完没了的杂事——把自己和家里每一个人的生活填满。可是，无论我塞进多少事情，无论我跑得多快，都始终无法逃离心中的哀恸。

到了停下脚步的时候了。我需要停下所有的一切，翻开书页。

"那么，敬你的阅读年，"杰克举起酒杯，与我轻轻碰杯，"祝你得偿所愿，且惊喜有加。"

第一章　生死桥

> 他想要保护儿子，不让他知道自己要死了。只要我还活着，他心想，
> 就让我做那个知晓真相的人吧！不管这需要多么强大的意志力，
> 就让我做那个在空中坠落的、会思考的动物罢。
>
> ——J. M. 库切（J. M. Coetzee）
> 《彼得堡的大师》（*The Master of Petersburg*）

　　姐姐安妮-玛丽过世那年，才四十六岁。从她确诊到离世的那几个月，我经常从康涅狄格州的家里赶到纽约去看她。我通常都坐火车。在火车上我可以看书。我看书的原因跟从前一样，为了乐趣，也为了逃离。可如今，我看书也是为了忘记——哪怕只有半小时左右也好——忘记现实，忘记姐姐要经受的一切。她被确诊为胆管癌。癌症无情又迅速地蔓延开来，留下痛苦、无助和恐惧。

　　上火车的时候，我常常给安妮-玛丽带一两本书。得知她的病情

后，我疯子似的在网络上狂搜起来——每一个遭受这种打击的人都会这么做——我查到，阅读有趣的书籍有助于对抗这种疾病。让人逃避现实的书籍也有助于对抗那些邪恶的细胞，但那篇文章建议，应避开沉重的题材。所以，我给安妮-玛丽带去伍迪·艾伦（Woody Allen）和史蒂夫·马丁（Steve Martin）的作品，还有大量的推理小说。虽然推理小说里包含死亡，我们也没人愿意去想死的事，但安妮-玛丽一向爱读推理小说来放松解闷。身为一名艺术史学家，她天天埋头于密密麻麻的文献中，研究建筑方面的细节、规划和照片。对她来说，推理小说是糖果，是兑了汤力水的伏特加，是泡泡浴。她喜爱推理小说那丰富的细节，生动的氛围，暗黑的动机。如今，我没理由不让她看。

四月中旬的一天，我给她带了一本我自己还没看的推理小说。卡尔·海亚森（Carl Hiaasen）的书情节曲折，风格犀利，我敢肯定，他的作品是排解痛苦和恐惧的良药。在火车上，我把自己的书放到一边，打开了那本《废物》（*Basket Case*）。这本书非常风趣，把那种疯狂的南佛罗里达氛围描绘得栩栩如生。但我很快就意识到，这本书跟我们的现实太像了。主角杰克·塔格（Jack Tagger）确信自己会在四十六岁那年死掉。我姐姐一定要活到四十七岁——她必须做到——这事儿容不得一丝怀疑。我偷偷地匆忙读完了那本书，但没有拿给安妮-玛丽。

如果我能确知姐姐活不过四十七岁，我会不会抛下住在康涅狄格州的丈夫和四个儿子，让他们自己照顾自己，然后搬到纽约，好跟她离得近一点儿呢？大概不会。安妮-玛丽希望隔三岔五地见我一面。家里三个姊妹中，我最小，安妮-玛丽是老大，中间是娜塔莎。这辈子以来，想要我们陪伴或想让我们走开时，安妮-玛丽都会明白告诉我们，而我们都会乖乖听话。

我们在伊利诺伊（Illinois）州的埃文斯顿（Evanston）长大，父母都是移民。他们挥别亲人，背井离乡，来到美国寻找新机会。我们这个五口之家亲密而友爱。虽然我们交到了不少朋友，但绝大多数时间里，姐姐们和我还是有异类的感觉。我们家跟其他人家不一样。我们家里的书籍、艺术品和尘土比谁家的都多。我家附近没有亲戚，假期时没有祖父母家可去，没有阿姨来帮忙照看孩子，没有堂亲一同玩耍。我们的父母都有浓重的外国口音，尤其是父亲，口音重得吓人。自打我进了幼儿园，母亲就外出工作了，她先是读了研究生，后来当上了全职教授。在我们那片街坊里，只有我们姊妹几个在学校里吃午饭，而且在整个中西部，只有我们这几个孩子会带这样的午饭：除了常见的白面包三明治和奶油夹馅小面包之外，还有切成片的青椒和脆硬的红梨。

书是我们家庭生活的一部分，每个房间里都有，父母每晚都会看书——他们自己看，也读给我们听。妈妈在客厅里给我们姊妹几个读故事。我特别喜欢躺在小地毯上，盯着天花板上的裂纹，听亚瑟王和圆桌骑士的故事。我最喜欢的人物是高文爵士（Sir Gawain），虽然日后我跟男孩子们的那些恼人事儿都要怪他——跟高文爵士比起来，他们都太容易被诱惑啦。美貌的伯提拉克夫人（Lady Bertilak）日复一日地向高文爵士示好，可面对她的香吻，高文始终不为所动。我长大之后吻的那些男孩子都太容易投降了，但岌岌可危的是我的声誉，不是他们的。亚瑟王的故事读完之后，《柳林风声》（*The Wind in the Willows*）里的动物们登场了。跟亚瑟王的宫廷风云相比，英格兰乡下的生活实在沉闷。鼹鼠与河鼠所谓的伟大冒险只能算是一连串的晦气事，最后一仗看得我哈欠连连，入侵的黄鼠狼和黏滑的癞蛤蟆实在引不起我的兴趣。

星期天的下午也是读书时间，冬天时我们待在家里看书，夏天就到小小的后院去。直到我上了高中，交了一个美国男朋友，我们才在周日下午看了一场橄榄球赛。那次正逢超级碗（Super Bowl），极其富有骑士风度的丹·克罗默（Dan Cromer）为我父母和我讲解了整场球赛。可那是他最后一次跟我说话，在学校走廊上相遇时他假装看不见我，我给他家里留的口讯他也再没回过。要是连橄榄球的妙处都理解不了，我还能好到哪里去？

记忆中，我拥有的第一本书是我从林肯伍德小学（Lincolnwood Elementary School）的图书馆里偷回来的。作者是贝姬·赖雅（Becky Reyher），书名叫作《我妈妈是世界上最漂亮的女人》（*My Mother Is the Most Beautiful Woman in the World*）。现在我还留着它。它放在我卧室的书架上，紧挨着其他几本我儿时的爱书，书里还夹着当初的借阅卡，过期日是1971年12月6日。我太爱那本书了，实在不愿还回去。丢书罚款付了没有，我已经不记得了。

在这本书里，乌克兰小姑娘瓦尔娅在下地干活时跟母亲走失了。邻村收完麦子的农人们想帮她找到妈妈，但小姑娘唯一能说出的描述就是，她妈妈"是世界上最漂亮的女人"。村民们派人到当地所有的农场里打听，请他们把最漂亮的女子送到空场上来，瓦尔娅在那儿抽泣着等妈妈呢。漂亮的女子一个接一个地从瓦尔娅面前走过，可每一个她都摇头否认，抽泣声却越来越响了。此时一个妇人飞奔过来，"她脸盘又宽又大，体格更是壮硕。灰眼睛小得像两条缝儿，一个大肉鼻子，嘴里几乎没牙了"。她正是瓦尔娅的妈妈，母女终于重聚了，"瓦尔娅渴盼已久的微笑再度在她脸上灿烂绽放"。这个故事依然看得我热泪盈眶。无论是当年那个九岁的小女孩还是现在的我，都被母女之间那纯洁美好的爱打动。

我妈妈的确是世界上最漂亮的女人，现在也依然如是，而安妮-玛丽也是：两位世界上最漂亮的女人生活在同一个家里。姐姐过世的那一天，她已经可以在床上坐起来了，还描了眼线，涂上了睫毛膏。其实就算不用这些她也很漂亮，但妆容为她增添了光彩——即便她已经病得如此之重。那天她让我给她梳头，打理那深金色的秀发。她曾担心治疗会掉头发，可我们都没真正在意。如果能够换回战胜疾病的机会，我们宁愿一辈子都不要头发，所有的人都不要。可是，胆管癌蔓延得太快了。那些治疗手段不是疗愈，而是折磨。

安妮-玛丽去世那天，我本没打算去看她的。自从五月初她重新入院之后，我每天都赶去探望。一个明媚的春日早晨，她醒来后，发觉腹部肿得吓人。她的身体系统停止了工作，胆汁和体液都回流了。她在家忍了一阵子，希望身体器官能再度运转起来，可到了晚上，她知道必须回医院去了。接到电话时，我正跟杰克待在一起，庆祝我们结婚十三周年的纪念日。我们住的镇上有一条河与主干道蜿蜒并行，当时我们正沿着那条河漫步。我挂了电话，从杰克身边走开，踏上河畔的码头。那码头一直伸入河边的沼泽，当时正逢河水的低潮期，水的咸味、烂泥和垃圾的气味与轻柔煦暖的春风混合在一起。我闭上眼，哭了。

次日，我搭火车去了纽约，然后步行三十个街区，走到纽约长老会医院（New York-Presbyterian Hospital）。第二天，我再次坐上火车；第三天，依然如此。

父亲八十岁生日那天，安妮-玛丽的精神恢复得不错，她吃了一块松露巧克力，还抿了一口香槟。我继续每天去看她，而她的状况一天比一天好，虽然有时有点倒退，但总体来说在逐渐改善。最后那几天，她的胃口好起来了，说说笑笑也不大费力。她把两副老花镜摞着戴，一副架在另一副上，以防万一用得着。她好似什么都能做了。

我犹豫着要不要隔天再去，好把家里堆成山的脏衣服洗掉，再把一大叠账单处理好。可杰克催我按时去看她。

"早晨跟我一起开车去就行，你能及时赶回来照顾儿子们的。"

儿子们指的是大一点儿的彼得、迈克尔和乔治。最小的老四马丁还在上学前班，我得带着他。我母亲看到他肯定很开心，她可以带他去医院的操场上玩，我可以快速地跟安妮-玛丽见一面。

那天我身上穿的裤子有点松。过去几个月里，我没法按时吃饭，晚上也不再喝红酒了。只需一杯酒就能让我哭出来。就算孩子们已经上床睡觉去了，我也不希望他们醒来时听到我在哭泣。他们给我的善意和耐心已经超出了任何孩子可以做到的程度。有次彼得陪我去看望安妮-玛丽，离开病房的时候，他搂住我说："我爱你，妈妈。"他才十一岁，就已经开始安慰我了。

就在几天前，我还当着迈克尔的面哭了，我说马丁很幸运，因为他还太小，不明白安妮-玛丽要去世了。迈克尔说："不，妈妈，他不幸运。他一点也不幸运，因为他永远没机会像我们一样了解安妮-玛丽了。"他想起自己在她家过夜的情景，他们一起玩拼字游戏，玩乐高（Lego）积木一玩就是好几个小时，安妮-玛丽总是扮坏蛋，想方设法要毁掉乐高小子们创造出来的世界。到了最后，坏蛋总是会被打败。

我走进一家店，想给松垮的裤子买条皮带。我想买个能吸引注意力的东西。安妮-玛丽住院期间，这就是我的正经事：吸引她的注意力，逗她笑，引她脱口说出犀利睿智的品评。这些都是她还跟我们在一起的证明。我给她讲孩子们的趣事。我穿上搭配怪异的新衣服，风格一天比一天疯狂抢眼。看见我的时候，安妮-玛丽会开心大笑。在那一分钟里，她忘记了即将死去的事。为了那一分钟，让我做什么我都愿意。

所以我挑了一条丑得抢眼的皮带——粉色、白色和荧光橙色的细条相间——束在旧牛仔裤上，然后去跟母亲换班。她帮我带马丁，我搭电梯去十八层。

那次探视非常愉快。我一进房间，安妮-玛丽就来了精神。她一针见血地挖苦了我的皮带。她俯身接过我带来的书，爱丽丝·门罗（Alice Munro）的短篇小说集《逃离》（*Runaway*）。她从头上拉下一副眼镜，翻开一页看了起来。后来我看了这些短篇，发现了这样一句话："她像更谙世故的人在等待非分之想、自然康复或是此等好事时那样，仅仅是怀着希望而已。"①我们都抱着这样的希望。安妮-玛丽没时间把我带去的书都看完。门罗那本她只看了一页就合上了，放到了一旁的书堆上。

我把她脸颊旁的碎发撩过去。她真美。父母从不会在我们姊妹几个之间比来比去。在他们看来，我们全都是聪明漂亮的孩子。但我们心知肚明：安妮-玛丽最漂亮，娜塔莎最乖，而我是滑稽的小胖墩儿。

我们姊妹三个性格各异，但全都爱书。从蹒跚着迈出步子的那一刻起，我们就冲着书东倒西歪地走去。我才三岁那年，我们三个就会

---

①　此处译文引自爱丽斯·门罗：《逃离》，李文俊译，北京十月文艺出版社2009年版。——译者注

结伴走到图书馆的流动书车旁。车子就停在离我家只有几个街区的地方。雷·布拉德伯里（Ray Bradbury）在《华氏451》（*Fahrenheit*）中这样描述书的气息："就像肉豆蔻，或是某种异国的香料。"对我来说，书籍的确有种辛香的气味，但它是本地的香料，散发着熟悉又安心的味道。那正是流动书车的气味，是霉旧书页和暖烘烘人味的混合体。我们挤到书架前头去，在低矮的搁板上寻找要看的书——较高的搁板上放的书都是给大人看的。书车正中的固定书架上放的都是新到的书，旁边留着投书口，供人们把到期的书还进去。父母教育我们要好好管理从图书馆里借出来的书，及时还掉。安妮-玛丽和我经常拖着，但娜塔莎从来不会。

一堆堆的书叠放在安妮-玛丽病房的窗台上，这些都是亲朋好友送来的礼物。我从中借的书跟我带来的一样多。安妮-玛丽刚推荐我看德博拉·克龙比（Deborah Crombie）的作品，"引荐"我认识了她笔下的侦探邓肯·金凯德（Duncan Kincaid）和杰玛·詹姆斯（Gemma James）。我以前没看过她的书，但一看就爱上了，而安妮-玛丽在重读这一套作品。那本《一切都会好起来》（*All Shall Be Well*）我读了一半。这个书名给了我们希望，当我在病房窗台上看见它的时候，就向安妮-玛丽借了来。她借给了我，但提醒我要还。我们都以为时间还有很多。

那天上午我父亲也在，安妮-玛丽的丈夫马文跟他待在一起。马文每夜都睡在病房里，所以每天都很疲倦。陪在一个满身连着各种药袋和针管的病人身边，入睡是没那么容易的。我想方设法逗他笑，我父亲也是。演小丑是很重要的。大笑的时候，我们忘记了大家是在陪伴一个没剩多少希望的女子。忘记能带来乐观的心态，让我们想做点计划。安妮-玛丽吃下了果冻，我们都盼着第二天她能吃下点更实在的东西。我们还说，安妮-玛丽一出院，我们就开车到她在贝尔港（Bellport）海边的家里去。我跟她保证，要给她看一套我刚发现的新推理小说，作者是M. C. 比顿（M. C. Beaton），主角是没什么野心但极其讨人喜欢的硬汉哈米士·麦克白（Hamish Macbeth），一个来自苏格兰高地的警察。我说下次来的时候我会带其中几本来，安妮-玛丽对这套书有些将信将疑，因为比起苏格兰乡下，她更喜欢伦敦。但我跟她保证，比顿笔下的角色性格之古怪，足以弥补那乡村的氛围。我们再次大笑起来。

疲惫的时候，安妮-玛丽的眼睛会半闭起来，话说到一半就停了。此时我就知道该走了，让她翻翻书报，休息养神。我亲亲她，告诉她我爱她，明天我会再来。"再给我说说马丁的新鞋子。"她的眼睛睁大了一下子。我之前跟她说起过三岁儿子的新鞋，一双粉色的Merrell牌新鞋。他热爱一切粉红色的东西。安妮-玛丽点点头。

"明儿见。"她说。

一小时后，我姐姐去世了。她把一份折起的《纽约时报》（*New York Times*）递给母亲，说："看看那篇，很有趣。"然后她想坐起身来。血从她喉咙中涌出，她仰面倒了下去。护士挤过我母亲疾步上前，并让她赶紧去大厅里找马文。可是太晚了，安妮-玛丽走了。

手机响起时，我正开车驶过亨利哈德逊大桥（Henry Hudson Bridge），马丁系着安全带，坐在我身后的安全座椅里。我用双腿把手机夹住，方便迅速接听。我马上接起了电话。我还自顾地说着这次探视有多开心的时候，杰克打断了我。

"妮娜，你得回来。"

"为什么？我为什么要回来？"我心里一沉。杰克没有回答。

"快说，为什么我非得回来？怎么了？"

"安妮-玛丽过世了。"

我尖叫起来，一声接着一声。我把车停在路边，继续尖叫着，我的嗓子刺痛，血腥味漫上喉头。马丁坐在我身后不敢吭声。他肯定吓坏了。停止尖叫之后，我哭了起来。我把车子调头，开回纽约，回到医院。

安妮-玛丽躺在床上，双臂交叉在胸前。她的头上裹着一块布，把她的嘴巴合拢。母亲站在她身旁无声地哭泣，手里攥着她身上的被单。马文在房间里来回踱步。杰克在跟护士交涉，因为护士在催促我们赶紧出去，遗体要送往太平间了。我把马丁留在等候室，请另一个护士陪他画画。娜塔莎坐在沙发上，靠在父亲身上哭泣。泪珠从父亲脸上滚落下来，他在悲恸中来回摇晃着，娜塔莎搀扶着他的胳膊。

"一晚上三个，"他不断地喃喃自语，一遍遍地重复这句话，"一晚上三个。"

016 Tolstoy and the Purple Chair 托尔斯泰与紫绒椅

我想把母亲从病床旁拉开。"咱们走，妈妈。那再也不是安妮-玛丽了。"

"是，她是。"母亲纠正我。"是，这就是安妮-玛丽。"她转身走回我姐姐身边，轻抚她的脸颊，握住她盖在被单下的手。

但那个身体不再是我姐姐了。安妮-玛丽走了。在言语间，在记忆里，在照片中，我们还能继续拥有她。她是我们的，我们可以怀念她，谈起她，梦见她。可她从自己的身体里离去了，什么都不知道了，她再也无法感受、说话、做梦，再也不能了。这是失去安妮-玛丽的第一个可怕之处：她失去了自己，她失去了生命，以及生命中一切奇妙的、无穷无尽的可能性。我们这些人能继续活下去，但她不能了。对她来说，一切都结束了。就算我相信她的灵魂还将在另一个维度或另一个空间里继续存在——我怎么知道这是不是真的？——但她在这个世界里的位置已经没有了，她无法再去感受它，品味它，了解它。灯灭了，结束了，永远结束了。

她失去了生命，这是可怕的，然而对我来说还有更可怕的，那就是安妮-玛丽知道自己时日无多。我没能保护好她，没能瞒住她。我给她带书，逗她笑，穿夸张愚蠢的衣服，这一切都没能阻止她知道。她太聪明了，不可能看不出医生探视、化验结果和身体感受中隐藏的真相。

从孩提时代起，安妮-玛丽就能用聪慧和直觉看穿谎言和大话。参加幼年女童军两周后她就退出了，因为带队的那些母亲们没法说明白为什么要做手工活。安妮-玛丽看不出做挂绳有什么意义，等到母亲们为一遍遍地缠塑料绳儿找到了理由时，她已经走人了。成年后，她打破了学界长久以来关于文艺复兴时期建筑的假说，开辟出了一个审视十五、十六世纪时期社会与公民文化对教堂建筑的影响的全新视角。在我还没意识到之前，她就看出杰克是我的真命天子；我的孩子们还没出生之前，她就知道他们肯定都是漂亮的宝宝。她有一种极为罕见的能力：她能看到形势或问题的所有方面，清晰明确，而且从不提前臆断。当医生带着冷静的语调，用医学术语向她解释胆管癌通常的发展过程以及治疗的可能性时，她就明白——比我们每个人都早得多——这些治疗手段不过是缓解病情而已。她感觉得到，癌细胞正在体内蔓延，每向前走一步，就会把生命扼杀一点儿。死亡正在来临。

　　她生病的这三个月里，我只看到她崩溃了一次。三月的一个星期六，我趁杰克带孩子们去自然历史博物馆（Museum of Natural History）的时候，到她的公寓去探望她。在堆满书的书房里，我俩并肩坐在沙发上。犹记得，她突然伸手搂住我，把我拉过去，靠在她厚厚的灰色羊毛开衫上，好让我们的面孔都能埋在对方的头发里。说出那句话的时候，她希望我俩能离得近一点儿，可她却不敢看着我的眼睛说。

　　"太不公平了。"

　　这话说到了我心里。她要死了，这不公平。这话她只说过一次。我懂。我抱住她，除了一遍遍地告诉她我爱她之外，我没有什么能说的了。如今那件灰色的羊毛衫是我的了，我在冬天时会穿它。我知道生活有多么不公平。可是，虽然我们都清楚生活的不公，安妮-玛丽更清楚。而且，我没法将这个念头从她心中驱散，我没法替她承担这念头，这让我害怕极了。

在《彼得堡的大师》中，作者 J. M. 库切想象着陀思妥耶夫斯基感受到了同样的恐惧。陀思妥耶夫斯基的儿子不久前坠楼而死。死讯令陀思妥耶夫斯基陷入哀恸，但盘桓在他心头不肯离去的想法是，他儿子知道自己要死了，而他却无法将这个念头从儿子心里赶走："他不能忍受的是，在跌落的最后一刻，巴维尔知道自己没救了，知道自己要死了……他想要保护儿子，不让他知道自己要死了。只要我还活着，他心想，就让我做那个知晓真相的人吧！不管这需要多么强大的意志力，就让我做那个在空中坠落的、会思考的动物吧。"

我是活下来的、知晓真相的那一个。可我知道得太晚了，而且我知道的东西没能给姐姐帮上一点忙。如今，这些东西又给我带来了什么好处？我心中的疑问每天都在增多，而我却没有回答的智慧。父亲喃喃重复的那句咒语"一晚上三个"是什么意思？我怎么能那么快就说母亲是错的，告诉她那个躯体不是她女儿？我该如何向孩子们解释死亡，同时又不会夺走他们的纯真？我们这些活着的人又怎么能够回到这个世界，重新生活、微笑、说话、规划人生？

问题在我心里成形，答案却不肯前来。问题一个摞着一个，积聚起来，越来越重，压得我头痛欲裂，直不起腰。这些问题一直往内心深处钻去，把我牢牢地钉在失去长姊的事实和哀恸中。

　　哀恸演变成无休无止的痛苦。我知道，我没能在死亡面前保护姐姐。我只有一个愿望：做那个知晓真相的人，"就让我做那个知晓真相的人吧！"我想做那个承受死亡的人，让其他所有的人，包括安妮-玛丽在内，都轻松地继续走下去。

第二章　重返字里行间

　　文字是活生生的，而文学是一种逃脱——不是逃离生活，而是逃入生活。

　　　　　　　　　　——西里尔·康诺利（Cyril Connolly）

　　　　　　　　　　《不平静的坟墓》（*The Unquiet Grave*）

　　安妮–玛丽死后，我仿佛分裂成了两部分。一部分的我依然留在她的病房里，停留在她去世的那个下午。那房间里放着病床、躺椅、电视和成堆的书籍。银色的三角桌上搁着一包包的药水和止痛药，还有从姐姐阻塞的腹部抽出的可怕棕色液体。托盘里放满了报纸和果冻。发梳上还夹着几缕深金色的发丝。我给她买的袜子太紧了，她那肿胀发紫的脚穿不进去。另一部分的我，那个头也不回地迅速离开病房的我——我害怕看见那一切。安妮–玛丽死去的那一天，我开始了一场赛跑，我要逃离死亡，逃离父亲的痛苦和母亲的哀恸，逃离失去、迷茫和绝望。我害怕死亡，害怕失去我自己的生命。我害怕死亡给家人留下的孤寂和无助，还有那充满恐惧的猜疑：要是我们换个医生呢？换个疗法？换种方式？

我害怕这辈子活得不值。为什么我活着，姐姐却死了？我如今要为两个人活着——我姐姐和我自己。见鬼，我最好活得精彩一点。我必须活得投入、活得充实。姐姐没有活下去的机会了，那我得活出双份的人生。我要活出双份的人生，是因为有一天我也会死去，而我一件事也不想错过。我催促自己加快脚步，越来越快。我一头扎进各式各样的活动、计划和旅行之中。我希望父母能再度展颜微笑，希望孩子们不再想死亡的事。我希望好好地爱杰克，希望跟娜塔莎散长长的步。安妮-玛丽逝去之后，我要把身边每一个人失去的每一样东西都找补回来。

我开始给马丁的足球队当教练，给彼得的乐高机器人队帮忙，还担任了家长教师联谊会的负责人。我给自己制订了健身计划，又把所有科室的医生都看了个遍：耳鼻喉科、妇科、眼科、膝盖（我以前踢球受了伤，得了关节炎），还有结肠。安妮-玛丽过世的两年前我就辞掉了工作，如今我更不可能回去工作了。我要照顾家人，做到无论老（父母）小（马丁），随叫随到。我尽力预测大家的每一个需求，给他们提供各式各样的鼓励和支持。

就这样加速运转了三年之后，我终于意识到，我做不到。我没法摆脱哀恸。我没法保证自己或任何人平平安安地活至耄耋。我没法让身边的每一个人都安全而幸福。我的四十六岁生日就快到了，突然之间，我满脑子想的只有一件事：我姐姐在四十六岁时去世了。以前我经常听人说，人到中年时就会自问，这辈子就这样了吗？但对我来说，引发这个问题的是三年前姐姐的离世，它一直在我脑海里冲撞回荡，愈来愈响。

凭什么我可以活着？

姐姐死了，我活着。为什么得到生命卡的是我？我该拿它来做些什么？

我必须停止奔跑。动个不停是找不到答案的。我必须静静站住，把分成两部分的我——一部分的我停留在姐姐的病房里，另一部分的我卡在以最高速度运转的跑步机上——慢慢地融合起来，再度成为完整的自己。在我之前的生活和现在的生活之间存在着某种联系，那就是我姐姐。在这个联系中，我会找到答案。

我回望过去，寻找我们两人共同拥有的东西：笑声，心里话，书籍。

书籍。如何停下来，让自己重新愈合成一个清醒而完整的人，我对这个问题思考得越多，想到书的次数就越多。我想到了逃脱，但不是通过奔跑，而是通过阅读。二十世纪的作家兼评论家西里尔·康诺利这样写道："文字是活生生的，而文学是一种逃脱——不是逃离生活，而是逃入生活。"这正是我看书的目的：逃回生活。我想把自己深深埋入书页之中，重归完整。

姐姐去世这三年来，我读了很多书，但我选的那些书与其说是抚慰，还不如说是折磨。琼·迪迪翁（Joan Didion）在丈夫骤然离世后写出了《思索的一年》（*Year of Magical Thinking*），书中那强烈而清晰的痛苦更加重了我的悲伤。还有几周我只看南希·阿瑟顿（Nancy Atherton）的"狄米缇姨婆"（Aunt Dimity）系列推理小说，那些故事荒诞不经却温柔动人，让人欲罢不能。狄米缇姨婆或许死了，可她依然有能力跟活人沟通，把她睿智的忠告传递出来。我多希望能跟安妮－玛丽有这样的沟通啊！我哭着祈祷。

我读完了芭芭拉·克莱弗利（Barbara Cleverly）所有以乔·桑迪兰兹（Joe Sandilands）为主角的小说，因为安妮－玛丽全都看过，她说这套书写得好极了，而且我想再度了解她；我想去了解她热爱的东西，值得她尊重的东西——想得到她的嘉许可没那么容易。我重读了一本她在年纪很小时就十分喜爱的书：杰伊·威廉姆斯（Jay Williams）和雷蒙德·阿布拉什肯（Raymond Abrashkin）写的《丹尼·邓恩与家庭作业机》（*Danny Dunn and the Homework Machine*）。我有她学子出版社（Scholastic Book Club）的版本，定价五十美分，但如今已是无价之宝——这本书的扉页上留着她的手迹，"安妮－玛丽·桑科维奇"。这么些年了，这本书的最后几页已经散落他处。我在网上又搜罗到一本，好把它读完。

在我人生所有的时光里，我一直向书籍寻求智慧、帮助和逃离。升入中学前的那个夏天，我开始告别孩提时代，渐渐长大成人。那一年我遭遇了第一次心碎，第一次经历亲人离世，也第一次隐隐约约地明白，人生是不公平的。在那段充满困惑、迷茫和惊骇的成长期里，路易丝·菲茨休（Louise Fitzhugh）的《小间谍哈莉特》（*Harriet the Spy*）一直陪伴着我。

那年夏天刚来临的时候，我最要好的朋友卡萝儿从我家附近搬走了。整个小学期间，我俩几乎每天放学后都一起玩。我第一次注意到卡萝儿是在幼儿园里，是因为她的午睡毯是一块厚实松软、毛茸茸的浴室垫，相比之下，我那块破毯子就像块扁塌塌的薄煎饼。卡萝儿允许我午睡时把毯子铺在她旁边，我甚至可以把头枕上那毛茸茸的一角。我们成了最要好的朋友，每天一起上学放学。到了下午，我俩要么到她家玩，要么就到我家。五年级是我俩的"盖里甘之岛"（Gilligan's Island）之年。每天放学之后，我俩都要看一集这部重播的电视剧，假装我俩也被遗弃到了荒岛上。我总是扮金洁尔，卡萝儿总是演玛丽安，这出戏的主旨就是我俩都深爱着"教授"。我俩在荒岛上的一切冒险都是因为教授。因为我俩是朋友，最要好的朋友，所以在下午的游戏中，我们两人都能拥有他——我们把房间里的门柱当作高挑修长的教授。我俩亲吻门柱，像土狼一样咯咯傻笑。教授会否更偏爱两人中的一个，或是爱上别人（哈，这在荒岛上是没机会了），这些问题我们从没想过。我们还没到青春期，都还是纯真快活的小丫头。

可忽然有一天，一切都变了。卡萝儿一家搬到了很远的地方，我俩没法想串门就串门了。要想一起玩，就得预先计划好，还得请父母开车接送。暑假开始后，我留在原先的街区，跟原先的朋友们（但不是最要好的）一起玩，而卡萝儿已经结识了新朋友。没过多久，她就找到了一个新闺蜜。卡萝儿不再对我或教授感兴趣了。

那年夏天，打发孤寂的唯一办法就是看《小间谍哈莉特》。哈莉特成了我的新闺蜜。我没法独自玩"盖里甘之岛"的游戏，但间谍活动是要独自做的。事实上，这正是哈莉特的间谍守则之一！突然之间，一个人待着也没那么糟了。我开始随身携带小本子，把想法记在上面。真实的间谍活动我倒是没做多少。两个姐姐很快就发现了我的计划：小本子，从廉价商店买来的双筒望远镜，还有那本总不离身的《小间谍哈莉特》。她们告诉了妈妈，老妈平静地给我讲了一通道理，叫我尊重邻居们的隐私。没什么大不了的。比起窥视无趣的郊区邻居，我更感兴趣的是在小本子上记下自己的想法。一遍遍地读着《小间谍哈莉特》，我好像走进了一个全新的世界，在那个世界里住着一个跟我年龄相仿的女孩儿，她跟我很像，爱阅读，爱潦草地写字儿，爱吃某种奇怪的食物。哈莉特把我带进她的世界。在那里，保姆奥莉·高利（Ole Golly）用对待大人的口气跟我们说话，好像我们这些孩子都已经是聪明的成年人了，她跟我们谈起亨利·詹姆斯（Henry James）和陀思妥耶夫斯基这样的作家，而且让我们觉得这些人真厉害。在那个世界里有孤独的自由，也有番茄三明治。当哈莉特发现她跟朋友们的关系出了问题时，我不愿让她跟他们和好。我希望她还是一个人，就像我一样。

那年夏天，七月中旬的时候，妈妈带我去了比利时。外婆已是癌症晚期，妈妈回去照顾她。她之所以带上我，是因为我才十岁，太小了，不能放在家里没人管，不过也有可能是因为她察觉到了我因失去卡萝儿而闷闷不乐。她想把我盯紧点儿。父亲和姐姐们会在八月时过来与我们回合，然后全家一起向东走，去波兰看亲戚。能坐飞机去比利时，我开心极了，完全没意识到外婆病得有多重。在飞机上我感到非常安全，妈妈就在我身边，还有《小间谍哈莉特》、小本子，还有心爱的毛绒玩具"猪小姐"夹在我们座位中间。

我记得我坐在外婆的病床前，她病得很重，却依然面带微笑，对我宠爱有加。"等我好点了，咱们去逛街买东西，好不好？"她的声音很动听，说英语时带着口音，还微微颤抖着。可她没能好起来。我不记得有人告诉我外婆去世了，只记得姨妈带我去买葬礼上穿的衣服：一条素净的蓝裙子，白色线衫，黑鞋。

就在葬礼之前，我头痛起来，脑袋疼得像要裂开一样，难受得我呕吐了一次又一次。我的外公是医生，他给了我一粒止痛药，好让我舒服点儿。我去参加葬礼了，坐在妈妈身边，当她起身去棺木前告别的时候，我独自一人坐在长凳上。妈妈哭了，那个夏天里我只见她哭过这一次。我不记得自己有没有哭——那颗头疼药吃得我晕乎乎的。

接下来的日子里，妈妈带着我把安特卫普（Antwerp）逛了个遍。我们四处走，各处都去了。跟她在一起真好，我们去动物园，去河港，还去参观画家鲁本斯（Rubens）的故居，里面全都是他的作品。

我喜欢他家厨房壁炉四周镶嵌的那一圈蓝白相间的瓷砖，每一片都代表着人生的一个小小片段。下午时分，我们会在咖啡馆里坐坐，吃浇着糖浆的华夫饼，妈妈喝咖啡，我喝热可可。我会在小本子上草草地记点什么，比如几句诗啦，心里的想法啦，当天看到什么了等等。哈莉特总是陪着我。妈妈和姨妈都给我买了新书，可我总是翻回《小间谍哈莉特》里最喜欢的章节来看，比方说她头一次在附近小餐馆的柜台前一边喝着蛋奶，一边偷听别人说话的场景。我不知道蛋奶是什么东西，但我明白这里头的乐趣：哈莉特"会玩一个游戏，她单凭听人说话来猜测他们的长相，然后才回头看自己想得对不对"。

我妈妈偷听人家说话的本事不错，但我比她还厉害。在咖啡馆里，我竖着耳朵听四周有谁在用英语说话，还把听来的趣事汇报给我妈。然后我俩都回过头去，迅速地瞄一眼被偷听的夫妻或一家人，然后捂着嘴巴偷偷笑。

八月，父亲和姐姐们抵达了比利时。我们出发前往波兰，穿越欧洲一路向东，去探望父亲三十年没见的兄弟们——自从二战起，他们就再没见过面。从德国开车前往东欧那一路上，景色出现了巨大的变化。精心养护的砖石小楼、整洁的鹅卵石街道、光滑平顺的高速公路都不见了，取而代之的是坑坑洼洼的道路和长长的田埂，生了锈的农机在地里耕作，有些田里还有农人，了无生气、样貌对称的灰色水泥楼房点缀在道路之间。

我们先去探望了父亲的长兄，他生活和工作的地方原先是一座大宅，如今是个大型花圃。尽管一度辉煌华美的宅子已经凋敝零落，可整个院落还是非常气派。一行行宽阔的花畦向四面八方延伸开去，开满了灿烂的鲜花。房子旁边还有一个小小的菜园。用餐的时间很长，我们吃着新鲜番茄和黄瓜拌的沙拉，人人都微笑着用外国话聊天——这回连我妈也听不懂了。她只是点头、微笑，我们姊妹几个也有样学样。

几天后，我们开车去往克拉科夫（Krakow）①，去探望父亲的另一个兄弟。两个房间的家里塞满了花瓶、照片、碗盘、画作和书籍。不配套的家具相互挨挤着，争抢着空间。同样，大家用很长的时间吃饭（面包和香肠），总是微笑着，还用我听不懂的语言说话。我坚持着跟姐姐们说话，一遍遍地重读《小间谍哈莉特》。到了晚上，姐姐们和我睡在后屋，跟婶婶同睡那张较大的床。我父母睡在另一张窄小的双人床上。

婶婶是个体格壮硕的女人，当她在凹凸不平的床垫上翻身时，我们姊妹几个就会骨碌碌打滚。安妮-玛丽伸出胳膊来搂住我。要是没有她的臂膊，我大概早就掉到床底下去了。我用一只手紧紧抱住安妮-玛丽，另一只手紧抓住猪小姐。那些天，我们几个都没睡过踏实觉。

我们离开波兰，朝北向着东德开去，打算穿过柏林回到西欧。但游客得到的建议是，应该从南部进入西柏林，把东柏林彻底绕开。当

---

① 波兰的一个城市。——译者注

我们在东柏林的街道上行驶时，这个建议的原因越来越明显。我们亮晶晶的西方汽车太显眼了，犹如灰暗天空中划过的焰火。经过破碎的街道时，路边寥寥几个行人停下脚步盯着我们。车里没人说话了，在街灯微弱黯淡的光晕中，我们静悄悄地驶过一片片被炸毁的楼房。唯有查理检查站灯火通明，在黑夜中显得明亮又巨大——那里是通往西柏林的交界口。一长串房子沿着公路一溜排开，我们的汽车驶近时，屋顶上的数百个探照灯射出光柱，来来回回地追着我们。

　　检查站的卫兵拦下车子，让我们全都下车来。我们几个女孩儿被带到那一列狭长的屋子里，进了一个小房间。我们紧紧相拥着站在屋里，无人过问，那感觉就像过了好几个小时似的。当我们终于被领到外面的时候，父母正僵直地站在车边。卫兵正在从里到外地搜查。我们的行李箱堆在路边，车门和后备厢都大开着。一个卫兵站在后备厢边，探身进去搜摸里头的空间。另一个推着一个带轮的镜子，绕着车子来回走动，检查底盘。还有一个坐进前座，转身把后座的垫子掀开探看。卫兵们甚至把引擎盖都打开了，查看里头深处的构造。

　　“他们在找什么？”我问。

　　“嘘！”妈妈摇摇头，嘴唇抿得紧紧的。一个卫兵转身看着我。他面无表情，眼神冰冷，闭上的嘴巴犹如一根直线，透着不满。对车子的搜查结束后，有人把护照发回给我们，让我们上车通过。我们开着车子经过东德与西德之间的无人区，探照灯追射过来，五十码的沥青路面闪着微光。路的两侧全是黑暗，而西柏林的大门在面前洞开。

父亲终于回答了我的问题。

"他们在车子里找人，看我们有没有把亲戚带到西边。"

"要是他们找到人了呢？"我问。

"找到的人会被带走，或许会被杀掉。"父亲看着后视镜，显得很气愤。他看的不是后座上我们几个姊妹，而是留在车子后面的那些卫兵。

我瞧见妈妈朝父亲投过一个警告的眼神，可他继续说下去了。

"为了离开，为了去西边，每天都有人死。你们明白吗？"

"明白。"安妮-玛丽替我们回答。她拉住我的手，紧紧握住。

一周后，我们搭飞机回到芝加哥。要回家了，我太过兴奋，结果把《小间谍哈莉特》、笔记本和猪小姐全都忘在了出租车上。父母尽力想找到那辆车，可都没有结果。一连几周我都睡不好觉。我从噩梦中惊醒——梦到了什么我已经记不得了——然后大哭，浑身发抖。妈妈给我买了一本新的《小间谍哈莉特》，一个亲友给我又缝了一个猪小姐。我给自己买了一个新本子，从头写起。我写哈莉特，写卡萝儿、外婆，还有波兰的亲戚和可怕的查理检查站。我为安妮-玛丽写了首诗，写她在婶婶家凹凸不平的床垫上，在朝西开去的汽车后座上，朝我伸出臂膊，搂住我。现在那个本子已经找不到了，可我还留着那第二本《小间谍哈莉特》，还有猪小姐。长大后，我不再需要猪小姐了，可书页给我的抚慰却从不曾停息。

现在，我需要抚慰，需要希望。我需要相信，即便生活背弃了你，袭你以最深痛的打击，但有朝一日它必将转身返回，把幸福带给你。这么久以来，我们姊妹几个一直被保护得好好的，未曾尝过不幸的滋味。可随后一切都变了。伸手过来搂住我的姐姐，走了。生活已经显出了它的不公，它随机地播撒痛苦，冷漠地绞杀了我心中的确然性。我试过了奔跑，可现在我要试试阅读。我要相信康诺利的许诺："文字是活生生的，而文学是一种逃脱——不是逃离生活，而是逃入生活。"

我要为这个阅读计划制订个规则。我知道阅读是快乐的，但我也需要有个日程表。没有承诺的话，生活中其他的事情会悄悄溜进来，把时间偷走，那我就没办法读完那么多想读或需要读的书了。如果不把读书当成最重要的事，我就无法"逃脱"。总有灰尘要擦，总有洗好的衣服要叠，总有牛奶要买，有饭要做，有碗碟要洗。但在这一年之内，它们全都不能挡道。这一年，我要允许自己不再奔跑，不再做计划，不再不停地给予。这是一个"不"之年：不再忧虑，不再去掌控什么，也不再去想赚钱的事。当然，多一份收入总是好的，但我们家靠着一个人的薪水也过到了现在，我们可以再扛一年。我们可以减掉额外开支，在已经拥有的东西中寻找富足。

我打算在我四十六岁生日那天开始这个每天读完一本书的计划。那天我会读完第一本，然后在第二天写下第一篇书评。这个阅读年的规则很简单：每个作家的作品只能读一本；已经读过的书就不再重读；读过的每一本书必须写书评。我会读新作家和新作品，也会读心仪作家的老作品。我不会读《战争与和平》（*War and Peace*），但我可以读托尔斯泰的最后一部小说《伪券》（*The Forged Coupon*）。我要读的每一本书，一定是会跟安妮-玛丽分享的那种，我们会提起它、讨论它，在某些方面我们会达成一致意见。

满四十六岁前的那个夏天，我做了一个书籍交换网站，在这个平台上，需要书的人可以跟想把旧书送出去的人建立联系。我决定在这个网站上把我一天读完一本书的阅读年记录下来。这个网站的名字叫作"Read All Day"，恰好预示着我未来一年的生活。太完美了。凡是家有学童的人都会知道，图书管理员和老师们是多么积极热心地培养孩子们每天看书的习惯。我赞同这份热忱，但是，为什么不也这样敦促成年人读书呢？为什么不在成年人中培养每天读点书的习惯？这个密集的阅读年是我个人的逃离计划，但这个网站可以成为一个提倡成年人多读书的地方。Read All Day网站的座右铭是"好书一翻开，好事自然来"。我在这一年会证明这句话是对的。

我在楼下给自己收拾出一个房间，就在厨房边上。房间里摆着一架钢琴，还放着乔治的大号，一两个坏了的录音机，不少旧音乐书。屋里有两个书架，我清出地方来，把从图书馆、书店和家人处搜罗来的书摆上去。我从游戏室里"偷来"一张颜料斑驳的木头桌子，把它拖进屋，再把继女梅瑞迪斯留给我的台式电脑摆上去——她长大之后换了笔记本电脑了。这个屋里还有一把很大的椅子，我在考虑如何处置它。

　　这把椅子看上去比实际的年头更旧，但在我们拥有它的十三年里，它已经历了不少事。就在迈克尔降生前几天，杰克把它买回了家。当时，它是我们住的那套公寓里最优雅的一件家具了：象牙白的厚坐垫，雕着棱线的桃花心木椅子腿儿，踏实的填充扶手，曲线优美的椅背。可是，白色？要是家中有个随身带着"魔力记号笔"、到处乱摸乱爬的一岁娃娃，还有个即将降生的宝宝，白色是坚持不了多久的。从之前的经历中我也知道，哺育新生儿的时候，滴到家具上头的可不只是果汁而已。

　　这把椅子在我们家里留下来了——它是减价时买的，不能退——但白色没能保持多久。如彩虹般五颜六色的斑点渐渐出现：紫色（红酒），棕色（咖啡），粉色（记号笔），蓝色（泡泡糖味的冰淇淋），黄色（奶汁）。老三出生的时候，这把椅子已经花得跟世界地图差不多了。可它依然结实又舒服，扶手里的填充物还是鼓鼓的，为像火箭一样猛冲乱撞的孩子们提供牢靠的缓冲。我们给椅垫换了一块非常结实的绒布，柔和的紫色上描绘着花朵和藤蔓，超级耐脏。

　　椅子的确是超级耐脏了，可它对猫毫无招架之力。确切地说，是对特定的一只猫。米罗是我们从动物收容所领回来的，是送给迈克尔的礼物。它是一只黑白花的长毛猫，脾气好极了，极少喵喵叫，而且从来不挠家具。可它有个缺点：每隔一阵子，它就跑到紫绒椅上去撒一小泡尿，不多，就那么几滴，就好像它给椅子做上了标记似的——这是它心爱的椅子，而且是它专属的。这标记很见效。凡是鼻子正常的人都嗅得出那股子猫尿味儿，没人能在那把椅子上坐满一两分钟，大家都迅速逃之夭夭。闻过米罗爱的标记之后，我先生想把椅子给扔了，可我反对。多好的一把椅子啊，而且它承载了那么多回忆。梅瑞迪斯曾跟彼得舒舒服服地依偎在这把椅子上，还念书给他听；迈克尔的出生照就是在它上头拍的；乔治最喜欢在那儿吃奶。在彼得的国王和王后的独幕剧里，他用这把椅子当道具。虽然它臭烘烘的，但依然带着皇室气派。

　　我把这把椅子放在家中最远的角落里，每天用除味剂把它喷一遍。臭味儿淡了许多。这喷雾还杜绝了米罗的念想，它再也不肯卧在上面，也再也不做标记了。一年年过去了，臭味已然消散不见，如今，这把椅子不臭了，只是偶尔会飘出一丝异味儿来。它依然非常结实，而且更加舒适了。这把紫绒椅将是我的阅读专用椅。

　　我准备好了——准备在我的紫绒椅上坐下，开始阅读。这些年来，书籍为我打开一扇窗，让我看到其他人是如何生活的，让我看见人生的悲喜、单调、挫折。我将再度在书页间寻找同情、指引、友谊和体验。书籍会把这一切全都给我，而且会给我更多。姐姐去世了，在背负了这个事实三年后，我知道，我永远也无法从哀恸中解脱。我想要的不是解脱，而是答案。我确信，我能在书中找到答案，回答那无休无止萦绕在心间的问题：凭什么我可以活下去，而我又该如何生活？在这个阅读之年，我要逃回生活。

第三章　世界如此美好

今天夜里，我全身疲惫不堪，可是想到这，我不禁思忖，
生命或许便是如此吧：有很多的绝望，但也有美的时刻，
只不过在美的时刻，时间是不同于以前的……
那是"曾经"之中的"永远"。
——妙莉叶·芭贝里（Muriel Barbery）
《刺猬的优雅》（*The Elegance of the Hedgehog*）①

　　四十六岁生日当天，我在去往纽约的火车上翻开了妙莉叶·芭贝里的《刺猬的优雅》。伴随着亲吻和拥抱的早餐拉开了这一天的序幕，在一旁等着我的还有信封和手工做的生日卡。里头有一张是我儿子迈克尔的惯例作品，画面上，蛋糕上插的蜡烛数目一根不少，每支蜡烛上都绘着小火焰。这可是个要提防的蛋糕啊：那么多蜡烛，那

———

① 此处译文引自妙莉叶·芭贝里：《刺猬的优雅》，史妍、刘阳译，南京大学出版社2010年版。——译者注

036 *Tolstoy and the Purple Chair* 托尔斯泰与紫绒椅

么多火焰。还有一张贺卡是猫咪们送的，杰克代签的名："猫儿们敬上"。我们一向养着好几只猫，可杰克从来不知道它们都叫什么名儿。

我打开那几个信封，它们都是前两天陆续寄到的。有一张是我父母寄来的贺卡，还有一张是杰克父母寄的，里头还夹带着每年都有的生日礼金。若是把儿女、孙辈、重孙、媳妇女婿都算上，杰克的父母得有五十多个儿孙，发生日礼金都要发到破产，可这份礼物总是按时送到。

最后还有一摞卡片等着我看，我丈夫没法拒绝写着温馨话语的贺曼（Hallmark）卡片，而我也正盼着收到它们。泪水与微笑伴着花生酱吐司和咖啡。我因被爱而感恩。我知道，在绝大多数日子里，我都认为得到这些爱是理所当然的，就像我以为人生是理所当然的一样，可今天，我要改变。我要带着感恩之情来开启这个阅读之年。感谢生活，感谢我拥有的爱，感谢我能活到四十六岁。

当娜塔莎打来电话，祝我今天过得开心时，微笑和眼泪又多了一点。吃过早餐后，我回复了一些祝我来年快乐的电邮。只有几个人知道我这个在一年内每天读完一本书的计划，没人提到这事。每个人都确信我必定会半途而废，他们不希望我因此而尴尬。他们觉得，我难免会因为某些事儿时不时地停掉一两天，比如学校里的事务、孩子们生病、度假出行等等，而我最后会退而求其次，每周读完一到两本书。但我知道，我会严格遵循计划，保持进度，我已经准备好了。这个计划会绕开学校里的事儿，开车、洗衣、做饭、采购日用品等事务，依然达成它逃脱、学习和享受乐趣的目标。我打心眼儿里渴求这些，我需要阅读的抚慰，期盼着携书在紫绒椅中坐下的快乐。我把它称为"工作"，借由这个名字，我把它神圣化了。

阅读一向是我的爱好，但如今它将变成一件值得去努力做到的事。我可以用"有工作要做"当借口，推掉咖啡约会、家长会、健身等事情。几乎人人都觉得我这个计划很疯狂，可这没关系，或者说关系不大。我需要做这件事。我知道自己很幸运——我有时间做这件事，也获得了支持，而这两样我都不会浪费。当我下定决心要在一年内每天读完一本书之后，就从不曾质疑过这份决心，也从没怀疑过其间的乐趣。我制订了一个计划，随后就不再纠结它的利与弊。与其花时间纠结犹豫，还不如挽袖子就做。

杰克跟我谈婚论嫁的时候，还有后来我们打算要孩子的时候，我都是这样干的。我做出选择，然后全身心地投入进去，猛劲往前冲。杰克就是真命天子，所以我嫁了，他的优点我收下，缺点就忘了吧。我想要四个孩子，所以我一个接一个地生，做爱之后，我抬高双腿确保受孕，然后九个月后再度抬起双腿，好在分娩时使劲。

现在，我下决心要每天读完一本书。虽然这跟结婚或当妈不是一回事，但它也是个承诺。

一开始，在火车上看《刺猬的优雅》有点费劲。这本小说的前四十几页充斥着大量关于哲学、音乐、电影和艺术的模糊援引，但我很快就爱上了两位叙事者——勒妮和帕洛玛。帕洛玛十二岁，深深陷入了存在主义的焦虑中。她把聪慧和绝望隐藏在尖酸的讥诮和漫画故事里。她确信，人生并无任何目的或意义，而且她发誓要在十三岁生日当天自杀。啧啧，这孩子不是认真的吧？可我担心她真会这么干。

勒妮是帕洛玛居住的那幢高档公寓的门房，她把自己隐藏在一副沉闷迟钝的工薪阶层的外表之下，这样身边的人们就不会在意她了。她希望安安静静地暗自享受书籍、音乐、艺术和美食带来的快乐和抚慰。当我读到勒妮对书籍的看法时，我知道我找到了知音："某件事烦到我的时候，我会寻找避难所。用不着去太远的地方，进入文学记忆的王国就足够了。除了文学，人还能在哪儿找到这么多高贵的消遣、有趣的陪伴和愉悦的享受呢？"一点不错。

等到火车到了纽约城，我已经被这本《刺猬的优雅》深深吸引住了。我把它撂开了好一阵子，去跟杰克和我父母吃庆生午餐。我们坐在一个能够俯瞰中央火车站（Grand Central）主广场的阳台上，饮着香槟。吃饭时我向大家说起，正是安妮-玛丽头一个为我指出了中央车站那宏伟壮丽的天花板——那描绘着金色星图的巨大穹顶。我在马克·赫尔普林（Mark Helprin）的奇幻小说《冬日传奇》（*Winter's Tale*）中读到过关于这穹顶的描写（这本属于必读书籍——如果你只是想看对天花板的描写和一个强悍的母亲背着孩子，在结了冰的哈德逊河上得意扬扬地滑冰的场景的话），但那也是在安妮-玛丽告诉我之后了。车站重修之前，那些星图是很难辨认的，但在安妮-玛丽的指点之下，我看得瞠目结舌。安妮-玛丽在纽约大学美术学院读研究生的时候曾在纽约城做过数次建筑之旅，对于这些她了如指掌。

中央车站的穹顶让人目眩神迷的原因有很多，但绝大多数人没有意识到的是，画中的星图完全是反的。艺术家保罗·塞萨尔·艾利（Paul César Helleu）是根据一份中世纪的手稿画的，而这张画稿上呈现的是上帝俯瞰宇宙的视角，也即是说，是从星空之上往下看，而不是抬头向上看星空。"也可能是艾利犯了个大错误，然后用这个中世纪的图谱当借口。"安妮-玛丽解释道。我能感觉到，她认为艾利是个懒学者，是他画错了。要是这事让她来干，凭着她对待工作的那种认真仔细的劲头，这个天花板绝对会完美无缺。

午餐过后，我急忙搭火车回家——去接高中孩子放学肯定是赶不上了，但我及时赶上了初中的校车。在火车上我继续看书，故事把数杯香槟引起的睡意驱赶得一干二净：我双目炯炯，聚精会神地看起书来，偶尔抬眼瞟一下检票员，嘟哝一声"谢谢"，然后继续翻动书页。一个名叫小津的新房客搬进了帕洛玛和勒妮所在的大楼，并和两人成了朋友，友情那温和的力量让帕洛玛和勒妮先后放弃了伪装。她们渐渐显露出真实的自我，并在彼此的身上找到了理解和欣赏。小津、帕洛玛还有勒妮，他们三个一起慢慢意识到人生中无穷无尽的、令人惊喜的可能性。毕竟，人和生活都是如此难以预料。

我及时赶到了家，给孩子们分发放学后的零食——花生酱饼干、苹果切片、苹果汁。母亲送的巧克力也拿出来跟儿子们分享。更多的生日之吻。然后我走开，窝进紫绒椅。《刺猬的优雅》还有好几章没看完呢。

帕洛玛会否不再害怕未来？勒妮会否不再害怕过去？这本书的最后几页真是精彩，字里行间充满智慧。生命中经历的每一个瞬间，都能被带入未来。当下的生活，均能在过往寻到形迹。好事曾经发生，也必会再度降临。那些美好、光明、幸福的瞬间将会永存。帕洛玛决心把寻找"曾经中的永远"当作活下去的理由。她期待着这些美好的瞬间，因为她知道它们必将到来。证据就存在于她已然经历过的那些瞬间之中。我也可以用这些"曾经中的永远"来抚慰伤痛，并把它作为对未来的许诺。安妮-玛丽过世后的这几年里，哀恸让我忘却了一些东西，但我现在想起来了：我拥有对安妮-玛丽的回忆，而它永远是支持我的力量。

我走进厨房，把书往台面上一扣，对孩子们说："今年肯定会很棒。"

《刺猬的优雅》让我想起安妮-玛丽，那思念铭心刻骨，深入心魂。我好像听见她对我说："是的，妮娜，人生是艰难的，不公平的，痛苦的。但人生中也必定会有出乎意料的、突然降临的美好时刻：欢悦、爱、接纳、狂喜。百分百是这样，毫无疑问，毋庸置疑。"生命中的好事。我们能够辨认出这些好事，并把这些时刻铭记在心，正是这种能力让我们生存下去，甚至盛放，活得精彩丰盈。当我们与他人分享这些美好的时候，希望就在心中驻扎、累积。

人们常常说到活在当下的重要，也羡慕孩子们充分享受当下快乐的能力，因为他们不会沉溺于过去，也不会担忧未来。没错，说得挺好。但是，正是过往的经历——曾经的人生体验——让我们可以回想起那些幸福的时刻，并再次感受到幸福。给予我们力量的，正是重温往昔的能力。我们这个物种的生存，与记忆能力息息相关（哪种莓果不能吃；远离那些长着长牙的大家伙；在火堆旁紧紧相拥，但不要碰它）。但内在自我的生存也要依靠记忆。不然我们为何拥有这么敏锐的嗅觉？闻到常青树木的气息时，我会沉醉在喜悦中。为什么？因为我曾在圣诞树下度过许多快乐时光。爆米花的香味如此诱人，因为吃着它的时候我在开心地看电影。优质青橄榄的味道会让我饥肠辘辘，因为橄榄总是伴随着许多美餐和佳酿。

我站在厨房里，看着我的孩子，看着排成一行的生日卡，墙上贴的美术作业，还有满插在水罐中的今年最后的百日菊。过往与当下融合在一起。每年都有的生日卡，和今年新收到的那几张；大儿子上幼儿园时画的画，跟弟弟们这几年来攒下的画、面具和照片贴在一起；春天种下的百日菊，在秋天里被我们采摘、欣赏。过往和当下加在一起，让未来有了希望。或许，能让分裂成两个部分的我——那个无法离开安妮-玛丽的病房的我，和那个跑得不够快、无法逃离这一切的我——重新融合在一起的，就是我的过往和当下吧。有书为伴，再加上过往和当下，我就可以走进未来。书籍、过往和当下会推我一把，帮我站起身来，它们从记忆中寻出希望，警告我哪些东西不能忘却。

生活在我心中划下锋利的伤痕，而它们为我把血止住。

　　那些心中充盈着的宁静的瞬间，涨满爱的瞬间，感恩之光焕发华彩的瞬间……对这些瞬间的记忆能帮我走出失去姐姐的恐惧吗？勒妮向帕洛玛还有我展示出，如果我们足够留心，抓住了这些瞬间中的美好，就可以把它们永留心中。小津让她俩还有我看到，最好把这样的瞬间与别人分享，当时可以，分享对它们的回忆也可以。而帕洛玛向勒妮还有我展现出，人生的种种可能性以及那些值得寻找并珍藏的未来记忆，的确能够把囚笼般的悲伤一点点地凿开。

　　随后我想起来了，以前，错综交织的记忆是如何来到我眼前，并为我送上抚慰的。我大学的头一年是在巴塞罗那念的。在那边安顿下来一两个月后，一个下雨的午后，我独自来到城堡公园（Parc de la Ciutadella）里的巴塞罗那近代美术馆（Museu d'Art Modern）。由于天气，也由于季节（当时不是旅游旺季），博物馆里空荡荡的，我悠然地从一个展厅漫步到另一个，心里想着一个刚刚分手的男生。尼可是个英俊温柔的男孩子，还有一辆很帅气的摩托车，可除了这些之外也不剩什么了。我俩的关系没有任何前景，但他的确是个好伴儿。他缓解了我的思乡之情，还带我去了巴塞罗那的某些地方，单凭我自己是绝对不会发现那些地方的。我已经开始怀疑，我作为一个美国女孩儿的娱乐价值正在逐渐消散，特别是由于这个原因：除了开着摩托在车流中来回穿梭的时候我会搂住他的腰之外，我不愿再更进一步了。晚上一起出去玩的时候，我们拥抱接吻，但我拒绝再往前发展。我不愿背上"容易搞定的美国妞儿"的声誉，而且我怀疑，每晚他把我送回去之后，家里还有个旧女友在耐心地等着他。

独自去博物馆的头天晚上，尼可骑摩托带我沿着海岸一直往巴塞罗那的北边开。最后，我们来到了一个长长的码头，栈桥那宽阔的路面直伸到海中，许多摩托车在上面缓缓地来去。我们把摩托几乎一直开到了栈桥尽头，停下之后，我朝无垠的夜海望去。

云朵飘散，月亮出来了。忽然之间，海水活了，被月色点染的水面犹如长长的丝缎，闪动着粼粼波光。直到现在我还记得那个夜晚是多么清冷，空气中飘着咸咸的气息，其他情侣开着摩托在栈桥上往来，机车发出低沉的轰鸣，还有海上明月那令人心醉神迷的演出。尼可想展开一连串的亲吻和爱抚，可我推开他，爬下摩托，走到离海更近的地方。眼前的一幕正是我想要的，以前我从没见过这样的景致。那水面上仿佛绽放着光的焰火——月光倒映在海面上，又随着水波一层层地荡漾开去。我不想走。我想一直留在这码头上，直到月色平静下来。我想一直待到朝阳初升，看那另一种完全不同的光，温暖的日光，从水面上喷薄而出。但尼可坚持要回城里去。我爬上摩托，我们开车走了。我们两人都知道，这段关系结束了。

第二天，在博物馆中漫步时，我来到一幅绘着日出的画前。那并不是前一夜我想看到的日出景象——广阔的海面上染满淡粉与明橙。但这幅画真美。那是一张大幅的风景画：幽暗的山坡迎来了破晓时分，在画面的一角，一位隐士正迈步从山洞中走出。他拂下长袍的兜帽，抬眼望向远处的乡村景色。杏橙色的晨光在淡灰色的背景上闪耀，把隐士的阴暗洞穴背后的天空照亮。洞门口的小草上仿佛还结着冰冷的露珠，但在远处，在山坡上，朵朵小花已经在第一缕阳光中摇曳绽放。我不记得画面中有没有鸟儿，但我的确记得听到了它们的鸣啭。在那幅画前我几乎站了一个钟头。我听到了鸟鸣，感受到了暖融融的春风，还有生命那珍贵的脉动，和"又是新的一天了"的感恩之情。

　　站在画前，无数个早起的记忆（被橙色和粉色渲染的天空，潮湿的地面，明净的空气，还有鸟儿的鸣叫）与当下看画的感受交织在一起。一层层的回忆结成一个茧，围护着我：在码头上期盼黎明的昨夜，眼前的这幅画，记忆中的清晨。层层的时光被储存起来，等待日后拿出来品味欣赏。被这幅画唤醒的回忆，以及看画时的感受——拂面的春风，隐士心中的感恩之情，隐隐的花香，冰凉的露珠，这些回忆安抚我，给了我力量，帮我度过在巴塞罗那那个湿冷的一天。站在这儿，看着待在山坡田园里的隐士，我知道在巴塞罗那我将不再孤独。我将在清晨醒来，感受到与这幅画相同的愉悦。我可以走出这个博物馆，回想起对这幅画的记忆，以及那些被这幅画唤醒的回忆，然后，我的心情会变得很好。还有前一天晚上的回忆：骑着摩托直到栈桥尽头，双臂环抱着一个从此不会再见的男孩，夜的清冷，空气中的咸味，然后是海上月色在突然之间闪耀绽放……这些回忆我也会好好珍藏的。这么多年来，我的确是这样做的。

　　我珍藏着许多回忆。大儿子刚几个月时，我带他去中央公园
（Central Park）的大草坪（Great Lawn）玩。那时候，大草坪还没有
修整改造。如今的大草坪覆盖着毛茸茸的、最优质的肯塔基草皮，点
缀着带斜坡的沙球场，由军队般的一组工人（他们的确很好战）修剪
养护。高高的围栏把它整个儿圈住，碰上雨天，地面湿滑的时候，为
数不多的几个门就会关上不让人进，但在其他一些完全看不出理由的
日子里，这几个门也可能是关着的。可是，在那个秋天，当彼得还是
个小宝宝的时候，大草坪是一个覆满灰尘的地方，草皮东一块西一块
的，地面坑洼不平，四周不是禁止人出入的围栏，而是染着火红秋色
的树林。空气明净冷冽，暮色就要降临。我坐在一个土堆上，把彼得
放在膝头，静静思索着这个瞬间的意义。我们走过坑坑洼洼的地面来
到这里，气温低得好似能冻掉耳朵，土坷垃的气味有点像皮草，最后
一抹日光映在秋叶上，为连绵的树冠涂上一层铁锈色。我知道，我永
远不会忘记和儿子共享的这一刻。但是，他会记得吗？一年年过去，
一个个秋天过去，他会否被这样的清寒、光线和气息触动？他会体验
到同样的、等待日暮的快乐吗？我希望，到了那时他也能感觉到我的
温暖——就像现在的他坐在我腿上一样，那时我或许离他很远，但他
能在刹那间回想起我的爱，用这一点温暖抵御迅速笼罩下来的寒意。

　　这是人类的天赋——把在瞬间中感受到的美好珍藏一生。美好突
如其来地降临，我们带着感激收下。我们或许记不住时间和地点，但
只要被某个事件触发（无论是出乎意料，还是有意为之），回忆就会

像潮水般涌来，把我们彻底淹没。松塔的气息，爆米花的香味，冰啤酒的味道，薄荷的清凉……一大堆感觉混杂在一起，美好、愉悦或悲伤在刹那间明晰起来。这些瞬间恒久不变，一次又一次地唤醒我们的生命活力，而美就存在于这些瞬间之中。回忆积累成坚实的山丘，我们站立其上。往昔为我们提供滋养，我们的生命因此绽放。

安妮－玛丽去世前几周，她到纽约中央公园的温室花园（Conservatory Garden）里散步。这个花园是中央公园里唯一的封闭式花园，与用围栏围起的绵羊草地（Sheep Meadow）、旁边的槌球场以及如今的大草坪都不一样。与上述三块地方那平淡的围栏相比，把温室花园包围起来的是一圈美景：枝叶蔓生的灌木，蓊郁的树，覆着青苔的石墙，华美的铁门。这座花园宛如一部三个乐章的交响乐：色彩与雕塑，喷泉与长椅，浓荫覆盖的小径与阳光灿烂的角落。春日里，千万朵郁金香展颜绽放；夏季，每一种花、藤蔓、灌木和青草都繁茂喧嚣地生长；到了秋天，这里会有万朵菊花竞相争妍：紫色、奶油色、粉色、橙色；冬日则是一片静谧，硬朗的树枝如蚀刻般伸向天空，喷泉也歇息无声。

安妮－玛丽去散步的那一日是个阳光明媚的四月天。她的最后一个四月。花园中，在牡丹和鸢尾花的绿叶映衬之下，盛放着紫色和白色的番红花，明黄、乳白和橙色的水仙，还有蓝色的海葱与风信子。安妮－玛丽倚着马文，走得很吃力，但她很高兴能出来走走。那天早上，他们接到一个电话，一位同事自杀了——那个年轻人失去了所有的希望，结束了自己的生命。在花园里走着，安妮-玛丽和马文说起了死亡。她环视着身旁的春花，又抬头看着天空———一棵苹果树正洋洋得意地开满了花，湛蓝的天空在枝丫背后闪着光。她已经病得这么重，而且确信自己的死亡不久就会到来，但她转向马文，说她没法理解那种自杀的冲动，令人窒息的忧郁竟会让人放弃自己："世界如此美好，谁能忍心在绝望中结束生命？"

她是对的。对待绝望，总有良药，那就是确信美好必定在前方等着你。我知道美好一定会来，是因为我曾经看到过它，感受过它。罗马街头一堆堆的杏子；雪地上浣熊的足印；冬天过后，一堆堆变白了的牡蛎壳；春天里青柠般嫩绿的新叶；秋叶那燃烧般的橙红；维梅尔（Vermeer）的画作《拿水罐的少女》；蜿蜒地围住我家院子的康涅狄格旧石墙；薄暮时分的威尼斯，天空和海面上的玫瑰色———这些都是对美好事物的记忆，有时是独自的体验，有时有人陪伴。

《转吧！这伟大的世界》（*Let the Great World Spin*）的作者科伦·麦凯恩（Colum McCann）曾提及儿时有次去伦敦的经历。他从都柏林（Dublin）到伦敦去看望临终前的祖父。在伦敦，父亲带他去吃汉堡，当爱尔兰裔的女招待得知小男孩到伦敦的目的时，她摸摸他的面颊，给他买了一个冰淇淋圣代。麦凯恩一辈子都记得那个女招待。正是这样的时刻———她的善良和同情———成为机缘，让麦凯恩写出了那部出色的《转吧！这伟大的世界》。正是这样的时刻，能让人始终铭记，心生希望。这样的时刻能让人重拾一个信念：这个世界能成为一个善良慈悲的地方。这样的时刻，就是美好。

在《没有什么好怕的》（*Nothing to Be Frightened Of*）中，作者朱利安·巴恩斯（Julian Barnes）谈起如何铭记这些美好的时刻，他允许自己期待它们再度降临。在巴恩斯看来，放弃生命是不可想象的，因为世上总有"新小说或新朋友出现（或是旧小说、老朋友），电视上也总有足球赛"。我真心喜欢这句话，因为巴恩斯陶醉在这些宁静而简单的快乐中，在他看来，这些就是足以让人活下去的理由。我再也没法体会到抱住我的初生宝宝的乐趣了——那些已经是过去时——但读一本书、欣赏一幅画、在公园里漫步，这些曾经体验过的快乐，日后必定还将重来。

向后看，是为了向前走。在诗作《向后走》中，阿德里安娜·里奇（Adrienne Rich）建议人们回顾过往，为的是得到更完整的视角："我们生活于方寸之间，唯有某些时候才得窥全貌。"回顾让我看到了全貌：我当下的生活；我如何走到今天；在我依然拥有的未来日子里，我想得到什么。大局，全景。通过回顾往昔，追溯记忆，我明白了哪些东西是重要的。

在这个阅读年的晚些时候，我会再次遇到回顾的提醒，因为"这样的回顾总是让我们更加睿智"。这是纳撒尼尔·霍桑（Nathaniel Hawthorne）的短篇小说集《重讲一遍的故事》（*Twice-Told Tales*）中的一句话。我手上的版本有年头了，是1890年印刷的。有人在这句话下面划了线，而它也同样打动了我。这样的回顾的确能让我们变得睿智一点，并向前走去。因此，我会把这个阅读年继续下去：当下的阅读，过往的回忆，未来的智慧。

　　我知道现在我为何待在这里：一整年待读的新书在我眼前铺展开来。就像计划中一样，我在这儿是为了阅读。但对我来说，回到过去也是必要的。《刺猬的优雅》给了我第一次暗示：这个阅读之年的计划可能会出现变化。随着这一年逐渐过去，我的计划也会不断进化，而我现在还不知道它会变成什么样子。这个逃脱之年可能跟我原来的预期很不一样。抚慰，必定会有；快乐，肯定会来。但我现在还得到了一个回顾过往、追溯记忆的命令。还有一个命令更加伟大：把我在书中得到的感悟和记忆交织在一起，分享给别人。我会把阅读的心得写下来，不只是当作对于某次努力的私人记录，也是为了和人们——每一个来到我这个Read All Day网站的人——分享这些让我深深沉醉的书籍的魔力。我会找到"美好的奇异瞬间"，以及"曾经中的永远"。我会紧紧地握住这些时刻，同时也把它们传递出去。我的读书和写作计划还会发生什么变化？我完全猜不出来。充满魔力的阅读之年开始了。

第四章　与时间赛跑

"我给过她什么？"

"给予的快乐。"

——伊迪丝·华顿（Edith Wharton）

《试金石》（*The Touchstone*）

　　十一月初，我去图书馆找书。这一次，除了用了半辈子的搜书方法之外，我又加了一种新手段，结果我为第二周挑出了一大摞书。平常，我都是沿着一溜儿书脊看过去，凡是吸引人的书名都取出来看看。这一回，我加了一条限制原则：只要那些厚度在一英寸之内的书。一英寸厚、普通开本（9到10英寸）的精装本一般有250到300页。我一个小时能读70页，那么300页的书我四小时多一点就能看完。写书评花的时间更长。刚写了几天的书评，我就发现，花在写书评上的时间还真没准。有时候我半小时就写完了，有时候要写五个小时，全看这本书对我的意义有多大，以及在电脑屏幕上把此书主旨诠释出来的难易程度如何。我平均留给写书评的时间是大约两小时，并按计划执行了。

　　每天六个小时读和写，差不多就是每天我能自由支配的时间，起码在工作日是这样。周末没法预测，但每天上午我可以坚持拿出四个小时，如果早起的话就更有保证。这一年我是这么计划的：如果我每天花两个小时把书评写完并贴到网上，那我肯定能在校车开到门口之前把当天那本书读完（校车一到，立马就是一连串的忙活：吃点心、做作业、玩儿、倾诉那些没法憋在心里头的倒霉事或乐死人的好事儿）。我赶得上买菜做饭（厨艺不会太好，但也不会比阅读计划开始之前更糟），及时洗衣（每个抽屉里都有干净内衣），完成基本的清扫工作（"基本"指的是擦桌子、洗碗、换猫砂）。周末，我可能得在晚上看点书，但这也没关系——我可以点比萨外卖，而且有杰克在，起码能吃上一顿不错的晚餐。我能够写书评，享受读书之乐，还要做到随叫随到，为家人充当迎宾员、司机、食品采购员、服务生、洗衣妇、厨娘、朋友、辅导员、严厉的纪律执行者、情人（当然是对我老公来说，而且这个角色只能算是偶尔为之，频率不够高喔）。总之，我要当好这座宅子的"山大王"。

　　所以，我到了图书馆，在书架之间逡巡，寻找合适的厚度、吸引人的书名、有趣的作者，还有新著与旧作。我拿起一些书，又把它们放回去。我找到了七八本想读的书，办好借书手续，把它们带回家，放在书架上，跟我过生日时收到的书放在一起。以前要一两个月才能看完的书，如今不到两周就能搞定。我感到一阵兴奋的战栗。这事能成！我觉得自己就像中了头彩，也像是变出了世上最精彩的戏法，种种心情交织在一起，化作彻头彻尾的感激，这感觉好极了。生活真美好。

我的眼光扫过架子上待读的那排书，手指在何塞·萨拉马戈（José Saramago）的《中断的死亡》（*Death with Interruptions*）上停下。萨拉马戈是葡萄牙作家，获得了1998年的诺贝尔文学奖。我非常喜欢他那本《失明症漫记》（*Blindness*）（这本书后来被改编成了电影，由朱莉安·摩尔[Julianne Moore]，马克·拉夫洛[Mark Ruffalo]和丹尼·格洛弗[Danny Glover]出演），还有《洞穴》（*The Cave*）。《中断的死亡》是他的最新作品，是我在图书馆的新书架子上找到的。出借期限是三天。没问题，我今天就看，明天写书评，周末时还回去。

我拿起这本书，走到厨房去给自己做点午饭。由于去了图书馆，今天开始得已经晚了，但《中断的死亡》还不到300页，而且我相信萨拉马戈会写得十分流畅，读起来肯定很快。

第一句是这样的："次日，没有人死掉。"于是乎，我发现自己置身于一个没人会死的国度。听起来不错。三十五分钟，四十三页，以及一顿午饭过后，电话响了。看号码，是西港公立学校（Westport Public School）打来的。这个电话不能不接。我把铅笔夹在书里当书签，然后按下了接听键。

"你好，妮娜。我是桑德拉。马丁今天已经两次说他肚子疼了，现在他开始呕吐了。"桑德拉是学校里的护士，在儿科病症方面非常擅长——无论是心理上不舒服还是身体不舒服。这回她的评估和诊断看上去十分简单。马丁得回家去。

"他还好吧？"

桑德拉明白我的意思。孩子哭吗？"没事，他挺好，就是想找妈妈，也需要一张床和一个小桶。"

"最近是有什么病毒传染吗？"

"对，还挺严重，这毛病24小时之后就没事了，但孩子会挺难受。"

"我马上去接他，大约十分钟后到。"

那天重新拿起书的时候，已经是晚上九点半了。我要不停地照看马丁，做晚饭，还得打发儿子们上床。现在，距离午夜还有两个半小时，而我还有将近两百页没看。我窝进紫绒椅，沉浸到书中。我能感觉到那些字句正怀着期待和愉悦，紧紧地拽住我，想把我拉进书里去。幸运的是，整本书都写得太好了，而最棒的部分在最后几章。十一点的时候我读到了末尾部分，起初的倦怠感已经烟消云散。我毫无睡意，聚精会神地看着死神试图诱惑她倾心的那个年轻男子，最后在爱情面前缴械投降。爱情战胜了死亡——太棒了！

午夜到了。我看完了这本书，心满意足地叹了口气。这本书非常好看，写书评也必定很有趣。睡得这么晚也没问题。周末实际上已经到了，明天我可以晚起一点儿。我把床头的闹钟定到了七点（整整多睡一小时！），关上了灯。

第二天，我允许马丁看一整天动画片，于是他乖乖地在电视前躺下休息了。这一步很容易，但困难的是把他跟哥哥们分开，可我必须这么做。我可不想让全家都染上病毒。我一边把那个蓝色的小桶（我家的呕吐专用容器）举到头顶上挥舞着（桶是空的），一边警告哥哥们当心病毒，告诉他们马丁必须独自躺在沙发上，不许碰他，也不许打扰他。挥舞小桶的场面足够震慑，当杰克自告奋勇地带大孩子们出去吃薄煎饼的时候，我就独自留在家里了——陪着一个呕吐不止的孩子。

我七零八碎地写着书评，期间无数次在浴缸和桌前来回往复：一次又一次地冲洗马丁的呕吐桶，也一遍又一遍地把这可怜的孩子擦洗干净。他难受得面色苍白，浑身颤抖。躺在硕大的绿色沙发上，盖着羊毛毯子，他的身体看上去那么弱小，瘦瘦的小胳膊伸出来，抓着小桶。我坐在他身边，把碎发从他脸颊旁拨开，探探他的额头。不发烧。我冲回电脑前，跟书评做斗争，然后又冲回马丁和小桶身边，再冲回电脑前。终于，我把书评写完贴到了网上。

那天下午，马丁睡着了，我坐在他身边看书。我选了伊迪丝·华顿的《试金石》，窝在马丁身旁的沙发里看。这本书很薄，我感到一阵轻松。到了晚餐时分，马丁已经好多了，跟在哥哥们屁股后头乱转，还吵着要吃东西。杰克做了点意大利面，我接着读那本《试金石》。

　　和华顿的所有作品一样，《试金石》讲的也是道德和身份。她一把扯下礼仪和习俗的帷幕，揭示出人生的二元性：一方面是公开地确认（或者说"寻找"）自我，另一方面是把见不得人的或让人羞耻的事情故意隐藏起来，为的是巩固自己赢得的尊重、财富，以及最为重要的安全感。她把两者之间的争斗展现出来，在这一点上，她堪称大师。华顿把自己对人性的洞见隐藏在令人手不释卷的情节当中——爱情、阴谋、背叛。《试金石》讲述故事的手法完美至极，精彩又易读。

　　到吃晚饭的时候，我轻松地看完了这本书。华顿对幸福婚姻的有趣描写令我大笑（"小小的草坪平滑得犹如刚刮过胡子的面颊，一枝深红色的攀缘蔷薇爬上婴儿房的窗缘，那乖宝宝从来都不哭"），她对善事的见解亦令我动容："给予的快乐"能让施受双方都感到满足。我对自己许了个心愿，我要把这个晚上专门留给杰克，我那体贴的、一直慷慨地给予我爱的丈夫，他把一日三餐全部包揽下来，好让我有时间既能看书，又能照看生病的孩子。周六的晚上，书已读完，儿子们也都上了床，受到华顿的启发，我要把那早该兑现的、饱含着鹣鲽爱意的信息带给杰克。可他已经在沙发上睡着了，没过多久我也在另一个沙发上困得昏死过去，没人看的电视徒然开着。那条信息还是等等吧。

　　周一早晨，马丁完全康复了。我把四个儿子轰上校车，很有节制地只嘟哝了一两句，而且一切妥妥帖帖，一点没手忙脚乱。我冲了个澡，换上齐整的衣服，倒了一杯新鲜咖啡，在电脑前坐下。我打算迅速给迪克·弗朗西斯（Dick Francis）的新书《丝绸》（*Silks*）写篇评论。这本推理小说是我在周日看完的。周日是我的推理小说日，每到这天，我就允许自己沉溺在糖果和汽水般轻松的题材中：快节奏、扣人心弦的小说，里头全是侦查、嗅探，并且最终都会真相大白。

《丝绸》读起来引人入胜，可书评却比预料中难写。该如何传达弗朗西斯这部出色作品中那纯粹的娱乐性，同时又点出它的情节铺展稍嫌刻板呢？我纠结了两个多小时，终于可以做拼写检查了。电话响了，我急煎煎地去看是不是又有什么病毒前来骚扰，结果误碰到了电脑上的某个键。当我接完那个调查有线电视服务满意度的电话（真该死！我提醒自己以后每次都要看看来电显示）回到桌前的时候，我发现面前的屏幕上空无一物：一上午写出来的东西全没了。

等到我不再像个傻瓜似的对着空白的屏幕咆哮，并重写了一篇评论之后，时间已经到了午饭时分。我不饿。我窝了一肚子火。忘了午饭吧，忘了原打算上午洗的衣服，忘了把大绿沙发（病床）香薰消毒的计划。我必须开始看今天的书了，而且现在就得开始。我从书架上抓过 J. M. 库切的《彼得堡的大师》，窝进紫绒椅里读了起来。好像才过了几分钟，家里的后门开了。放学的男孩子们到家了，吼叫声在屋子里回荡。

又要熬到半夜了。整个下午，真实的生活都没让我沾上书的边儿。我把儿子们轰到这边又赶到那边，飞速去采购食品杂货（面包、香蕉、牛奶、橙汁——这些是我每天都要念叨的咒语，好像怎么买都买不够），然后冲到火车站去把杰克接上，又把大堆大堆的脏衣服塞进洗衣机。干这些事的同时，我琢磨着伊迪丝·华顿所说的"给予的快乐"。人人都想吃晚饭了——多稀罕的要求啊！我做了点鸡排（还煮老了），把买回来的半成品沙拉拌上。我清理餐桌，叠衣服，收拾屋子，哄孩子们上床睡觉。等我终于能跟库切和陀思妥耶夫斯基坐下来的时候，已经晚上十点了。我很累，打骨头缝里往外累。我独自待在楼下，丈夫独自在楼上睡着了：爱的信息又泡汤啦，只能明天再说喽。

把时间和精力奉献给家庭，我从这里头获得的快乐跟我的读书计划彻底搅和在了一块儿。我可以对阅读、写作、煮饭和洗衣做出规划，可关心与爱又该如何规划？如今，"给予的快乐"全反过来了，因为儿子们和丈夫在努力地腾出时间和空间，好让我踏踏实实地看书。一天一本书？坚持一整年？那我得把他们给予我的时间、空间还有爱，全都用上。而我保证，我会把寻找到的快乐全部回馈给他们。

第五章 寻找新节奏

> 这个怪异的世界继续轮转下去。
> ——保罗·奥斯特（Paul Auster）
> 《黑暗中的人》（Man in the Dark）
> 此语出自罗丝·霍桑（*Rose Hawthorne*）①

次日晚餐时，我宣布了一项新的家务政策：我制订了一个清洁计划，让两个大点的儿子负责在晚餐后收拾打扫，每人值日两天，周末的活儿归我。两个小点的儿子轮流负责摆放碗盘并收拾餐桌。孩子们也要帮忙洗衣服，也就是把脏衣服拿到洗衣间里去，再把干净的衣服领回去。

"你们的零花钱会涨的。"我跟他们保证。

"可你从来不记得发。"迈克尔说。

---

① 罗丝·霍桑，作家霍桑之女，罗马天主教修女、社工。——译者注

"你们从来不记得要。"我答道，同时在脑海里记了一笔：以后要每周给他们发零用钱，一次也不能落下。

晚餐过后，乔治手里拿着一本书来找我。

"妈妈，我真心希望你看看这本书。我觉得你会喜欢的。"

我接过书。理查德·亚当斯（Richard Adams）的《兔子共和国》（*Watership Down*）。我知道这是乔治的最爱之一。我翻到最后一页。这本书差不多有五百页，我看看乔治，那小脸上半是挑战，半是恳求。

"如果你打算每天读完一本书，那你得确保每本都是好书。"他说，"我知道这本很不错，我希望你读读。"

我点点头。"我当然会读。"我把书放在厨房台面上，摆在那摞"待读作品"的最上头。"这本可要看上一整天呐。"我说。

"你不打算明天就看吗？"他问。

"不，但很快就看，我保证。"

乔治皱皱眉，我在心里喊救命。要找出一天来，空闲到能把这么厚的一本书读完，肯定很不容易。可我怎么能对儿子说"不"呢？

根据我常去那家干洗店的老板娘康太太的说法，我之所以能生四个儿子，都是因为我在新婚之夜吃掉的那些干枣。在康太太看来，新婚那夜我们的夫妻生活，以及在随后数月和数年里有规律地重复的那些事儿，只起到了一丁点儿作用。康太太的儿子刚结婚没多久，她拿着婚礼上的照片，给我讲解传统的韩国婚礼。在一张照片里，她的儿子和新媳妇抓着一块布，而康太太正在往上面扔栗子和枣子，两位新人正奋力地抓取这些飞过来的干果。康太太满脸骄傲，新郎喜气洋洋，新娘子则一脸坚定。小两口抓到几个栗子，就会生几个女儿；抓到几个枣子，就会生几个儿子。

干洗店老板娘又拿一张照片给我看，在这一张上，新婚夫妇正握着一个五颜六色的小包裹。

"抓到的枣子和栗子就包在里头，"康太太解释说。"他们必须在新婚之夜把这些好东西都吃掉，然后……"老板娘挤挤眼儿。是的，我懂了，就算这回没有照片。

在我们的婚姻中，彼得来得最早，我们结婚一周年纪念日刚过没几个月他就出生了。两年后，迈克尔出生，三年后是乔治，再过三年是马丁。虽不算是紧锣密鼓地一个接一个，但也差不多了。如果我继续生下去，我敢肯定还会是儿子——虽然我不确定多年前的那个新婚之夜，我吃的沙拉里放了多少切碎的枣子。打小时候起，我就是看着书里兄弟姊妹和睦相处的幸福场景长大的，比如"鲍勃斯家的双胞胎"系列（Bobbsey Twins Series）（家里有四个孩子），悉妮·泰勒（Sydney Taylor）写的《好人家》（*All-of-a-Kind-Family*）（五个孩子），伊丽莎白·恩赖特（Elizabeth Enright）的《星期六》（*The Saturdays*）（四个），还有一读再读的心爱作品、小弗兰克·吉尔布雷思（Frank Gilbreth Jr.）和欧内斯廷·吉尔布雷思·凯里（Ernestine Gilbreth Carey）的《儿女一箩筐》（*Cheaper by the Dozen*）（当然咯，这家里有一打孩子，十二个），所以，我也想要一大家子。

我寻思着，四个孩子最完美：四是偶数，方便结对和分享，不会有两个人联手对付一个的情况出现。我会有足够的时间跟四个孩子共处，也能有分别单独相处的时刻。气得哇哇大叫的时候，我能记得每个小家伙的名字（我得尴尬地承认，有几回当真气昏了头，我吼出来的是猫儿们的名字）。我可以一次把四个都拥在怀里。生到四个之后，我打住了，回到家当全职妈妈。

十二年来，有了这几个枣子送来的儿子，我们家的日子过得热热闹闹，欣欣向荣。"欣欣向荣"这个词儿十分恰当，绿叶成荫子满枝，它意味着繁茂、丰盛、生机勃勃。家有四子，这么多年来，我们过得繁茂而丰盛。书籍是我们家娱乐活动的重心，我们会定期去图书馆和书店。书籍是睡前的舒缓剂，也是吃饭时的镇静剂（一本好书可以让四岁的娃娃忘掉他嘴里嚼的是绿色蔬菜）。在有需要的时候，它也会启发心智，让人兴奋活跃。孩子们需要四处乱跑，把过剩的精力消耗掉的时候，我就用音乐。《威廉泰尔序曲》（*William Tell Overture*）能让我们在几分钟之内把厨房收拾干净，在沙发和桌子上跳舞蹦跶的时候，麦当娜（Madonna）和王子乐队（Prince）就是最好的选择。

我们搬离都市后，屋里和屋外的空间一下子都阔朗起来，孩子们快活肆意地奔跑、尖叫、玩抓人游戏和捉迷藏。秋千从树上垂下，各种尺寸的脚踏车和滑板车堆在一起，或瘪或圆的篮球四处乱跳。杰克和我不再打电子游戏了。全家的电视时间用在了电影和旧剧集上。我们也经常拿起书本。家里的书箱塞满了成套的童书:《纳尼亚传奇》(*Narnia*),《雷蒙·史尼奇的不幸历险》(*Lemony Snicket's Series of Unfortunate Events*),全套的《哈迪兄弟》(*Hardy Boys*),还有《扎克历险记》(*Zack Files*)、《时空大冒险》(*Time Warp Trio*),《内裤超人》(*Captain Underpants*),当然,还有《哈利·波特》(*Harry Potter*)。每一天都以读书结束,绝大多数日子也都以读书开始,伴随着一碗碗麦片,一杯杯果汁,孩子们看的是《福克斯一家》(*Fox Trot*)、《卡尔文和跳跳虎》(*Calvin and Hobbes*)以及《漫画宇宙史》(*Cartoon History of Universe*)。

我最喜欢的童书之一是玛丽·安·霍伯曼(Mary Ann Hoberman)写的《七个小挑嘴》(The Seven Silly Eaters)。这本书里说的是一个会拉大提琴、爱看书、梨形身材、总穿着皱衬衫的妈妈,她非常享受育儿之乐,可随着孩子越来越多,她也变得越来越疲惫和抓狂(故事都很搞笑)。孩子一个接一个地降生,每一个都比上一个更挑食。英俊而粗犷的父亲隐身在故事背后,种树、给家里采办日用品。

书中的插图是这样描绘这个家的:一个在小岛上手工搭建起来的房子,猫儿孩子满地跑,脏衣服、乐器、手工制品散落各处,然后还有书、书、书。这幅情景简直跟我家一模一样。好吧,我家不在小岛上,而是窝在康涅狄格郊区一栋不知是谁修造的房子里头。可瞧瞧我的孩子们,满心都是善良和爱,可也都是犟脾气,吵得要命,要这要那没个够。这是我老公，英俊潇洒，又支持我，他很乐意种树，却总是把收果子的事儿留给我。这些是我们家的衣服，等着叠的干净衣服堆成了山，还有些丢得到处都是：厨房台面上、楼梯上、电视机前的咖啡桌上。这个是我许久没动的大提琴（实际上是一架钢琴，我想学它有十五年了），这些就是我装书的箱子，横七竖八地塞满了书。一页页，一天天，欣欣向荣的好日子。

姐姐去世那一年，我家的好日子骤然结束了。短短几个月间，亲人的噩耗接踵而至。孩子们遭受了巨大的打击。安妮-玛丽过世三周后，我丈夫的姐姐玛丽也去世了。她得病已有许多年，可我总觉得她会永远活下去。玛丽是个斗士，也是个惹事精，她特别会砍价，爱做甜甜圈，还是一个梦想家——她在十二米见方的后院里挖了一个十米见方的游泳池，邻居们都疯掉了。第一次见到我的时候，她警告我远离门茨这个家族，她把"门茨"这个姓氏念得阴云密布，疑团重重。待到她发现我已经下定决心留下的时候，就立即接纳了我，待我亲如姊妹。她过世的时候，我又失去了一个姐姐，孩子们（继失去姨妈后）又失去了一个姑姑。

没过几天，中学里一位受人爱戴的老师去世了。然后，一户邻居家的孩子在车祸中失去了父亲。那年夏天，猫儿米罗在我们外出度假时不见了。九月，家里的另一只蔻蔻猫被车撞死。我们把蔻蔻埋葬在后院的时候，男孩子们大哭起来。儿子们的眼泪仿佛永无尽头，而我却一点忙也帮不上。

犹记得，那年入秋后的一天，孩子们都上学去了，我出门独自散步。走在家旁蜿蜒的道路上，我陷入了想象。我想象着等我回到家，发现安妮–玛丽正在家里等着我：我穿过草坪，看见了她，她裹着一件暖和的外套，双腿纤瘦修长，金发在阳光下闪闪发光。我如释重负，欢乐如潮水般将我淹没。我微笑着听她说："没有，那些事儿全都没发生过，瞧，我这不是好好的吗，我在这儿呢。"我紧紧搂住她，我们哭啊，笑啊，凝视着对方。我俩的面容如此相似，青春仍在，年华未老。

在我的想象中，我们回到家中，我带她去看那些我打算读的书，等着孩子们放学回家。"哎，他们该有多高兴啊。"等的时候我说。猫儿们也在，全都活着，喵呜喵呜地蹭着我们的腿。它们知道安妮–玛丽回来了，就像它们也回来了一样：大家全都回到了旧时光。安妮–玛丽双手托腮坐在桌边，胳膊肘撑在桌面上，好像有点无聊的样子。这个姿势我太熟悉了。她并没有感到无聊，而是在神游天外，思索着什么。孩子们回家了，每个人都那么快乐。

时间一周周过去，我们已经习惯了安妮–玛丽的归来。在想象中，时间渐渐流逝，我再次认为，拥有安妮–玛丽是理所当然的事，而且这种感觉真好。认为拥有一个人是理所当然的，这是一件奢侈的事；你拥有她，从不曾想过有朝一日会失去她，或是再也看不见她。那种感觉是天赐的礼物。可我散步回到家，安妮–玛丽没在那儿。我失去了一个纯真的信念——所爱的人永不会离开。而更糟糕的是，我的孩子们也失去了这个信念。

在查尔斯·狄更斯（Charles Dickens）的《少爷返乡》（*Nicholas Nickleby*）中，尼古拉斯遇见了"格洛戈兹威格男爵"（Baron of Grogzwig），后者忆起幸福快乐的旧时光，但随后叹道："唉！那些欣欣向荣的好日子已经穿上靴子，走远了。"我绝不能让我们的好日子穿上死亡之靴，离我们而去。我必须把足够多的欢乐带回来，好让孩子们重燃信念——世界绝非只有死亡，生活也不是坐着等死。

因此，我才会走到这里，站在厨房之中，台面上摆着一堆待读的书，隔壁房间的书架上还摆着更多。乔治站在我面前，请我读读他最喜欢的一本书。我送他上床睡觉，并再次跟他保证，我一定会读完这本《兔子共和国》。"还有另外三百六十四本。"我补上一句。

两晚过后，我发现自己在午夜时分还待在楼下，全家只有我一个人还醒着，当天那本书刚刚读完，合放在我膝头。我刚刚看完了保罗·奥斯特的《黑暗中的人》，在书页的空白处我潦草地记下（预备随后写书评）："这本书可谓完美，是发自内心的真挚表达。"我叹了口气，靠回紫绒椅背。我已经渐渐习惯了这样的深夜阅读。我原打算利用孩子们上学不在家的六个小时，在他们放学之前就看完当天的书并写完书评，如今还是算了吧。计划改变了，如今，我的一天结束于膝头上的书。一盏孤灯的光晕下，唯有我和我的书，宛如置身黑暗的剧院，面对灯光雪亮的舞台。整个演出只为我一人。没有幕间休息，没有任何打扰，每一个语词都透着光。

　　小说《黑暗中的人》描绘出了一个现世的镜像世界，两个世界同时并存。奥斯特用这种手法来深入挖掘他的主旨：是什么让我们继续走下去，是什么让我们投入人生中的事与情？一个男子，他的女儿，他的孙女，三人都面对着各自的心碎和悲伤。他们不知道该如何走下去，甚至不知道是否有必要努力走下去。费这个劲干吗？然后，在一个不出名诗人的诗中，他们发现了一句完美的解释："这个怪异的世界继续轮转下去。"

　　世事轮转，人生无常。毫无预警也毫无理由，一个好端端的人生病、死去，哀恸、懊悔、愤怒和恐惧朝我们这些余下的人袭来。然后，绝望和无助接踵而至。可是，世界再次改变了——就像它一贯的那样，继续轮转下去——然后人生也跟着改变。新的一天到来了，送上各种各样的可能性。即便心中深埋着痛苦和哀伤，即便这些情绪永志不忘，我也能感觉到未知的未来那坚定有力的馈赠。我生活在一个"怪异的世界"里，它不断改变、无法预测，但也慷慨大度、富含惊喜。意识到它的怪异之处以及它会继续轮转的事实，这令人感到愉悦，但更重要的是，这让人有了恢复和愈合的能力。

　　感恩节前的那一夜，我做了一个梦。我梦见自己身在英格兰，正在剑桥大学的雷恩图书馆（Wren Library）中流连。我朝安妮-玛丽跑去，她神采奕奕，活生生地站在我眼前。

　　"我不知道该看什么书了，"我对她说，"我应该选一本十六世纪的哲学作品呢，还是最新版的乔叟（Chaucer）的《坎特伯雷故事集》（*Canterbury Tales*）？你觉得呢？"几天前，我刚看完了苏珊·希尔（Susan Hill）那本诡秘惊悚的《画中人》（*Man in the Picture*），故事就发生在剑桥，难怪我梦到了它。可十六世纪的哲学家又是打哪儿来的？为什么是《坎特伯雷故事集》？

在梦中，我提出的选择并没有难住姐姐，只是令她展颜微笑。

让我再看看她的那个神情吧——她轻轻噘起嘴唇，眉头轻蹙。飞快地思索问题时，她的脸上就会出现这样的神情。安妮-玛丽对我说："这个问题我得想想。我会答复你的。"她转身走了。她穿着那件八十年代的圣罗兰牌（Yves Saint-Laurent）风衣，腰带束得紧紧的。她转身朝我挥挥手，然后走远了。

感恩节的早晨，在梦醒之际，我想明白了：这世界在为我轮转，时醒时睡。在轮转之中，它会给你一些东西，也会拿走一些东西。我确信安妮-玛丽会回来答复我，告诉我该选哲学还是诗作。而在那之前，我还有诺言要遵守。

次日，我读完了《兔子共和国》，总共476页。

第六章　哀恸的唯一解药

> 如今，寄居在一个活人的身体里，
> 我能记起每一件事、每一个地方、每一个时刻。
> 仿佛我在往回走，踏上回归的旅程。
> ——米亚·科托（Mia Couto）
> 《素馨花下》（*Under the Frangipani*）

当我从电话中听闻安妮-玛丽的噩耗并返回医院时，我发现父亲坐在她病房的沙发上，在哀恸中来回摇晃，还一遍遍地念叨着："一晚上三个"。我不知道这话是什么意思，后来我问过娜塔莎，可她也不知道。我想问问父亲，可当时我无法再承受更多的悲伤了。六月，杰克的姐姐玛丽在久病后辞世，我感到自己就快要被泪水淹死。我无法前去参加玛丽的葬礼，我怕自己会永远沉入哀恸和黑暗。七月，我们把安妮-玛丽的骨灰撒到了火岛（Fire Island）附近的海面。九月末，我们为她举办了追思会。

纽约大学美术学院坐落在第五大道（Fifth Avenue）那一排由富豪捐赠的大楼中。纪念仪式就设在其中一间庄严的厅室里。亲朋好友都发了言，然后伴着大提琴、钢琴和小提琴演奏的贝多芬，马文放了一系列幻灯照片。更多的朋友起身发言，最后，马文追忆起他和安妮-玛丽共同生活的点滴，以此结束了追思会。

对安妮-玛丽的回忆是我们所能拥有的一切。我们无法与她共度未来，无法期望以后了。分享我们对安妮-玛丽的回忆，追思我们与她一起度过的时光，正是留住她的一种方式——虽然当时的我并未意识到。那天下午，我是去赞美她精彩的一生的。我并没有意识到，确保她被大家记住有多么重要。三年后，当我读到何塞·爱德华多·阿瓜鲁萨（José Eduardo Agualusa）的《变色龙》（*The Book of Chameleons*）的时候，我才领悟到对回忆的分享是多么重要，从来不分享它又有多么危险。

在《变色龙》中，主角费利克斯·文图拉（Felix Ventura）的职业就是为客户们替换记忆。他的绝大多数客户用新换上的记忆来支撑自己高贵显赫的身份。为了在世上出人头地，他们竭力抛弃贫穷和充满矛盾的往昔。文图拉有一种神祇般的、重新创造回忆的天赋。他为每个客户都塑造出一副新的模样，周密牢靠，神秘莫测。但并不是所有的历史都能被抹去换掉。往昔依然会抬起头来，希望引起人们的主意："那气息仍在，孩子的哭声依稀在耳。"

　　《变色龙》虽是小说，但它脱胎自极为真实的事件：发生在安哥拉（Angola）脱离葡萄牙、争取独立的斗争中的暴行。阿瓜鲁萨设想，如果受害者和罪犯都想方设法忘却恐怖的往昔，将会发生什么事情。他用这个故事来强调，这样的遗忘是不可能的。在书的结尾，回忆成了与往昔和解的唯一途径——虽然这个过程很痛苦。"终于，我安宁了。我不惧怕任何东西，也不渴望任何东西。"

　　读完阿瓜鲁萨这本书的第二天，我选了另一本译自葡萄牙语的作品：米亚·科托的《素馨花下》（*Under the Frangipani*）。科托是莫桑比克（Mozambique）作家，这个国家和安哥拉一样，在葡萄牙殖民的时期里都遭受了残酷的统治。《素馨花下》讲述了一个侦破谋杀案的故事，主角是一个已经死去的男子，但灵魂寄居在了一个侦探体内。比起自己的死，这个男子更关心的是"扼杀往日的世界"。他担心莫桑比克的领导者——虽然他们曾为自由而奋战——不再相信非洲的古老方式，即老祖先们传下来的文化和传统。相反，他们急着追赶西方，任由人们把过往遗忘。他们渐渐变成"没有历史的人，靠模仿过活的人"。相比之下，这个死去的男子借助侦探的躯体重获回忆，他心中充满感恩："如今，寄居在一个活人的身体里，我能记起每一件事、每一个地方、每一个时刻。仿佛我在往回走，踏上回归的旅程。"他记起了好事也记起了坏事，在它们之中，他发现自己的人生是真实可信的。通过这段"回归的旅程"——往回看——他找到了安宁。

我们姊妹几个渐渐长大后，父母零零星星地向我们讲述了二战时期他们在欧洲的生活。母亲在安特卫普长大，她还记得1940年5月德军侵占比利时的情景。她的父亲被征调去抵抗德军，于是全家都随他搬到了法国，和一些法国家庭同住。有些家庭很热情，有些不。母亲记得她和她姐姐在布列塔尼（Brittany）的海边散步，一群骑着摩托车的德国兵呼啸而来，把姐妹两人冲散，还吓唬她。她记得有次开车经过法国北部被轰炸过的城镇，在阿布维尔（Abbeville），他们在一所房子前停了下来：那座房子的前脸整个被炸飞了。房屋的结构像娃娃屋一样赫然坦露着，主人老早就逃到乡下去了。母亲要上厕所，外婆就带她进去了。母亲走进簇新的洗手间，一面墙的墙根底下整整齐齐地摆着一溜儿刚刚上过光的鞋子——都是逃难的主人家留下的。她小心翼翼地绕过鞋子，上了厕所。可那个厕所只有三面墙，她面前整个儿是空的。

几周后，比利时向德国投降，母亲一家返回被占领的安特卫普。食物短缺了，配给制度非常严苛。城里没有鸡蛋和黄油，糖也只有一点点。我外婆用碾碎的土豆和杏仁精做杏仁蛋白糖；燕麦粥里的糠皮比燕麦多；面包都是黑面的，而且一丝丝的尽是纤维；牛奶被水兑得太稀，几乎变成了淡蓝色。我的小舅舅彼得尚在襁褓，牛奶基本上都留给他了，但我母亲并不介意。她从来都不挑食，所以不记得在战时挨过饿。不管盘子里盛的是什么，她都全部吃光光，这样也就满足了。她告诉我们，打仗期间她居然还长胖了，这在全家可是独一个。

　　1942年，盟军开始轰炸比利时，城里开始宵禁。到了晚上，整座城市漆黑一片，所有的窗户都被捂严了，没有一盏街灯亮着。白天，我母亲仍然往返走路二十分钟去上学，但脖子上总要挂着一个用线绳穿起来的小包。这个小包其实是块手帕，里头裹着一个哨子和两块方糖。万一遇上轰炸，被埋在了瓦砾堆里，她可以把手帕蒙在嘴上防灰尘，舔舔糖块来维持生命，然后拼命吹哨子引人救援。最终，我母亲跟她的姐姐和弟弟一起被送到了乡下外婆家。她还记得坐在乡下的教室里，数前座男孩头上的虱子。

　　我们都明白，尽管在德军占领下的比利时生活非常艰苦，但与我父亲过的日子比起来还算是好的。波兰不断地被各路人马占领，一直在遭受压迫。1939年，德军入侵波兰。德国与俄罗斯签订了一个秘密协议，于是波兰被一分为二，俄罗斯接管了白俄罗斯（Belarus）。两年后，希特勒撕毁了当初与斯大林的协议，德军向东进发，占领了白俄罗斯。1944年，人们群起反对德国的时候，俄罗斯人又回来了。

　　我父亲是个乡下孩子，兄弟姊妹十个。他父亲种黑麦和小麦，还打理着成片的果园：樱桃、梨子、苹果。苏联占领波兰的头一个冬天，正逢史上最寒冷的严冬，果树全都冻死了。被苏联占领的那些年，日子过得很艰难，驱逐出境、集体化和饿死的危险始终徘徊不散。父亲继续上学，但教课的都换成了苏联人。有天早上，他的课本全被收走了，因为老师们发现这些课本里头还印着已经被斯大林处死的政治家、将军和元帅的照片，这些人已经从苏联的官方历史中被抹掉了。学生们待在教室里的时间变少了，更多的日子里，他们得干很重的体力活，比如搬修路的石头，或是拖运木材。

我记得，我还很小的时候，父亲常常给我讲他第一次看见飞机的情景。那是1941年6月的一个星期天，阳光灿烂，我父亲躺在草地上，盯着天空做白日梦。突然，他听到一阵轰鸣。他目瞪口呆地坐起来，看着一架银色的飞机呼啸着从湛蓝的天空中掠过。我长大不少之后，父亲向我解释那是一架德国飞机，德军正在入侵白俄罗斯。红军匆匆撤退，希望能赶在德国人到来之前离开。一位红军老军官用一句俄罗斯谚语警告我父亲："恶狼必会为绵羊的眼泪付出代价。"父亲担心，白俄罗斯人又要当绵羊了。一周后，德意志国防军（Wehrmacht）进了村。

一群骑着自行车的德国军官在我祖父的农场前停下。他们要修自行车，听说我祖父这里有工具。这个小村里会说德语的人不多，我父亲正好会德语，所以祖父就叫他出去帮忙。德国人在场院里拆自行车，他站在旁边帮着递递工具，接过零件和螺丝什么的。坏零件修好了，德国人开始把自行车组装起来。可是，有几个拧紧脚蹬的螺丝不见了。军官们开始在院子里寻找，我父亲跟在他们后面帮着找，各处都找遍了，可就是找不到。最后，军官们耸耸肩，跨上了自行车。其中一人歪着身子，骑着只有一个脚蹬的自行车，努力地赶上同伴。那天晚上，我父亲在衣兜里发现了那几个螺丝，原来是他自己把它们放了进去，然后忘掉了。想起那个千钧一发的场面，他不知道是该哭，还是该松口气笑一笑。

等到我们姊妹几个年纪渐长，在学校和书本里了解到了更多关于那场战争的事，我们开始问问题。在你认识的人里头，有没有被德国人抓进集中营的？你真的遇上过轰炸吗？你见没见过死人？在我母亲认识的熟人中，倒是没有谁家被遣送到集中营。她的一个犹太人好友躲了起来，熬过了战争。我母亲从没遇上轰炸，但安特卫普附近的一所学校在1943年被盟军炸毁了。轰炸目标原本是一个汽车厂，纳粹德国的空军在那儿修理飞机，但盟军炸偏了，击中了圣露特加迪斯学校。两百多个孩子丧生，只有十八人活了下来。我很想知道，这些孩子有没有在脖子上挂了手帕做的小布包。

我在法学院上学的时候，影片《看见》（*Look and See*）在美国上映。故事发生在"二战"末尾那几年的白俄罗斯，是我看过的最为苦难深重的战争片。如茵绿野上是一片片挺拔的白桦林，白俄罗斯演员们的模样就像我的家人，可片中的人物忍受着饥饿、恐惧和折磨，在死亡行军和烧杀抢掠面前无助地抗争着。看完这部电影后的好几周，我夜夜哭泣，总是想着它。当我终于鼓起勇气，去问父亲他在战时的经历时，他遮遮掩掩地只告诉了我一部分。他还没法谈论那些。

直到1989年柏林墙（Berlin Wall）倒塌之后，父亲才开始讲述他的战时经历。即便如此，他也无法把记忆讲述出来——他把它们写了出来。父亲坐在我高中时用过的旧打字机面前，一字字地写出亲眼见证和听说的骇人细节。他写道，德国人刚一到，他的犹太朋友们就被赶出学校，去街上干活，身上被迫佩戴着黄色星星。后来他们被送到了囚犯劳动营。在一个村庄里，我父亲看到死人横七竖八地躺在路上。他看到一个年轻男子被吊死。有一天他经过一片田地，草地的那头有个谷仓。德国士兵正围站在那儿，谷仓上燃起熊熊火焰。直到我父亲闻到了皮肉烧焦的气味，他才反应过来——那谷仓里面关的都是人，门上还扣着闩，防止人逃掉。那气味令我父亲双膝发软，他跌跌撞撞地逃走了。他在学校里学过古罗马史，古罗马人对待敌人的暴行竟与他在现代社会中亲眼见到的场面如此相似，这令他心惊胆战。

父亲写道，他的叔叔和姑姑由于涉嫌帮助犹太朋友，被入侵的德国人逮捕并处决了。另一名叔叔由于在俄罗斯学校任教而被怀疑是共产党，被带走之后就杳无音信了。

我们以前就知道，在父亲的十个兄弟姊妹中，有四个人在二战中死去，但细节一直很模糊。直到父亲把回忆写出来之后，我们才了解得多了一点。父亲的兄长彼得是第一个过世的，他应召入伍，参加了波兰军队，在1939年与德军的一场对战中牺牲。我姐姐去世后，父亲写下了1943年12月初那个恐怖的夜晚发生的事情。就在那一夜，他的三个手足死了。一晚上三个。

那天晚上，我父亲在离家二十六千米的学校里，他哥哥乔治跟他在一起。乔治刚从德国人的运输火车上逃下来——他们想把他抓去送到西边的德国工厂里干活。兄弟两人知道苏联游击队在乡下很活跃，策划破坏行动，袭击德国军队，但他俩并不担心。我祖父开着一家杂货店，苏联占领比利时的那些年，他把私藏的酒拿出来，为当地的俄罗斯军官供应了充足的优质波兰伏特加，借此保护了全家，没被驱逐到西伯利亚去。后来德军来了，白天，一家人把德国人要的东西给他们，到了晚上，游击队员过来拿需要的东西。

12月的那个晚上，一群游击队员来到农庄，但我祖父没在家。我祖母在，她正生病发烧，打着寒战。在家的还有三十二岁的波利斯，二十三岁的安东妮娜，还有十五岁的谢尔盖。我祖母在厨房旁边的一间屋里休息，波利斯、安东妮娜和谢尔盖在聊天。

我父亲不知道谁去开了门。在我的想象中，祖母从病床上醒来，听见了脚步声，那是许多双靴子重重地踩在地板上发出的声响。就算地板上铺了防尘的秸秆，也没能减轻这声响。大约四五个游击队员进了屋子，全是男人。祖母听到尖利的俄语声吼向儿女。她听不清波利斯、安东妮娜和谢尔盖在说什么，只能听见他们在低声回答。随后，她听到一阵不知道是怎么回事的响动——起初她没明白，直到她听见了安东妮娜的哀求。她听到压低的语声，那是一句恳求，然后是哭泣的声音。她听到了更多搞不明白的声音。然后，祖母听到了她再熟悉不过的响动。她听到的是枪声，还有重重倒在地板上的声音，一个接着一个。她听到微微的喘息声，然后一片死寂。死寂过后，突然爆发出一阵暴烈的摔打声：盘子，椅子，玻璃。恼怒的声音。然后靴子声渐渐远去了。

家里只剩下祖母一个人。她走到厨房，那儿没有儿女的身影，只见一地的碎玻璃、瓷片和木块散落在血泊上。从此，她再没见到过三个儿女。那一夜，她走了十六公里的路，到邻村的警察局去报警，可没人能帮得了她。遗体被游击队员带走了，再没人发现。

我姐姐去世后，"一晚上三个，一晚上三个"，父亲那喃喃不断的悲悼其实是在跨越时空，向他的母亲恳求。他向母亲寻求同情、理解和帮助。父亲真的无法理解，短短几分钟内，三条鲜活的生命就这么没了，祖母是怎么熬过第二天的？还有第三天、第四天，以及她余生里的每一天？父亲不知道，痛失长女后他该怎么熬过以后的日子，那个生命还有那么多事情要做，那么多东西想去了解。她的生命怎能就这样结束？他的生命又该如何继续下去？

我竭力想知道，在儿女们被杀害之后，祖母是如何熬过第二天、第三天以及此后所有的日子的。她怎么会没有疯掉？知道了父亲的故事，知道了他的兄姐是怎么死的，知道了他的母亲是如何藏在房间里，只能听凭儿女死去却无力相救的事情之后，我竭力去理解那些幸存下来的人是如何挣扎着活下去的。他们如何还能站起来往前走？姐姐死了，我还怎么继续活下去？每有一个人死去，这世界就应当颤抖震荡，可如果真是这样，我们永远也无法静静地站着不动了。可是，在死亡和哀恸面前，世界的确是摇摇欲坠的。我们该如何在大地上、在生活中站稳，然后继续走下去？

安妮-玛丽去世后，哀伤成了我生活的一部分。我渐渐意识到，它是不会离去的了。哀伤能把理性碾得粉碎，而理性毫无招架之力。人人都送上劝慰——"她不想看到你伤心"，或是"她这一生活得很精彩"，这些话都挺有道理，可我就是无法停止悲悼。当死亡的恐惧劈头落下的时候，有谁能忍住了不大声尖叫？

但如今，读着这些"逃离之书"，我发现了另一种反应方式。这个办法不是把哀伤赶走，而是把它吸收掉——借助回忆来吸收哀伤。追忆无法赶走哀伤，也无法让人死而复生，但它能让我们永远记住过往。往昔里有糟糕的时刻，但也有非常非常美好的瞬间——我们曾一起大笑，一起享用美餐，一起讨论书籍。

铭记逝去的人，这也会给逝者尊严，尊重他们曾拥有的人生。在《移民》（*The Emigrants*）一书中，W. G. 席柏德（W. G. Sebald）记述了四个背井离乡的男子的人生，他们由于经济原因或战争而被迫离开德国。席柏德使用照片、日记、信件以及他走访亲友时记下的笔记，呈现出详细而丰富、充满疏离和挣扎的个人历史。四个人的故事各不相同，但他们都失去了自我的身份：三个人因二战的罪行而失去了德国人的身份，另一个人由于顺从雇主的意志而失去了自我。这些移民他国的人都努力挣扎着，想在异乡建立起新的身份，但对自我的替换着实让人难以承受。拜席柏德生动的讲述手法所赐，我们可以清楚地看到这些人的模样，可他们自己看不到——他们看到的只有幽灵般的影子，或空空如也（或不够充实）的躯壳。其中两人最终选择了自杀，另一个人选择用电击疗法毁掉自己，第四个人因自己的画作而得到救赎——他在一间废弃的仓库里作画，但那儿的灰尘是有毒的，最终夺去了他的生命。

《移民》不是一本轻松愉快的书，但它的字里行间处处回响着生命之音。伸出手指放在任何一页上，我都能感觉到席柏德笔下那些生命的心跳。这是他返还给他们的心跳之音，让他们在我眼前栩栩如生。在我看来，"追忆"意味着带着爱或尊重忆起某人。追忆是对一段人生的承认。席柏德的书是对四条生命的追忆。

如今的我四十多岁了，坐在紫绒椅里翻动膝头的书页。我父亲已有八十多岁了，而我姐姐长眠在大海中——湛蓝的天空下，穿着泳衣的我们把她的骨灰撒进海中。唯有此时，我才领悟到回望有多么重要，追忆和纪念有多么重要。父亲终于把他的故事写了下来，这是有原因的。我专门拿出一年来读书，也是有原因的。这是因为，文字是人生的见证，它们把发生过的事记录下来，令一切栩栩如生。文字创造了故事，这些故事成为历史，被人铭记不忘。即便是小说，刻画的也是真实：优秀的小说就是真实。我们所怀念的那些人，他们的人生故事把我们带回过去，同时亦让我们勇敢前行。

能抚慰哀恸的，唯有回忆。能慰藉永失之痛的，唯有承认并尊重曾经存在的那个生命。追忆一个人并不能让她死而复生，而对于过早离世的人来说，回忆也不足以补偿那些永远失去的人生机会。但回忆犹如筋骨，恢复和疗愈会围绕着它渐渐成形。我想，父亲找到了答案，他知道了他的母亲是怎么继续生活下去的，他也明白自己该如何继续生活下去。他为我写下一部历史。故事帮助了他，也帮助了我——这其中既包括父亲的人生故事，也包括我读到的每一本书中的故事。

生命切实存在的佐证，不是必将到来的死亡，而是我们曾经活出的精彩。对往昔的追忆让人生变得分外真切，年纪愈大，愈是如此。小时候，父亲曾对我说过："不必寻找幸福，活着本身就是幸福。"很多年之后我才领会了他的意思：一个曾经存在的生命的价值，活着本身的价值。在与失姊之痛的纠缠抗争中，我渐渐明白，是我看错了方向——我一直盯着姐姐人生的终点，而不是整个过程。我忽视了追忆的作用。是时候转过头来向回看了。借由向回看，我才能往前走。是时候踏上返回的旅途，回顾我自己的人生了，我还将带上对姐姐的追忆，与我一路同行。

第七章 寻觅那颗星

> "在我看来，记住我们遭受的委屈和不公是件好事，想听听为什么吗？"
>
> "想。"
>
> "这样一来，我们就可以宽恕它了。"
>
> ——查尔斯·狄更斯（Charles Dickens）
>
> 《幽灵交易》（*The Haunted Man and the Ghost's Bargain*）

　　回顾往昔时，节日总是绝佳的切入点。关于节日，我最早的回忆之一是跟姐姐们坐在金色的沙发上（在六十年代那可是非常时髦的家具），听父亲给我们读《圣诞故事》（*The Christmas Story*）。《圣诞故事》是大都会艺术博物馆（Metropolitan Museum of Art）在1966年出版的一本书，内容来自《马太福音》（*Gospels of Matthew*）和《路加福音》（*Gospels of Luke*），插图是从它自己的馆藏中选取的。

　　父亲读起书来抑扬顿挫，就像唱歌一样好听。回想过去，我发现，他的读书声让我想起电视上的南方牧师，只不过带着浓重的白俄罗斯口音。

父亲念给我们听的故事十分奇异，又令人心醉神迷。我被故事的情境和含义深深打动：包裹着婴儿的襁褓、旷野中的牧羊人、大喜的信息、平安归与他所喜悦的人，还有那句"在东方所看见的那星"。早在很多年前——在我远未成为母亲，还不曾体会到新生儿带来的那种纯粹的、爱与信念的暖流的时候——我就明白，一个躺在稻草秸秆上的无助婴孩能在人的心中激发出多么无私与无尽的爱。我能想象出，在那个寒冷的夜晚，牧羊人在黑暗中孤苦凄惶，可突然之间他们听到了乐声，抬头望向被星光点亮的夜空。天使在头顶上空飞舞，一颗巨大的星在召唤他们。他们心中充满了笃定和确信：生命可以是美好的、欢悦的、安宁的。爱和希望被分享出去，借由分享，它们传播开来。一个孩子为世间带来平安，一颗星星预示出这一切。

在我这个二十世纪六十年代生的孩子看来，这一切都极有意义。我会认真听完故事，然后走到屋外，在夜空中寻找那颗巨大的星星。我在寻找一个战争结束的预兆：越战、冷战，还有其他一切战争——儿时的我怀疑还有许多战争在各处爆发，虽然离我家后院很远，但它们就发生在别处孩子们的家里。在夜空中寻找那颗星成了我的私密圣诞仪式，那是我对和平与安宁的追寻。

母亲则在她每年亲手搭建的耶稣诞生场景中找到和平与安宁。每逢圣诞夜，除了父亲念故事和我们姊妹几个表演小戏剧之外，母亲那五层高的耶稣诞生场景也是我最爱的假日传统。在埃文斯顿的家里，母亲在壁炉旁的嵌入式书架上搭建出一个精致的世界。有些书册翻开，变成山谷；有些摆得高高的，化身为山丘。母亲在书堆上盖上白布，把它变成白雪皑皑的崎岖大地。从圣诞树上砍下的枝条插在后面当背景。场景准备好之后，母亲的小泥人们就该上场了。

这些小巧玲珑的泥人产自普罗旺斯，是用黏土做的，身上涂着明艳的色彩。传统乡村生活中的人物一个都不缺：当地的牧师正拿手帕擦拭前额上的汗水；一个妇人头上顶着一筐水果；一位年轻的母亲胳膊上挎着篮子，正准备去买东西；一个农场少年伸出胳膊搂住一头猪。教堂矗立在用书堆出的小山顶上，农场坐落在山谷间，麦草垛和牲畜零零星星地点缀在其中。整个场景里甚至还有一个修道院呢，那是我在七年级的木工课上做的，里头站着改过自新的女人，她们依然穿着浮华的衣饰，但脸上都流露出崇敬的神情。

母亲用装饰圣诞树的银色冰柱在小山的一侧做成小溪，还在岸边摆上一个渔夫。她用一面小镜子当池塘，几只鹅聚在池塘边上。有一年，安妮–玛丽带回一尊滑冰明星索尼娅·赫尼（Sonja Henie）的彩绘金属小雕像，从此她就在这个小镜湖上滑行了。

在这个耶稣诞生的场景中还有许多动物：一只狐狸，一头熊，一窝老鼠，一只狮子，各种模样的猫咪，还有一只豪猪。动物们正穿过白色亚麻布的起伏褶皱，朝着约瑟、玛利亚和躺在马槽中的婴儿耶稣走来。我父母结婚时，祖母把这套"入门级"的耶稣降生场景摆设套装送给了他们。在山上山下快活地围绕着这个幸福之家的小动物们，还有那一百多个小泥人，都是这些年来陆续添置的。

在母亲制作的耶稣诞生场景中，不光有人世间的情景，还有天堂和地狱呢。天堂搭建在最高一层的架子上，就在天花板下方的拱顶那儿。上帝置身于一群正在歌唱的天使中，统御着天国。祂的形象是个矮矮胖胖的木质小雕像，身上涂着金色和蓝色。一整支天使乐队在背景里演奏歌唱。猫天使、胖乎乎的天使、矮天使、高天使，林林总总摆满了架子。母亲在天堂的一角放了一个小人，那是荷马（Homer）；在另一个角落，坐在一架玻璃钢琴前的玻璃人儿是莫扎特（Mozart）。

地狱安置在书架最底层，还蔓延到了地板上。等我们年岁大点之后，母亲才开始搭建"地狱"，但一旦开始，就收不住手了。没过多久，地狱里就人满为患，全是红通通的小人，其中包括一个镶着红色亮片的米老鼠，还有安妮–玛丽用黏土做的红色小魔鬼，它们举着小胳膊，连成一道友好的波浪线，胖鼓鼓的脸上挂着最甜美的微笑。此外还有朋友们从墨西哥买回的亡灵节（Day of the Dead）小雕像。一条玩具蛇设法钻进了地狱，从此再没出来过。

我的圣诞节全是和父母一起过的，从不曾错过。但安妮–玛丽有几次出门在外，包括她去世前的那个圣诞。当时，她和马文还有另两个朋友一道去了印度，旅行三个星期。2004年12月26日，史上最严重的海啸席卷了印度洋。我知道安妮–玛丽原本没打算去印度南部的海岸，但两天没有她的消息了，我开始自己吓自己，设想出最糟糕的情景。万一他们改变计划了呢？万一他们去了那个海滩，被巨浪卷走了呢？当安妮-玛丽终于给父母打回电话时，我才松了一口气，觉得自己纯粹瞎操心，真够傻的。二十一天后，回到纽约，安妮-玛丽感到腹部起了一个肿块。海啸的确袭击了我们，只不过，不是当初我担忧的那一个。

安妮-玛丽过世后的那个圣诞节，母亲不想摆她的耶稣降生场景了。娜塔莎和我央求她做。

"就当为了孩子们吧，"我们说，"为了我们。"终于，她同意让人物们在冬日乐园中出场。自从父母搬到纽约居住之后，场景设计已经改变了，但一如既往地宏伟壮丽。壁炉架上搭起了几个村庄，小泥人们点缀其间，左侧就是耶稣降生的场景。几件新添的小东西也加入了进来：一只狐狸叼着送给婴儿的赠礼，一个村庄的广场上多了一个四面的小喷泉。天堂的狂欢活动在旁边的一个高箱子上展开，地狱则沉到了没启用的壁炉炉膛里。我给母亲买了一个天使小雕像：她长发及腰，正在读一本书。母亲把她放在了天堂里，靠在荷马身边。

杰克和我有我们自己的圣诞传统，这要追溯到我俩刚开始恋爱的时候。我们的初吻发生在除夕之夜；次年，我俩一起买回了我们的第一棵圣诞树。那棵树又瘦又小，不费多大劲就能从三十多个街区外的小意大利（Little Italy）区扛回到西二十一街的家里。我们把末端缀着红莓果的绿铁丝挂在树枝上——这是我们的第一个装饰物。杰克的女儿梅瑞迪斯和我一起烤了圣诞饼干，可那饼干硬得像铅坨一样。我们把它们涂上颜色，顶上钻个洞，也给挂了起来。这么多年来，我家圣诞树的尺寸从小变到大，然后又变小——全看当时住房的面积。

梅瑞迪斯搬进我们在西八十一街上那个两室公寓跟我们正式同住的那一年，我们买了一棵非常小的树。杰克和我把床搬到了客厅里，好给十四岁的女儿腾出一间卧室，另一间卧室给三个儿子共用。那年家里没地方放别的，只能放下一棵跟桌子差不多高的圣诞树。两年后，当我们离开那间公寓，搬进一幢联排别墅（墙面漏水、屋顶缺了一块、厨房不能用）的时候，我们买了一棵巨大无比的树，树梢都蹭上了客厅的天花板。

自从我们搬到郊区之后，家里的圣诞树就一年比一年大。每年我们都去镇子另一头的农场里买树，那儿种着好几英亩连绵不断的白云杉、蓝云杉和花旗松，树林沿着I-95高速一路铺展开去。今年我们照样在卡车的轰鸣声中挑选圣诞树，或许是因为卡车，或许是因为众口难调——对于哪棵树最适合进家，六个人各执己见，可能是因为我们疯狂地渴望着松树的清香吧，总之我们做了个匪夷所思的选择。我们早就忘记了，一棵树长在地里和摆在客厅里时，那尺寸看起来是大不一样的。

"确定要这棵？"当我们指向选中的树的时候，农场里的义工问道。

"没错，就要这棵。"我说。义工砍着那十英寸粗的树干时，杰克把车开了过来。等到大树终于被架上车顶，树液从车尾部滴滴答答地淌下来的时候，我明白了那小伙子的意思。耷拉下来的树枝把两边的车窗和后窗挡得严严实实。

我坐进车里，看看视觉效果。"我能清楚地看见前头。孩子们，上路！"儿子们爬进前座，我们开车回家。到家之后，把树从车上弄下来可着实不容易。经过一番拉拽，我们先把树拖到地上，然后拖着它往前门走。

"抬起来，"杰克大吼，"别拖着。抬起来！抬起来！"

杰克和迈克尔在前头拽着，我们四个一通猛推，终于把树抬上了进门的台阶。伴随着喃喃咒骂——而不是圣诞颂歌——我们把大树扛进了玄关。我们曾发誓绝对不当着孩子们的面儿说脏话，可每年买圣诞树的时候都会破戒。我把树顶的装饰物——一个金发天使——在树尖上放好（我们从哪儿弄来这么个庞然大物？），然后众人各就各位，协力把树给竖起来。经过一番推、拉、拖、拽，还爆出了更多脏话，我们终于把它竖在了两吨重的铁质底座里。树枝晃来晃去的，在四周的墙壁和天花板上蹭出绿色和棕色的长痕迹。

"是不是蹭得到处都是？"杰克蹲在树底下弄底座。

"没有，没有，"我答道，"全都妥妥的。"大树牢牢地站稳了。杰克把树干周围的螺丝拧紧，起身走开了。

我们又一次超越了自我。今年的树实在太高了，树尖儿都戳到了从二楼天花板上垂下来的枝形吊灯。吊灯上的一个灯泡刚好垂在天使的裙子上方，从一个崭新的角度把她映照得闪闪发亮。树枝伸到了楼梯上，把前面的走廊堵个正着，要经过和上楼都得费点劲。那感觉就像这棵树是先来的似的，我们反倒是第二批，围着这棵过于高大强悍的树修建起这个家。我想象着一只小松鼠从树冠里伸出脑袋来四处瞧，就像电影《圣诞假期》（*Christmas Vacation*）里演的那样。"我这是在哪儿？"毛茸茸的小家伙心下大奇，随后跳上了我的脑袋。

我把彩灯缠在树枝上，然后让孩子们往树上挂装饰品。到了傍晚时分，我们的树——我们的北极星，这一季忙活的意义——已经全部披挂整齐，闪亮登场。一点儿也不显大，尺寸刚刚好。猫儿们占领了树底下的地盘，我们都挪到了客厅里去坐着。我们只能看见它的一部分——树实在太大了，家里没有一个角度能看见它的全貌。无论从哪个角度看过去，都是"部分取景"，缤纷的色彩和小灯在深绿的背景上闪闪发亮。

接下来的几天，我把旧唱片找出来：《高山上的呼喊》（*Go Tell It on the Mountain*）——宾·克罗斯比（Bing Crosby）的圣诞歌曲集，还有亨德尔（Handel）的《弥赛亚》（*Messiah*）。我从阁楼上把盛着圣诞书籍的板条箱拖下来，在里头扒拉翻找，每一本上都承载着昔日圣诞的回忆。我们有好多童书，我最爱的几本都已经很旧了，上头印着黏糊糊的手指印，书页的边角都撕破了：《彼得·施皮尔的圣诞节》（*Peter Spier's Christmas*），画的是一家人每年必有的仪式；伊丽莎白·B·罗杰（Elizabeth B. Rodger）的《没有圣诞树的圣诞节》（*Christmas Without a Tree*），讲的是一只慷慨小猪的故事；还有邦尼·贝克（Bonny Becker）的《圣诞鳄鱼》（*The Christmas Crocodile*），插图是戴维·斯莫尔（David Small）画的，我用它来当假日家居布置的参考（当然是鳄鱼把一切吃掉之前的样子）。我们也有经典作品，比如狄更斯的《圣诞颂歌》（*A Christmas Carol*），洛伊丝·伦斯基（Lois Lenski）的《圣诞故事集》（*Christmas Stories*）——我还留着当年十岁时得到的那一本。我也保留着那本传家的、大都会艺术博物馆出版的《圣诞故事》，留着它温暖的文字和精美的插图。

　　绝大多数圣诞节，我都会把那些从阁楼上拖下来的书全部重看一遍，从最简单的童书到《圣诞鬼故事集》（*Ghost Stories of Christmas*）。但今年不行。按照我每天一本书的计划，今年我肯定没时间看了。我担心有许多圣诞节的惯例事情都没时间做了。但我会做好安排，去做大家都真心喜欢做的事儿，其余的事情就顺其自然吧。

　　我决定读一些新的圣诞书：路易莎·梅·奥尔科特（Louisa May Alcott）那本无聊得可怕的《阿伯特的鬼魂》（*Abbot's Ghost*）、吉米·卡特（Jimmy Carter）那本无聊得可爱的《普莱恩斯的圣诞节》（*Christmas in Plains*）；还有查尔斯·狄更斯那本《幽灵交易》（*The Haunted Man and the Ghost's Bargain*）。狄更斯笔下的男主角一直被回忆纠缠困扰，他始终忘不掉从前蒙受的冤屈和苦难："我看见它们出现在火焰里。在音乐里，在风中，在夜晚死一般的寂静里，在流转的岁月中，它们一再回来找我。"

一个跟这个男子长得一模一样的鬼魂向他提出了一个交易。这个影子鬼魂提出，他可以把一切糟糕的回忆都拿走，在原处留下空白。他允诺说，往昔阴影盘踞的地方会变得空荡荡的。"回忆如同诅咒；如果可以忘掉哀恸和冤屈，我愿意！"因此那位被回忆所困的男子答应了这个交易。所有的回忆都不见了，但与它们一同消失的还有他的温柔、同情、理解和关爱——他的这些能力一并没有了。这个男子明白得太迟了：放弃了回忆，他成了一个悲惨又空心的人，触碰到谁，就把悲惨传递给谁。由于这是圣诞节，也由于他是狄更斯创作出来的人物，这位备受困扰的男子得到了反悔的机会，他向鬼魂要回了自己的记忆，开始散播节日的欢乐。

我很喜欢这个故事，因为我明白回忆有多么重要。但我很难认同狄更斯下的结论：记住过去蒙受的委屈是件好事，因为这样一来"我们就可以宽恕它"。我怎能宽恕命运夺走了安妮-玛丽的生命？

圣诞节前的那个周末，我父母和娜塔莎来到西港，大家一起做每年必备的姜饼人，这是我家的传统，能一直追溯到我念小学的时候。我家的姜饼人能反映出家人的兴趣所在。我还是个小不点儿的时候，做的是沾满白色糖霜的小雪人，能有一英寸厚。我一向爱甜食，不会放过任何放纵自己的机会。十几岁时，我做了一个大卫·鲍威（David Bowie）①的姜饼人，用鲜红的肉桂糖豆做出他脸上那道闪电。安妮-

---

① 大卫·鲍威，英国著名摇滚音乐家，20世纪70年代华丽摇滚宗师，在1973年的专辑中，他在自己的脸上画上了闪电状的红色油彩。——译者注

玛丽做的是戈黛娃夫人（Lady Godiva）[1]。娜塔莎做的是穿着我们高中校服的排球选手。大约在同一时期，我母亲开始制作她的经典姜饼：在解剖学上十分正确的亚当和夏娃，还有一条天生丽质的美人鱼。今年，我儿子们转向了血腥风格，他们用红色糖粉当血，还频频地"斩掉"姜饼人的头，弄得大家好似在做一支牺牲圣徒大军似的。

日子一天天过去：阅读，写作，做圣诞卡，寄圣诞卡，唱颂歌，参加学校的派对，还有一场小车祸。在路边等校车的时候，我被追尾了。幸运的是，除了脖子有点僵之外，我并无大碍，车子也还能开。要修车只能等到假期结束了。

圣诞前夜，朋友们来我家吃晚饭。那天晚上以餐桌舞会而告终。彼得负责音乐，丈夫们管拍照，余下的人——两个妈妈和六个孩子——都踩在离地四英尺高的桌面上大肆狂欢。圣诞的清晨早早到来了，男孩子们急着去看圣诞老人送来了什么礼物。杰克开车去纽约城里接我的家人回来参加传统的节日庆典——吃、喝，再接着吃喝。我在家写书评，F. 司各特·菲茨杰拉德（F. Scott Fitzgerald）的《末代大亨的情缘》（*The Love of the Last Tycoon*），是我前一晚看完的。等到杰克跟我父母、娜塔莎和她男朋友菲利普一起回到家的时候，我刚好把它写完贴到网上。圣诞节的吃、喝、聊天、敬酒和庆祝活动开始了。

---

① 戈黛娃夫人，传说中她为了替民众争取减税，甘愿裸身骑马围城走一圈。——译者注

当我坐下来读当天的书时，已是圣诞当夜晚上十点。孩子们上楼睡了，父亲和杰克在活动室里看电影，母亲和我坐在客厅里。我俩的位置都选得很妙：全都靠着炉火，也都能清清楚楚地看见圣诞树。树上的彩灯在黑暗的前门廊里闪烁着。我拨拨壁炉里的火，给母亲拿来一杯波特酒，给自己做了一大杯掺了添万利咖啡酒（Tia Maria）的热巧克力。

我翻开迈克尔·格拉齐亚诺（Michael Graziano）写的疯狂故事——《猴子恋歌》（*The Love Song of Monkey*）。一个陷入昏迷并沉入海面下六万英里深处的男人终于有时间思考人生了。正如他所说："这世上最适合冥想的地方，莫过于海中的深岭。"

"妈妈，"我探身过去碰碰母亲的胳膊，"这本书讲的是一个留在水下的人，他死不了，但也好多年出不来。他待在那儿，彻头彻尾地思索他的人生。我觉得我跟他一样。"

"怎么说？"母亲一向愿意听我细说。

"我这个阅读年也像是个暂停，我也潜进了六万英尺深的地方——只不过是书堆里。对我来说，最适合冥想的地方莫过于书堆之中。我也终于有时间好好想想自己的人生了。"

"那你都想些什么呢？"

"我在想，这个圣诞节过得很棒。因为我只做了真心想做的事，大家也很棒，比如把你们接过来，一起做姜饼人。我没做三种饼干，而是读了一本书。而且我还有时间再读一本！我没有天天想着圣诞卡，没有因为门口的灯抓狂。我只是在前门廊上挂了一些彩灯，没管灌木丛。我让孩子们自己去装饰圣诞树，也让他们全权负责家里其他地方的装饰。"

我指指盖着白色棉布的游戏桌，那上头是一幅混搭式的圣诞村镇场景：各种造型、尺寸、来自不同国家的小摆设（我自己的收藏），塑料做的圣诞老人和小精灵、驯鹿、骆驼，旁边还有一群木质的兔子和鸟儿，一只狗，一队袖珍的玩具士兵人偶，还有一艘我父亲为孩子们雕刻的方舟，上面覆盖着彩色亮片，旁边围绕着冬青枝条。这跟母亲的小泥人村镇不太像，但自有一番风味。

"我还想了很多跟安妮-玛丽有关的事。"

母亲的神情黯淡下来。她摇摇头："我每时每刻都想着她，"她说，"要是能看着孩子们长大，她该有多高兴啊。"

"我知道。"泪水涌上我的眼眶，但我继续说下去，"他们也记得她。我想他们会永远记得。"

"希望是吧。"

"这次看书，让我明白了我们是如何铭记所爱之人的，永远铭记。他们变成了我们的一部分——他们就是我们的一部分。安妮-玛丽是这一切的一部分。"

母亲静静听着。

"这一整年，妈妈，我就像沉入六万英里深的海底，离开我平常那规划得过于细致、控制得太死的生活。这要感谢安妮-玛丽。我在水下，与读过的每一本书的作者一起畅游，吸取他们文字中的氧气，而安妮-玛丽也在那儿。像做人工呼吸一样，书本中的人物正在把生命和活力注入我的身体，新的生命。他们也帮助我学会如何让她一直活下去，活在我的心里。"

母亲点点头，她的脸绷得紧紧的，眼光朝下望去。我知道她是多么思念安妮-玛丽，多么希望此时她能和我们在一起，这些情感太痛苦了，她没法言说。我体会到了她的痛苦，四周的空气明晰而锐利，壁炉中的火苗蹿升得更旺了——对死者的怀念令生的感觉突然变得浓重鲜明。我知道，对我母亲来说，她宁愿用自己的生命来交换死亡，把我姐姐换回来。但这样的交易不存在啊。

我感到喉咙深处一阵发紧。无论是母亲还是我，都绝不会答应狄更斯笔下那鬼魂提出的交易——我们会竭尽全力，牢牢地留住有安妮-玛丽的回忆——可是，在我们对安妮-玛丽的怀念中，有没有为宽恕留下一席之地？向前走，往后看。我是不是也必须宽恕死亡夺走了姐姐？

宽恕是接纳的升华，是对生活本不公平的承认："我宽恕你，人生，我宽恕你递给我姐姐的这份烂交易。"我做不到。我能接受我活着而安妮-玛丽已经死去的事实，我能接受生活中本来就没有公平的交易——没人跟你提出来，你也谈不成。可是，宽恕？有股力量把我往回拉。

我关掉客厅中所有的灯，走到沙发旁，挨着母亲坐下。我们在黑暗中依靠着坐了很久，看着那棵超大号的、亮闪闪的圣诞树。许多年前，我曾走到屋外，在夜空中寻找那颗巨大的星星。或许这么多年来我一直在寻找的那颗星其实就在这儿，就在这棵树上，在我家里，在所有这些书中，在我心中所有的回忆里。

世间的平安。

大喜的信息。

它不是宽恕。但它是个开始。

第八章　原宥

> 内疚一旦落上肩头，就没那么容易摆脱掉了。
>
> ——马丁·科里克（Martin Corrick）
>
> 《偶然》（*By Chance*）

　　我站在姐姐逝去的病床前，听着父亲的哭泣，看着母亲紧攥住覆盖遗体的白被单下的手，那一刻我心中只有一个念头：当安妮-玛丽不能呼吸、不能继续活下去的时候，我又该如何呼吸，如何继续活下去？但是，在我的心里，在各种琐事、回忆和做事动机的空隙里，内疚在悄悄地渗透、蔓延。随着日子一天天过去，我感觉到了它的分量，它是如此沉郁，如此笨重。我与它抗争着，翻来覆去，希望能把它想清楚。我心中理性的那一面知道，我无须为她的逝去而负责，可感性的那一面就没这么确定了。一月月，一年年，内疚之情顽固地盘踞在我心中。我的应对办法是竭尽全力地生活，能多快就多快，能多猛就多猛。我以为，把一辈子当两辈子活，用安妮-玛丽再也无法拥有的体验填满我的人生，我就能把她失去的全补上。

在马丁·科里克的《偶然》中，詹姆斯·沃森·博尔索弗（James Watson Bolsover）也是一个背负着内疚感的人：两桩死亡——妻子和孩子的故去——压在他的心头。博尔索弗与悔恨搏斗着，他用理性、愤怒、悲伤和无奈的放弃来与之抗争，因为"内疚一旦落上肩头，就没那么容易摆脱"。他妻子是病逝的，显然这不是他的错，而孩子的死是因为意外事故。然而，他相信自己有可能缓解病痛，或是阻止事故。自己究竟是无辜还是有罪，博尔索弗无法做出明确的判定，于是他备受煎熬。

博尔索弗竭力想为这两桩死亡找到解释，若是它们必定要发生，那是出自什么缘由？有没有可能预先避免？他在书本中寻找解答。在《偶然》刚开头的地方，他提出了这个问题："如果小说的用意不在于理解人心，那它的目的何在？只是为了让人消磨时间吗？"但答案他是知道的。伟大文学的目的就在于把隐藏着的揭示出来，并点亮灯火，教人看见黑暗中隐匿着什么。

我跟随博尔索弗一起去寻找答案，我跟他一样，想知道为何会有死亡，我希望他能从负罪感的折磨和痛楚中解脱出来——在他寻求解脱的过程中，也告诉我该如何缓解我的苦痛。博尔索弗觉得内疚感宛如攫住他肩头的爪子，而我觉得这指爪离我更近，它就在我身体里面，在我心上留下狠狠的、尖利的抓痕。我依然跳动的心，这跳动只是出于偶然。这偶然的意外击倒了姐姐，却让我活着。

我小的时候，安妮–玛丽不是太喜欢我。她有充分的理由。我是个讨人厌的小妹妹。我趁她不在家的时候溜进她的房间，偷拿她的东西。我借她的衣服，还穿去上学。她的衣服总是比我的漂亮，她知道怎么挑好东西。犹记得，有次穿了她的衬衫之后，我把那件衣服揉巴揉巴塞进了她的衣柜深处，她问我有没见过它的时候，我还装出一脸无辜的样子。

有一天我发现了安妮–玛丽的日记，还看了。我发现她暗暗喜欢邻家小伙斯科特·古德曼。她回家时我拿这事嘲笑她。可事实是，人人都暗地里喜欢斯科特，我也是，因为他那么高，那么帅，人也和气得要命。但不可思议的是安妮–玛丽也喜欢他。她的品位总是和主流的好恶背道而驰。她并非刻意叛逆，而是喜欢挑战社会习俗。她的辨别力和心智的成熟程度远远超出普通的美国中西部的十六岁姑娘。听到我笑话她暗恋斯科特，她用尖酸刻薄的话反击了我，说我屁股那么大，大脑却只有丁点儿小。然后她把日记藏到了我再也找不到的地方。安妮–玛丽没把我乱翻东西和笑话她的事儿告诉父母。她不爱打小报告。

可我爱。在浴室里发现香烟之后，我去告密了，我跟妈妈说我担心安妮–玛丽的健康。可实际上我并不担心——那会儿没有。我就是想给她找点麻烦。我希望她注意我，注意我这个不起眼儿的小妹妹。什么样的注意都行，就算是尖酸刻薄地损我也比不搭理我强。后来，当她的反击速度越来越快，越来越尖酸的时候，我想要报复她带给我的伤害。如今我能看明白了，挑起争斗的是我，我使出了手中唯一的力量：不断地烦她、招惹她。安妮-玛丽比我年纪大，比我聪明，而且比我漂亮得多。可我轻而易举地赢得了这场烦人大赛。

在我们三姊妹之间，娜塔莎是我的玩伴，安妮-玛丽是我的招惹对象。这倒不是说我们三个没有统一战线，情势所需的时候，我们团结得很。有一年夏天，我们自驾车穿越法国，父亲开着租来的车子去加油。安妮-玛丽坐在窗边，玩着她那个名叫"阿丑"的红发丑怪娃娃。正当父亲离开加油站，开上高速的时候，安妮-玛丽不小心把阿丑掉到了车窗外。父亲不肯回去救阿丑。车子已经开上了高速公路，不远处也没有掉头的出口，我们不可能为了一个布娃娃而耽误行程。

"可那是阿丑哇！"安妮-玛丽哭喊着。娜塔莎和我也加入了，我们哭了一英里又一英里。我们为安妮-玛丽而哭，她失去了阿丑，我们也为阿丑而哭，因为它只能孤零零地留在异国他乡。

阿丑被一只施泰夫（Steiff）牌的兔子取代了，后来，阿兔又被一只12英寸高、胖鼓鼓的狮子取代。它的名字叫"阿狮"。阿狮长着一对亮晶晶的棕色眼睛，一头华美浓密的金色鬃毛，还有个软乎乎的黄肚子。安妮-玛丽喜欢让阿狮"说话"，说话时，她会一只手搂着它，用手指在背后抓着阿狮的胳膊上下摇晃，就像做手势似的。阿狮俨然是安妮-玛丽的分身。它口无遮拦，什么话都会说（用的是安妮-玛丽捏尖了的嗓音）。由于它机智又诙谐，人人都会被它逗笑。

就连我也笑呢——尽管它最精彩的言论都是在损我。比如我正说着贝蒂·麦克唐纳（Betty MacDonald）写的《匹克威克太太》（*Mrs. Piggle-Wiggle*）那套书的时候——这是我最爱的系列之一——它就会插嘴进来。"扭屁屁，扭屁屁，我喜欢这名字。①加上扑通扑通，就是我给你起的新外号……因为你走起路来就是那个样儿。扑通扑通扭屁屁。"

　　七年级的一天下午，我从学校坐巴士回家。我不记得那天为什么要坐巴士，或许是因为放学后在学校里多待了一会儿，不想一路走回家。走回家去只需三十分钟，但那天我有可能累了，或是以为天马上就要黑了。我记得的是，我觉着巴士的路线有点奇怪。不知为何，它朝着埃文斯顿城里开去。我心想，大概到了市中心它就会掉头向北，开到我家附近去吧。

　　巴士在城里那个庞大的停车场旁停了一会儿，那儿是一个重要的中转站。我朝窗外看去，正好看见安妮–玛丽站在人行道上。她同时也瞧见了我，眼睛顿时瞪得老大。她开始冲我挥手大叫。巴士开动的时候，她开始追着车跑，一边尖声高喊着，"停车！停车！"巴士停住了，安妮–玛丽跳了上来。"下去，"她对我说，"你坐错车了。"

　　原来我坐的是一辆开往芝加哥霍华德街的巴士。霍华德街周围十分破旧，净是些灯光昏暗的酒吧，装着铁窗的烈酒铺子，脏兮兮的当

---

　　①　Wiggle有"扭动、摇摆"的意思。——译者注

铺，还有快塌了的老公寓楼。对于一个身上没带钱的十二岁小丫头来说，在夜幕降临、寒意初升的时分去霍华德街，那个巴士站必定是世界上最可怕的地方。

"你救了我的命。"我一边哆嗦，一边哭着说。安妮-玛丽伸出手搂住我。

"别傻了。"

但我知道，她的确救了我。我是个讨人厌的小破孩，可她追着那辆可能会把我永远带走的巴士狂跑，把我拦了下来。她或许不喜欢我，但她的确爱我。我两一起搭上正确的巴士回家。我坐在姐姐身边，对自己发誓，以后我再也不去她房间里乱翻了，我再也不告她的状，再也不偷偷"监视"她了。以前我曾经想过，安妮-玛丽大概比我强吧，现在我确信无疑。她不但聪明又漂亮，还宽宏大度，她愿意原谅我，还救了我的命。娜塔莎是好友，是玩伴，是我做了噩梦之后去找她、她会让我睡在她旁边的那种姐姐。而安妮-玛丽成了我的标杆，我渴望得到她的赞许，那分量比父母的还重。她成了我神坛上的偶像，高高在上，从此再也没有下来过。

在佩尔·帕特森（Per Petterson）的《去往西伯利亚》（*To Siberia*）中，二战期间住在日德兰半岛北部（North Jutland）的一对兄妹家破人亡，颠沛流离，两人相依为命。可后来他们分开了。哥哥与秘密反抗组织瓜葛太深，被迫逃离那个被纳粹占领的小镇，只剩下妹妹孤单一人。她再也不能依靠哥哥了，而哥哥再也不能保护她、支持她了。她的生命变得苍白黯淡："如今我二十三岁，往后也没什么指望了，只剩余生。"

帕特森这句话是什么意思？"只剩余生？"在我看来，这话的意思是，在姑娘以后的日子里，她都是一个人了，没有哥哥的陪伴，只能一个人孤零零地活下去。我理解这种感觉。我这一辈子都是跟姐姐一起过的，突然之间，我们不能在一起了。我很难想象没有她的生活。我的生活怎么可能依然完整呢？没有一个人能填补逝者的空缺。

有一次安妮-玛丽跟我提起埃兹拉·庞德（Ezra Pound）的话，说我们最挚爱的会"永存，其余的都是渣滓"。但庞德的承诺她没说："你深爱的必将永留，任谁也无法把它从你身边夺走。"死亡也不能把我最挚爱的人夺走吗？《去往西伯利亚》中的那个妹妹活至耄耋，而且把哥哥的事情都写了下来。她把失落的团圆转变成爱的记录。在书写文字的时候，她再度寻回了兄长。在阅读文字和书籍的时候，我会再度寻回姐姐。

书中的角色令我想起安妮-玛丽。她是那种作家们非常愿意写进书里的女英雄，她有种沉静的力量，有强劲的生命弹性，她全然不在意那些琐碎的烦恼，而且她是美貌和智慧的无上结合。安妮-玛丽也有缺点，但在我看来，那些缺点也总是可以接受的。她尖酸的讥诮像刀刃般锋利精准，但她从不对承受不住的人出手（她绝不残忍）。面对愚蠢，她会不耐烦，程度或许会有些过分，但她从不会搞错对象。即便惹她发脾气的那个白痴是我，我也极少感到自己是冤枉的——我只希望多得到一点同情。而到了最后，这份同情总会来到。

托马斯·品钦（Thomas Pynchon）那本《拍卖第四十九批》（*Crying of Lot 49*）的主角是奥迪帕·马斯（Oedipa Mass）。她勇敢无畏又紧张不安，聪明机智，却也会自我怀疑；她诚实而严肃，是个乐天派，但没那么容易被说服。再加上她模样标致，双腿修长，留着一头长发，这活脱脱就是安妮-玛丽。读这本书的时候，在我想象中，奥迪帕就是我姐姐的样子，我对她的命运越来越关心了。

安妮-玛丽也是阿尔穆迪娜·索拉纳（Almudena Solana）的作品《奥萝拉·奥尔蒂斯的简历》（*The Curriculum Vitae of Aurora Ortiz*）中的奥萝拉，一个按自己的方式生活的女子，她活得充实而安静。她没法理解为何人们不愿思考和探索，而是整日忙乱："为什么人们这么害怕思考？他们为什么就不能留出点时间自省？宁静没什么不好，空虚、眩晕、甚至是不快乐，也都没什么不好。我认为这些东西就是新想法诞生的第一步。正是因为这个，我喜欢阅读。"再一次，我想象着安妮-玛丽说这些话的模样，她在给我提建议。慢下来，想一想，去读本书。而我正在照着她的话做。

看到亚托·帕西里纳（Arto Paasilinna）《嚎叫的米勒》（*The Howling Miller*）中那位叛逆的花匠，我觉得她就是安妮-玛丽的样子。没人能对萨奈玛指手画脚，告诉她该爱谁，该放弃谁。她的勇敢和忠诚让我想起姐姐。安妮-玛丽也是纳撒尼尔·霍桑的短篇小说《时间姊妹》（*The Sister Years*）里的那位"新年小妹"："在她的神情中，包含着那么多期待，还有无法言说的希望，凡是遇见她的人，莫不感到一阵由衷的盼望——那是对极其渴望的、追寻已久的东西的盼望。"安妮-玛丽看上去有点严肃，但当她展颜微笑时，她就变成了一个快乐明媚的小姑娘——期盼着世间的所有奇迹，也能把这一切奇迹都送给你。

有时候，安妮-玛丽对自己非常不确信——奇怪或崭新的情境往往会令她感到紧张——但是，当癌症这个真心恐怖的事情猛然向她袭来的时候，她用钢铁般坚强的意志做出了回应，优雅而镇定。再一次，像书中的女英雄一样，她挺身跃到癌症这辆疾驰而来的火车前，想要保护我不受现实的伤害。她独自一人，把所有的真相和所有的恐惧默默地吸收掉。如今，想到她当时的感受，想到她该有多么害怕、愤怒和无助，我就会感到一阵战栗。她为了我而表现得很勇敢，我不知道这在心理层面上对她的疾病是否有帮助。或许有可能的是，承担起保护我的担子之后——就像她一向所做的那样——她肩头的负担变得双倍沉重了。

内疚感在我心中抓刻，它就像一把刀一样，在我心头翻来搅去，让我在深夜醒来，思索着自己的失败。这种感受源自安妮-玛丽对恐怖癌症的承受。她该有多么孤独啊。我怎么就没能替她分担疾病的沉重，或是把重担从她身上移走呢？我内疚，也是因为这么些年来我一直把她放在偶像的神坛上，不让她下来。像博尔索弗一样，我也在寻找判决——我究竟是无辜还是有罪。像他一样，我也在寻找一个原因或解释——为什么她非得死去。

在《偶然》中，博尔索弗渐渐领悟到："他不是个邪恶的人，他只是比较傻。"最终，他因原谅而解脱——与其说他原谅了自己的罪孽，还不如说他原谅了自己还活着。他明白了，他能活着是种幸运；妻子和孩子死了，他能活着只是"出于偶然"。博尔索弗决定抓住这个偶然的机会，尽量去寻找安宁和快乐——趁他还有机会。每天清晨醒来，去寻找这样的景象："阳光把道路染上灿烂的金橙色"，除此之外，他还能做什么呢？他明白："人必须掌控自己的人生，否则只会变成一根随波逐流的残枝枯节。"

内疚就是把我拉回去的那股力量，它不让我宽恕死亡夺走了安妮-玛丽。内疚就是那道横亘的屏障，它不让我接受自己活着而她已不在的事实。很久以前救过我的命的姐姐，我最聪明最漂亮的长姊，如今失去了自己的生命。

我还活着，我必须原谅这一点。

快到一月底的时候，我读到了吉本芭娜娜（Banana Yoshimoto）的《月影》（*Moonlight Shadow*）。女孩早月的男友在一场车祸中丧生，她用出门跑步的方式来缓解痛楚。每天早晨出去跑步的时候，早月都会在一座桥上休息会儿，因为她和男友最后一次见面，就是在这座桥上。有天早晨，她在桥上遇到了一个女子，两人之间展开了一段奇异的友谊："在我心底的某处，觉得似乎早已和她相识，并为再次重逢喜极而泣。"透过这个女子，早月获得了一个独特的机会：跟男友再见一次面，说说话。她隔着河流呼喊："阿等，你有话想跟我说吗？我有话想对你说啊。我想跑到你身边，抱住你，庆贺我们的重逢。"①

　　读到这本书的那一天，是个寒冷却阳光灿烂的日子。孩子们上学去了，杰克上班去了，我一个人待在家。阳光透过窗户，在椅脚旁投下方方正正的光影格子，猫儿们趴卧在里头。读完《月影》之后，我靠在紫绒椅的椅背上。如果我有机会见安妮-玛丽最后一面，就像早月见到深爱的阿等一样，我会不会请她原谅我成了活下来的那一个？原谅我没能替她承担癌症的重担？不会，当然不会。这样的问题太自私了，而且只会让我们两人都痛苦。相反，我会告诉她，她给我留下了什么。我会告诉她我有多么爱她。我会向她保证，每一天她都活在我的记忆里，活在我与这个世界的接触中——我见到的人，触碰到的东西，去过的地方——这个被她留在身后的世界。我将永远带着对她的思念活下去，我不孤独。"你深爱的必将永留……"我会这么提醒她。我将带着这份爱走下去，在这份爱中，我将找到宽恕。

　　我上楼回到卧室。阿狮就坐在书架上的一摞平装推理小说上头。它已经相当破烂了，亮晶晶的眼珠儿有点松动，金黄色的鬃毛已经因为年月和尘土而染上了灰色，肚子也瘪了下去。它的脖子上系着一根金色与橙色的缎带，那是安妮-玛丽弄的——我儿子出生的时候，她

---

　　①　上述译文引自吉本芭娜娜：《厨房》，李萍译，上海译文出版社2004年版。——译者注

结束了阿狮的退休生活，请它再次出山。那根缎带让阿狮的脑袋重新直立起来，毕竟绝大多数的填充棉花都已经没了。在安妮-玛丽的手中，配上她的声音，阿狮让孩子们乐不可支。跟以前一样，阿狮总拿我开涮，用损我来打趣，儿子们高兴得要命，又不敢相信自己的耳朵，憋不住地咯咯傻乐。

如今阿狮跟着我了，它不再说话，但依然还在。我把它抱过来，在它破烂的小脑瓜上亲了一下。它是安妮-玛丽的分身，会永远跟我待在一起。就像安妮-玛丽会永远跟我在一起一样：她活在我依旧跳动的心里。

我已经把责难推开了。我的心伤痕累累，但那些如指爪般划刻我的、阻止我原谅自己的内疚之情——安妮-玛丽死了，而我还活着——已经被我清空。那么，现在我该何去何从？我该追寻什么样的"染上金橙色的灿烂道路"？我该如何生活？

我想起了阅读年的第一本书——《刺猬的优雅》里的指令。在这本书里我找到了美好的瞬间，那些"曾经中的永远"。我要去寻找美好，开启记忆，宽恕内疚。我要追寻安宁，发现快乐。前方的道路很清晰。那是一条被文字点燃照亮的道路——一个个文字汇聚成句子、段落、章节、书册。我面前的道路以书册铺成。

第九章　不速之客

> 拥有一本情理兼备的好书时，你会变得富足。
> 但是，当你把它与人分享传看时，你就得到了三重的富足。
>
> ——亨利·米勒（Henry Miller）
> 《我生命中的书》（*The Books in My Life*）

一月中旬的一天，一位不速之客闯入了我的生活。有天下午，孩子们已经放学回到家了。一位好友打电话来，问能不能过来坐坐。她带了一本书给我，"我非常喜欢这本书。"她说。我的朋友是位不速之客，更准确地说，应该是从她手中递过来的那本书，是我那一桌子书不请自来的宾朋。

每天读完一本书的工程已经持续了三个月，我已经找到了阅读和书写的和谐韵律。一月就快过去了，所谓的节后综合征啊，慵懒的冬三月啊，今年压根没机会影响到我。我一头扎在静读好书和写书评的挑战中。每天早晨，我把前一天看过的书的评论贴到网上。然后，我走到书柜前，在买来或从图书馆借来的书中翻找。我挑出当天想看的那一本，慢悠悠地走到紫绒椅前，坐下读书。如果有电话响，我就接。

"忙着呢？"电话那头问。

"嗯，工作呢。"猫儿们陪伴在侧，我窝在椅子里，正埋头读着好书。这就是我今年的工作，而且是个好活儿。虽然没薪水，但我每天都心满意足。

有些上午，把书评发到网上之后，我会出门到附近的图书馆快速浏览一番，找找新作家的书，或是心爱作家的新作。我找齐一抱书，找个安静的角落，舒服的椅子，然后坐下来读。

西港公共图书馆在全楼各处都有座位，但最好的位子在几扇大窗边，那儿视野开阔，索格塔克河（Saugatuck River）的风光尽收眼底。阳光灿烂的早晨，无论外头的温度有多低，坐在温暖的玻璃窗旁，俯瞰着波光粼粼的河水，瞧着不时掠过的鸟儿，恍然间我会以为已是暖夏。我朝着太阳闭上眼睛，黄色和橙色的光隔着眼皮闪动着，我晒得暖洋洋的，舒泰惬意，犹如正置身荒岛，除了一把沙滩椅和书册之外再无挂碍。这些天待在图书馆的时候，我就像花儿一样追着太阳跑，从这把椅子挪到另一把，始终坐在煦暖的阳光里。

刚开始的两个月，我都是自己选书，偶尔夹杂着母亲给我的一两本。可现在，朋友们开始给我推荐书了，而且人越来越多。他们一边把书递给我，一边说："看看这本。我特喜欢，我知道你也会的。"

　　可要是我不喜欢怎么办？要是我讨厌那本书怎么办？过去的几个月，在我自己挑的书里就有那么一两本是翻了翻就放下的，因为它们显然不合我的口味，而且后文也不大有改善的可能。可是，朋友送的书就不能这么处理了。朋友送的书是礼物，礼物就应该认认真真地读完，这是友谊的规则。而且我要给读完的每一本书都写篇书评，这是我的阅读年的规则。所以这下就不好办了。我不能用寥寥数语就把朋友送来的书给打发了，比如"这本很有趣"，或是"喜欢里头的景物描写"。我必须要写出完整而真诚的评论。

　　愿意拿出来跟别人分享的，必定都是心爱的好书。读到这本书的人感到很快乐，或是在字里行间得到了启发，所以他们希望朋友和家人也能领略到这些好处。跟别人分享一本心爱好书的时候，你其实是在努力地把自己体会到的那种兴奋、愉悦、战栗和激动分享出去。否则为何要分享呢？分享对书籍的爱，分享某一本书，这都是好事。可这对双方来说也是件棘手的事儿。对给出书的人来说，如果她只是把书借给你看看，那她还不算是敞开心扉，可是，如果她递书过来的时候还加了一句评论，说这是她最心爱的书之一，这种直白的承认就非常近似于袒露灵魂了。我们爱读什么样的书，就说明我们是什么样的人，坦承爱读某本书的时候，我们相当于承认这本书能真实地反映出我们个性中的某个方面——痴迷于爱情，渴望冒险，或是暗地里被犯罪深深吸引。

另一方就是接受者。如果她是个心思敏锐的人，那她就该明白，朋友的灵魂正向她敞开，她这位接受者最好不要对朋友的灵魂有所微词。我可没夸大其词。十六年前，一个跟我挺要好的同事玛丽把罗伯特·詹姆斯·沃勒（Robert James Waller）写的《廊桥遗梦》（*The Bridges of Madison County*）借给我看。我一晚上就看完了，跟玛丽讨论它的时候，我评论了几句，说我感觉这本书有点操纵的味道，而且不现实。

"当然看完啦，我熬夜看的——我想知道他俩最后有没有重聚——可说真的，这本书跟真实生活没半点关系。尽是些浪漫的傻话啊。"

玛丽说我一点没领会书中的意思，而且她再也不来找我聊办公室八卦了。我说她心爱的书傻，无异于说她傻啊！我再也不会犯这种错误了。可是，要是一位我很喜欢的朋友送我一本书，而我却不喜欢它，这书评可怎么写才好？

从刚刚会看书起到十几岁，再到成年，我们姊妹几个经常分享读书心得。娜塔莎和我都爱马成痴，我俩翻来覆去地看玛格丽特·亨利（Marguerite Henry）的作品。我最爱的是《黑金》（*Black Gold*），她最爱的是《辛可提岛的迷雾》（*Misty of Chincoteague*），而我俩都爱《天生就爱跑》（*Born to Trot*）。我满十三岁那年，安妮-玛丽送了我一本艾比·霍夫曼（Abbie Hoffman）的《偷走这本书》（*Steal This Book*）。她知道我从她房间里把她那本拿走了，所以干脆送我一本，免得我借了不还。我细细地看了目录。里头的东西我都感兴趣，但自由堕胎和治疗病症的部分把我吓着了。什么病症？我可没兴趣自己种大麻或是住到公社里。但这本书是个象征。我把它合上，随意地放在桌面上，好让朋友们来家里玩时能看到。姐姐已经向我提出了邀请，带我进入了大人的世界。我不再是小丫头妹妹了，我长大了。

我念法学院的时候，安妮–玛丽送了我此生第一本威尔基·柯林斯（Wilkie Collins）的书：《月亮宝石》（*The Moonstone*）。我一下子迷上了他，那份痴迷至今从未消减。她还试图用安东尼·特罗洛普（Anthony Trollope）的作品勾引我，可我就是不喜欢他和他的《巴塞特郡》（*Barsetshire*）。我因膝盖手术而卧床两周的时候，她给我带来了查尔斯·帕利泽（Charles Palliser）的《梅花点阵》（*The Quincunx*），这是一部仿维多利亚风格的小说：没有父亲的孩子，一连串重要事件的巧合，荒谬（但巧妙）的绰号，那引人入胜的情节让我欲罢不能，一口气从第1页一直看到最末的第781页。

在姐妹之间分享书，其袒露灵魂或遭拒的风险要比朋友之间小得多：要隐藏的东西比较少，可能会失去的也比较少。不管你的姐妹愿不愿意，她的灵魂早已在你面前袒露了几百万次（毕竟我偷看过安妮–玛丽的日记嘛）；而且，不管遇到什么困难，家人始终会陪伴在你身边，不离不弃。可是，如果向你推荐书的是个友人，风险就大得多。一本推荐出去的书就像一只伸出去的手，对方未必愿意接受，没准还会遭到冷冰冰的拒绝。荐书遭拒，会不会毁掉一段友情？会的，我跟玛丽就是如此，我再也不希望发生这种事了。

尽管我努力管住自己，不要整天说自己的读书计划，但有些朋友还是知道了这件事。我可不想当那种在晚餐派对上滔滔不绝地赞颂书本的人。为了无路可退的可怜朋友们着想，我尽量做到不独霸谈话内容，不把谈天变成读书演讲。若是我天天欢唱着"我爱呀，我爱呀，我爱呀，我爱呀，我爱上了一本极好的书"，那实在太糟啦。我非常幸运——不止一个好朋友愿意向我推荐好书，跟我说，"嘿，看看这本"。我想明白了，为这类书写书评时，我可以坦诚直言，但必须也要带着感恩之心。感谢朋友们的分享，感谢他们愿意袒露灵魂，感谢他们的情谊。

"爱是盲目的，对书的爱也是如此。"在为玛丽莎·德·洛斯·桑托斯（Marisa de los Santos）的《爱情闯进门》（*Love Walked In*）所写的书评中，我这样写道。随后我引用了母亲常说的一句佛兰德①俗语：Ieder diertje zijn pleziertje。直译过来就是"每个动物都有自己的乐趣"，意思就是"各有所爱"。这本书是别人送我的礼物，尽管书中的字句没能打动我，但赠书这个举动的确让我深为感动。因为这份礼物，我知道自己是被人爱着的，这种感觉真好。我也送给对方一份礼物来回应这份爱——我把艾丽斯·霍夫曼（Alice Hoffman）的《第三位天使》（*The Third Angel*）借给了这位朋友。这本书我刚刚读过，

---

① 佛兰德（Flanders），欧洲历史地名。位于中欧低地西部、北海沿岸，包括今比利时、法国、荷兰的部分地区。——译者注

相当喜欢。我的朋友会喜欢它吗？几周后把书还我的时候，她说她喜欢。

有些爱书人从不肯把书借给别人，怕心爱的宝贝一去不回。（有句阿拉伯古谚说，"借书出去的人是傻瓜，还书的人更傻。"）听从亨利·米勒的忠告，我一直喜欢把书借出去："像金钱一样，书籍也要经常保持流通。尽可能地借出去，借进来，书和钱都应如此！但书籍尤其应该这样，因为书代表的东西远远超过金钱。一本书不仅是个朋友，它还能帮你结交朋友。拥有一本情理兼备的好书时，你变得富足。但是，当你把它与人分享传看时，你就得到了三重的富足。"我会通过借书还书来结交朋友，而不是损伤友谊。如果我不舍得跟某本书分开，尤其是当我在边角或封底内页上做过笔记的时候，我就会新买一本，把新的借出去。

我渐渐意识到，我的阅读和分享，还有朋友们的阅读和分享，正被遍布世界的读者成倍地扩散出去——各地的朋友、姊妹、母亲、儿子发现了自己喜欢的书，然后把这发现与所爱的人分享。我之所以察觉到这一点，不是因为别人送给我的书，而是因为收到的电邮。一位好友的母亲从佛罗里达给我发来电邮，推荐我看加思·斯坦（Garth Stein）的《我在雨中等你》（*The Art of Racing in the Rain*）。加州的一位朋友在邮件中给我推荐阿拉文德·阿迪加（Aravind Adiga）的《白老虎》（*The White Tiger*）："我们的读书会刚刚读完这本书，有些人特喜欢，有些人特讨厌。没有中立的。"奥地利的一位女士写信告诉我，她很喜欢我对伊恩·麦克尤恩（Ian McEwan）的《在切瑟尔海滩上》（*On Chesil Beach*）的书评。

"你看过《赎罪》（*Atonement*）吗？"她写道，"我看完之后，给每个熟人都送了一本。书写得比电影好多了。"

我的小姑子把她那本《第三位天使》送给了我。我非常喜欢这本书。给它写书评很简单："当爱无限宽广的时候，哪怕只此一瞬，也足以改变一个人，抚慰一个人，帮助一个人，拯救一个人，此刻，就是第三位天使降临之时。当看到一抹夕阳、一片石楠花海，或拥有一只小狗就已足够的时候，当只要有爱就已足够的时候，当领悟到人生的各种可能性的确存在就已足够的时候，此刻，就是第三位天使降临之时。"或许，当一个朋友愿意敞开心扉和灵魂，把一本书送给你的时候，就是第三位天使降临之时。

我收到了一位纽约男士发来的电邮，为一次读书会搜集资料的时候，他无意中看到了我为艾丽斯·托马斯·埃利斯（Alice Thomas Ellis）的《食罪人》（*The Sin Eater*）写的书评。接下来的几个月，他定期写信给我，向我推荐伊莱恩·邓迪（Elaine Dundy）的《老人与我》（*The Old Man and Me*）、葆拉·福克斯（Paula Fox）的《绝望的角色》（*Desperate Characters*）这样的书。他和我原本素昧平生，却因为对书的热爱而结缘。一位德国读者写信给我；一个朋友的姐姐从巴西写邮件给我，向我推荐巴西的作家；一位女士从新加坡写来邮件；还有一大群英国的爱书人写信向我荐书。如饥似渴的读者遍布世界各地，人人都有"必读好书"和"珍爱之作"推荐给我。

这个阅读年的收获比我最初预想的大得多。我不仅在逐步寻回我的回忆，我也在把对阅读这个人生至乐的回忆跟越来越多的人分享：朋友、陌生人、读者、写者。

每一天，在全世界，可能会有成百甚至上千的读者拿起并翻开同一本书。有些人会专门组织阅读分享会，比如我家附近的图书馆每年都会在镇上发起读书活动。有一年我们读的是洛伊丝·劳里（Lois Lowry）的《记忆传授人》（*The Giver*），今年我们要读的是小川洋子（Yoko Ogawa）的《博士的爱情算式》（*The Housekeeper and the Professor*）。但是，就算没有人为的规划，同读一本书的现象也有可能发生：加州的一个女子决定再读一遍《伟大的盖茨比》（*The Great Gatsby*）；而同一天，德里的一个年轻人决定看看这本书是否比电影好看；与此同时，华沙一位退了休的老先生在书摊上淘到了一个相当不错的译本——*Wielki Gatsby*——于是就买了下来，回到家就看了起来。

这些读者有哪些共同之处？除了懂得如何看书并享受阅读之乐以外，他们可能一点共同点也没有。一月份，我读完了戴维·洛奇（David Lodge）的《失聪宣判》（*Deaf Sentence*），世界各地的许多人可能也一样。有位居住在"英国德文郡一处遗世独立的好地方"的女士给我发了封电邮，说她听到了洛奇朗诵这本小说，认为此书"着实迷人"啊。一位澳大利亚的女士读到了帕西里纳的《嚎叫的米勒》，随后又找到了我的那篇书评，她写信来建议我读一读毕飞宇的《青衣》。我住在康涅狄格州郊外，她住在墨尔本附近，帕西里纳生活在芬兰，毕飞宇生活在中国。一本书把世界串连了起来。解读一本书时，每个人都带入了自己的人生阅历（这也是各人看书口味不同的原因之一），但我们读到的文字是一模一样的。我们在彼此分享，也在与作者分享。

正如亨利·米勒所言，与人分享书籍的益处是"三重"的：你会发现一大堆待读的好书，有一大批新作家值得去了解，更有无数的读者可以与你一同分享阅读心得。我原先担忧的不速之客——大家发自内心推荐共享的好书——竟然成为这个阅读年的一大收获和一大奖励，让我接触到一大批新作家、新书、新创想，也结交到一大批新朋友。正如柯奈莉亚·芳珂（Cornelia Funke）的《墨水心》（*Inkheart*）中爱丽诺姨婆的话："书籍喜爱翻开它的每一个人，它给你安全感和友情，却不求任何回报；它永不会离开，即便你不曾善待它，它也永远不会走。爱，真理，美，智慧，还有能抚平死亡伤痛的慰藉。这些是谁说的？是某个爱书的人罢。"正是这份对书籍的共同热爱以及对书籍所能给予的东西的共同理解，把读者与作者紧紧地联系在一起。

借书的双方——给予方与接收方——都会心存惶恐。能够克服这份惶恐，敞开心扉去分享爱、真理、美和智慧，分享能抚平死亡伤痛的慰藉，我们该有多么勇敢！在对同一本书的欣赏和喜爱中，友谊的丝线密密地交织缠绕。如果朋友间分享的某一本书并没引起太大的共鸣，没关系，友谊也将继续。新的一天会带来新的书，或许这一本能唤起亲密又满足的知音之感。真希望当年把那本《廊桥遗梦》还给玛丽时，我不曾嘲讽，而是带着微笑，也带着另一本书。玛丽把书借给我的那一阵子，我正在看劳丽·柯文（Laurie Colwin）的大量作品。我应该把我最喜欢的那本《没有离别的告别》（*Goodbye Without Leaving*）递给她，说："看看这本，你可能会很喜欢。"

　　这样一来，友情留住了，好书亦得以共享。

第十章 未曾听到的话语

你是否曾因读完一本书而心碎?

翻过最后一页很久之后,

作者是否仍在你耳畔低语?

——伊丽莎白·马圭尔(Elizabeth Maguire)

《敞开的门》(*The Open Door*)

安妮-玛丽生病的那年春天,有个周六我来到她位于东九十六街的家里,在书房里陪她待了一个下午。多年前,她和马文就把房子翻新过了,把一间多余的小卧室改成了一个温暖舒适的书房,她就在里面工作。房间的一个角落里摆着两个矮文件柜,一张阔朗的、足有门板大小的深米色木板搭在上面,旁边就是一扇可以俯瞰九十六街和麦迪逊大道的玻璃窗。这就是安妮-玛丽的书桌。那个周六的下午,桌面上摆着一摞摞的纸和书,还有她的笔记本电脑——如今它已经合上。最后几周,她不再工作,止痛药令她状态欠佳,而且她整天都感到十分疲劳。沿着桌边摆着马文的照片，还有我家儿子们各个年龄段的照片。孩子们给她画的画整齐地贴在墙上，一旁还贴着安妮-玛丽去过的地方的明信片和宝丽来照片：巴黎、洛杉矶、菲耶索莱、皮恩扎、乌代浦尔、火岛。

桌子正对着一道顶天立地的书墙，书墙的下方装着柜门，上边是敞开式的。格子里塞满了书：艺术史、哲学、小说、诗集，还有她收藏的《丁丁历险记》（*Tintin*）。书墙和桌子之间隔着三扇朝北的窗，柔和的日光透过玻璃投射进来。空余的墙面上贴着灰绿相间的、威廉·莫里斯（William Morris）设计的墙纸，藤蔓和花朵层层叠叠，一直延伸到天花板上。

屋子当中摆着一个棕色的沙发，沙发前放着一张低矮的咖啡桌，上头堆放着书、杂志和Netflix租影碟的信封。正对着沙发的是公寓里新添置的东西——我父母送给他们的电视和DVD播放机。到了晚上，安妮-玛丽和马文就在这儿看电影，等待药物发挥作用，让她在疼痛和不适将她唤醒之前能睡上几个小时。

那个周六，安妮-玛丽还有一个客人，是她研究生院里的朋友，在威廉姆斯学院（Williams College）教书。莉兹是过来探望安妮-玛丽的，我到了没多久后她就走了。她身上的香水味很好闻，十分柔和，叫人想起新鲜的、湿漉漉的树叶。她走后，那种甜甜的香气还在萦绕盘桓，和它一起荡漾在屋内的还有所有探访客人们的善意和关切。只剩下我们两人后，我挪到沙发上挨着安妮-玛丽坐下，准备做我的常规汇报，给她讲讲我"与野蛮人共同生活"的趣事。雪莉·杰克逊（Shirley Jackson）这本同名书籍记述了她跟年幼的孩子们那些抓狂又搞笑的郊区生活，安妮-玛丽和我都非常喜欢。

但那天安妮-玛丽不想听孩子们的事。她转过来抱住我，瘦骨嶙峋的胳臂紧紧搂住我的后背。我把脸埋在她发间，听她说话。

"这不公平。"她说。

"我爱你。"我只能这样回应。我把鼻子埋进安妮-玛丽的灰毛衣里，深深地呼吸。那种好闻的香味不是来自莉兹，而是安妮-玛丽。怪不得啊，我认得这香味的。那是"蝴蝶夫人"，安妮-玛丽最心爱的香水。我深深地呼吸着，一次又一次。我把她搂得更近一些，靠近我起伏的胸膛。我想把健康传递给她。我想把长长的生命带回给她。我听不到她说什么了，我伏在她的秀发和毛衣中，我离她太近了。

我留下了那件灰色毛衣。这阵子我经常穿着它，坐在紫绒椅中看书时，我能从音乐室的窗户中感觉到二月的清寒。在楼上的壁橱里，我还留着半瓶"蝴蝶夫人"香水，能够承受的时候，我就把瓶子打开，深深地嗅闻它的香气。有时候，我很想知道那天下午当我伏在她肩头时，不曾听到的是什么。我错过了什么睿智的话语？

二月初，在另一个英年早逝的女子的故事中，我找到了睿智箴言。那是伊丽莎白·马圭尔所写的《敞开的门》，一本描写十九世纪作家康斯坦丝·费尼莫尔·伍尔森（Constance Fenimore Woolson）的小说化传记。在小说的开头，年轻的伍尔森在密歇根北部沿着麦基诺岛（Mackinac Island）独自划船。她累得直喘粗气，但她察觉到了这种感受，而且很喜欢，因为这是"健康的喘息"。她下定决心这辈子绝不结婚，绝不忍受那些与分娩相随而来的病痛："把两个姐姐的死怨到婚姻头上，这不公平，但她不打算冒这个险。为了一个男人放弃自己的人生？她才不会。她有太多事要做了。"

确如马圭尔所写，伍尔森做了许多事。她成了一名作家，靠写作养活自己和母亲，她写短篇小说和游记，也写长篇作品。她沿着美国东岸旅行，又为着健康之故，把母亲送到了南方的佛罗里达。她如饥似渴地读着所有的新书。母亲去世后，她全然不顾服丧的习俗，去了欧洲，因为她打定主意要去见见心中的一位文学英雄——亨利·詹姆斯（Henry James）。她与詹姆斯结下了深厚又常青的友谊。正如她自己的预言，伍尔森终生未嫁。她始终独立生活，其间穿插着与一位长期情人的浪漫纠葛，也有像亨利·詹姆斯这样的朋友相伴在侧。

读着这本《敞开的门》，我越来越喜欢伍尔森。她对生活怀着狂热的激情，意志坚定地争取自己想要的东西，而且她爱书。在马圭尔笔下，伍尔森这样评价读书的妙处："你是否曾因读完一本书而心碎？翻过最后一页很久之后，作者是否仍在你耳畔低语？"是的，是的！

念高中的时候，我开始摘抄书中喜欢的句子。这个摘抄本就像个宝库。我想把心爱作家在我耳畔的低语保存下来，需要的时候就可以拿出来再听一遍。第一次读到这些字句时，它们给我莫大的启发，需要时我可以一读再读，让启蒙的火焰再度照亮我的心。当年的我希望，跟随着这些字句，我会变得更强大，更智慧，更勇敢，更善良。摘抄到本子里的这些句子是我面对挑战、克服困难的明证，同时也是我的指引。

这倒不是说我从父母那里没能得到指引。但我父母从不唠唠叨叨地提建议，也不长篇大论地教训人。父亲偶尔会说我们是"寄生虫"，比如当我们姐妹几个索要更多零花钱或哀叹除草的活儿太多的时候。但他和母亲从没大肆宣扬过他们的人生准则。我们自己看他们怎么待人处事，然后从中学习。

父母亲喜欢他们的工作，我们从没听过他们抱怨"又得去上班"或工作时间太长（比如母亲在西北大学当系主任的时候，或是父亲在夜里接到紧急电话出诊的时候）。他们爱听音乐，例如舒伯特和布拉姆斯的优美乐曲，还有雅克·布里尔（Jacques Brel）、乔治斯·穆斯塔奇（Georges Moustaki）和娜娜·穆斯库莉（Nana Mouskouri）演唱的歌曲。每到星期天，我们家里总是荡漾着音乐，音乐声陪伴我们享受漫长的午餐，度过懒洋洋的下午。我父母很关心别人，尤其是那些和他们一样、难以融进社区的异类。我家常有客人来吃晚餐或过夜——无论是刚到美国的新移民，刚到校任教的新老师，还是想家的大学生。对每一个需要一点额外的支持或安慰，或只是想吃一顿家常菜的人来说，我家的大门都是敞开的。

我父亲在芝加哥的三所医院里担任外科医生，同时还在芝加哥西部的大型波兰社区里开设家庭诊所。病人付不起钱的时候，父亲就收点替代品来抵医疗费。他收到过绣了花的枕头、钩针编的毯子，还有瓶装的烈酒，病人们用这些礼物来感谢他的慷慨。他把枕头和毯子带回了家，把烈酒放在了办公室。有天下午上班时，父亲听到储藏室里传来一阵爆炸声。原来那四瓶家酿的伏特加爆掉了，空气中飘着令人头痛的白烟，玻璃碎屑迸溅得到处都是。

　　我对童年最初的记忆之一是被母亲带去参加"社区开放"的游行示威。①那是1966年秋天，我刚满四岁。那年夏天，马丁·路德·金（Martin Luther King Jr.）在芝加哥发起了自由运动（Freedom Movement），号召开放白人社区，接纳黑人家庭入住。埃文斯顿的组织者发起了活动，倡导我们镇上的社区也加入开放运动。他们组织居民们步行，从镇上的黑人聚居区出发，经过几乎是清一色的白人区，走一段长长的路。

　　我父母对住房方面的种族隔离有过切身体会。1964年他们在埃文斯顿和斯考基（Skokie）接壤的一个小区里买了一幢房子。搬进去没多久，他们在房契里发现了一个条款——他们的律师没指出来，卖方夫妇的律师也没有。那个条款禁止业主把那条死巷里的任何房产出售给"非白种人"。我父母气坏了，他们联合了街上另外几家人，发起了一项要求删除该条款的请愿活动。

————————————

　　① 即open housing或fair housing，二十世纪六十年代，美国民众倡议在住房方面取消种族隔离政策。——译者注

我母亲挨家挨户去敲门，请大家在请愿书上签字。有人家当着她的面把门重重地关上，我家邮箱里也出现了写着脏话的字条。小区里的孩子告诉安妮-玛丽和娜塔莎，"我们不能再跟你俩玩了"，他们的父母起诉我父母"骚扰"（诉状后来被撤掉了）。我们家后来搬出了那条死巷，迁入了一栋没有限制条款的房子。

母亲开始参加埃文斯顿埃比尼泽非洲人卫理公会圣公会教堂（African Methodist Episcopal Church）举办的社区开放集会。游行活动开始后，她前去参加，还把我们都带上了。游行活动总是以砖石教堂里的布道为序幕，人们挤在狭小的房间里听讲道，结束后大家一拨拨地涌出教堂。我记得，从暖和的教堂里刚一出来，一下子觉得外头好冷啊，我抬头看去，只见头顶的夜空里闪烁着千百颗星星。人人都很兴奋，很多人在唱，在笑。在我看来，这就像过节一样，于是我也跟着拍手儿鼓掌。活动的组织者让大家排成长长的队伍，带着大伙儿齐声高唱"我们必将克服困难"。路很长，母亲把我放在童车里推着，两个姐姐走在她身边，我们就这样跟着人群往前走。

虽然父母以身作则，成为绝好的示范，但幼时的我还是希望听到他们的建议。我牢牢记得父亲有次说过的话——当时我们姊妹几个正在因为某件事而抱怨——"不必寻找幸福，活着本身就是幸福。"我还想得到更多的忠告。我记得在游行开始之前在埃比尼泽教堂里听到的布道，尤其是牧师逐字逐句地引用了马丁·路德·金的话，号召大家"把机会之门向每一个人、向上帝的所有子民敞开……我们必须要让公正似水奔流，让正义如泉喷涌"。四岁的我怎么可能明白这些话的意思？可不知怎么的，我明白。

在我小时候读到的书中，主人公和父母总会给出建议，即便不是父母，也会是某个权威人物。《小间谍哈莉特》里的奥莉·高利就经常引用陀思妥耶夫斯基、古柏、爱默生和莎士比亚的话，教导哈莉特如何生活。但我父母不这样做。他们根据自己的准则生活，期待我们跟随他们，或是有自己的意见。我们如何跟随，或者要不要跟随，以及其他大大小小的决定，全都留给我们自己做主。

而我的决定未必个个都好。高中的时候我学会了抽烟喝酒，从地下室里偷了好几瓶芝华士威士忌，那些都是别人送给父亲的礼物，他没有留意看管。撞了警车还从现场逃逸的那天晚上，我没喝醉。那天晚上我完全是清醒的，只是想帮派对上的一个朋友挪挪车，他的车子被另外一辆给挡住了。他得回家啊，我发现那辆挡路车的钥匙就插在车上，于是自告奋勇地帮他挪车——那年我才十五岁，学车刚刚才两个礼拜。我钻进车里，转动钥匙就往后倒，压根没看后头。我永远也忘不了那撞击的声音，还有冲撞之下的急停。我下了车，瞧见了后头那辆黑白相间的警车稀烂的前脸，撒腿就跑。我跑过别人家的院子，翻过一个高篱笆，结果重重地摔到了另一边，扭到了脚踝。我一瘸一拐地摸回了家，却发现警察老早就在门口等着了。我只得独自坐在警车后座上，父母开车在后头跟着。

我并没有在警察局里胆战心惊地过夜，而是很顺利地出来了。我的案子开庭的时候，没有警官出庭指证我，所有的指控都撤销了。父母给我的惩罚十分公平：我被禁足六周。可在学校里我得到的惩罚更糟心。大家都嘲笑我，不认识的学生们冲我指指点点，还吃吃窃笑。朋友们意识到我放学后或周末都不能出去玩了，于是他们抛下了我，也有可能是因为他们的父母不许他们跟我一起玩。但少数几个忠诚的朋友依然不离不弃，姐姐娜塔莎也每天晚上留在家里陪我。安妮-玛丽那时候已经离家去上大学了，她觉得这一整出事故十足滑稽搞笑。如今回过头来看看，我觉得自己没有撞伤别人实在是太幸运了，而且我明白，留在家里不许出门的那些周末，让我戒掉了过早沾染上的烟酒。我记得，当时我拾起了那个摘抄本。我用本子里的字句支撑着自己，熬过了那段闯祸的日子。

高中时的摘抄本我还留着呢。那些或明显或隐晦的字句反映出少年的我对答案的摸索与渴求。里面抄着约翰·诺尔斯（John Knowles）《独自和解》（*A Separate Peace*）里的两句话："生活下去的傲慢决心尚未下定"，"只有菲尼亚斯从不害怕，只有菲尼亚斯从不憎恨别人"。那次交通事故之后，我走在学校的走廊上，高高地扬着头，在心底默念着，"从不害怕，从不憎恨……"从玛格丽特·米切尔（Margaret Mitchell）的《乱世佳人》（*Gone With the Wind*）中，我摘抄下的是这句话："不管怎么说，明天又是另外一天了。"[①]穿过

---

① 此处译文引自玛格丽特·米切尔：《乱世佳人》，陈良廷译，上海译文出版社2007年版。——译者注

走廊的时候，我心里也在默念这一句。晚上睡觉前，我会重读更多的摘抄，比如狄更斯《双城记》里那个著名的句子："我现在做的是一桩大好事情，远远胜过我一向所作所为。我现在去的是一处大好归宿，远远胜过我一向所知所解。"①（倒车时撞上警车，然后撒腿逃走？这可算不上什么大好事情！）还有我用大大的、流畅的字体抄下的那句话："他人不会令我们完整，是我们令自己完整。"这话摘自西蒙娜·德·波伏娃（Simone de Beauvoir）的《第二性》（*The Second Sex*）。

　　现在，我再度需要这样的字句。我需要从书本中得到指引。是的，我依然抱有诺尔斯所说的"生活下去的傲慢决心"，但是，该"如何"生活下去，这个问题需要好好思考。我必须再次打开我的宝库，重新存入新的智慧箴言。我需要再度倾听作者们谈论他们的人生。阅读这些或黑暗或光明的经历时，我将找到能引领我走出黑暗的智慧。

　　根据史实记载，康斯坦丝·费尼莫尔·伍尔森于五十三岁那年过世，由于受到流感和抑郁症的困扰，她可能是从公寓楼上跳下去的，也有可能是跌了下去。但马圭尔为她笔下的角色构思出了另一种结局。她让沃尔森发觉自己脑部长了肿瘤，只有几个月可活了。马圭尔自己在写作《敞开的门》时罹患卵巢癌，并在生命的最后几个月里完成了这本书。她去世时四十七岁。马圭尔这样写伍尔森的结局，是

---

①　此处译文引自狄更斯：《双城记》，张玲、张扬译，上海译文出版社2006年版。——译者注

不是因为她想借伍尔森之口，说出自己对死亡的恐惧和对即将到来的命运的最终接纳？当她让沃尔森说出下面的话时，我确信那其实是她自己的心声："这很难相信，但一旦接受了这份震惊，我感到一阵眩晕。突然之间，我感到自己从日常生活中的琐屑烦恼中解脱出来了……这就像是拿到了一纸许可，可以去做最自私、最孤僻的自己了。"

本身就是小说家的马圭尔，借伍尔森这位小说家之口来叙述她自己心中的纠结："小说家生活在将来时态里。这一辈子，我都是通过想象'将来会发生什么'来让自己从低落情绪中振作起来的。如今，没有什么将来了。我需要去体验每一件事情的本来面目。这是对我务实性格的考验。"借伍尔森之口，马圭尔盛赞活下去的欲望："死去……想象自己会死去，这是不可能的，不是吗？……在我的想象中，我会依然在那里，从天堂往下俯瞰……我似乎只是沙滩上被孩子的铲子挖出来的一个小洞，下一波潮水涌来时我就会被抹掉不见。我宁愿当一座山，永远苍翠壮丽地矗立在那里。"

就把这些马圭尔借伍尔森之口说出的字句，当作是那个周六下午在书房中安妮-玛丽喃喃说出而我却不曾听见的话吧，这些也是那天下午我俩之间所有不曾说出的话。我想象着自己回到那个棕色的沙发上，伸出双臂拥抱姐姐，再度嗅闻她身上犹如新鲜的湿润树叶般的香水味。我听见了马圭尔写的那些话，我找到了慰藉。回到紫绒椅上时，冬日的斜阳映在窗外，胖乎乎的猫儿卧在我的膝上，我抚摸着身上那件灰毛衣的袖子。安妮－玛丽"依然在那里，从天堂往下俯瞰"。

我是多么希望能把这句话告诉马圭尔啊！"你的文字真的在我耳畔低语！"我多么希望她能知道，她的确创造出了"一座永远壮丽地矗立在那里的大山"，一座为我创造的大山。这是一座由文字组成的大山，让我从中找到睿智的箴言。马圭尔为我敞开了一扇门，透过这扇门，她告诉我，人生是珍贵而脆弱的。她建议我要像她笔下那精彩的角色伍尔森一样生活，带着斗志、活力、智慧和勇气生活下去。她安慰我，死亡是可怕的，对每个人来说也都是不可避免的，但如果她可以昂然直面死亡，安妮－玛丽也可以。

马圭尔把伍尔森视作向导，也把自己对生命的理解编织到她的故事当中。如今，她俩都是我的向导。阅读年进入到第四个月的时候，她俩的文字找到了我。她们对我低语，鼓励我向前走去。这些话语已经被我存入了宝库，我会一直带着它们走下去，并且一再重温、回味。

第十一章 温暖的来处

> "一切都不重要。"他茫然地望向天花板。
> "这对我很重要，杰弗逊，"她说，"你对我很重要。"
> ——恩尼斯特·盖恩斯（Ernest J. Gaines），
> 《我的灵魂永不下跪》（*A Lesson Before Dying*）

每逢冬末那几周，我总是觉得特别冷。一连几个月，我的身体都在忙着保暖，如今已经累得筋疲力尽，实在无力对抗从门缝底下渗进来的寒意了。二月的最后一天，为了寻找阳光和温暖，我读了卡尔·海亚森的《斯凯特》（*Scat*）。我知道海亚森会把我带到佛罗里达去，让我沐浴在湿暖的气候中，再驾上一艘独木舟，绕着南佛罗里达万岛（Ten Thousand Islands）那肆意蔓延的野趣观光畅游。畅游的感觉棒极了，可是当我从紫绒椅上站起身的时候，窗外的草依然是棕黄色。冷冰冰灰扑扑的天空下，残雪脏兮兮地堆着，冰碴闪着寒光，弄得地上湿乎乎的。我告别了佛罗里达，回到康涅狄格萧索的寒冬。

　　我走到电脑前，又把那条几天前收到的Facebook消息看了一遍。是安德鲁发来的。二十七年前，我曾发誓这辈子永远爱他。一个月前，他想加我为好友，我接受了。友情可以再续，但爱情呢？那么多年前，我曾许下一条不朽的爱情誓言，可那句话更像是一个威胁：他向我提出分手，我发誓永远不会忘记他。"你也永远不会忘记我"，就是我最后的诅咒。

　　我第一次坠入爱河是在参加骑马夏令营的时候。那年我十二岁，来自密尔瓦基（Milwaukee）的提姆跟我同年，我俩都十分崇拜对方。为期四周的夏令营结束后，我俩再没见过面，但此后的几个月我总是想着他，那感觉还挺好的。

　　我的第二次恋爱是在十七岁那年，在西班牙的塞维利亚，我认识了一个男孩。我参加了高中举办的旅行团，去那边玩十天，到了那儿的第一天，我就见到了他。他是我的玩伴艾丽西亚的朋友。艾丽西亚是个很不错的姑娘，就是性子有点野。她描着重重的眼线，涂着鲜艳的口红，后裤兜里总是半露着一包香烟。她父亲挺严厉的，是个教授，也是保守的天主教徒，但他就是宠爱女儿。她告诉我，只要她考出好成绩，父亲就允许她爱干吗干吗。而她爱干的事儿就是深夜跟男朋友出去玩，一直待到凌晨。我们出去玩的头一个晚上，他们两人就介绍我认识了阿方索。

　　阿方索长得很帅，棕色的大眼睛，嘴角弯弯，鼻梁挺直，颧骨的线条无懈可击，笑起来还有个酒窝儿。他稍稍有些邋遢，头发有点油，腰上松松地系着一条有缺口的皮带，探身过来跟我握手时，衬衫的下摆从腰后松脱了出来。他礼貌、亲切，还带点儿羞涩。他让我感到舒服自在。第一次见面的那个晚上，我们去了当地一家酒吧喝啤酒，然后到塞维利亚的一个公园里去走走。艾丽西亚和男友坐在隔壁的长椅上亲吻的时候，阿方索和我磕磕巴巴地聊天——他的英语只比我的西班牙语好一点儿。

　　阿方索热爱他的城市，把它方方面面的事儿讲给我听。他告诉我，塞维利亚几百年来一直是穆斯林的都城，因此摩尔式的建筑随处可见。后来，来自西班牙北部的天主教国王斐迪南三世来到这里，赶走了所有的穆斯林，然后住进了穆斯林修建的宫殿——阿尔卡萨城堡。

　　"你一定要去看看，太壮丽了。"阿方索拉过我的手，继续说。

　　塞维利亚大教堂是在一座清真寺的原址上修建起来的，那座清真寺属于早已离去的穆斯林统治者。教堂旁矗立着希拉尔达塔（Giralda），这原本是一座宣礼塔，里面铺设的是坡道而不是楼梯，为的是方便穆斯林的宣礼员骑着马登到塔顶。

　　阿方索把一句塞维利亚的座右铭念给我听："No me ha dejado"，他解释说，这句话的意思是塞维利亚永不会抛弃她的人民。

　　"我也永不会抛弃塞维利亚。"他一边发誓，一边更紧地握住我的手，深情地望着我的眼睛。我被他迷住了。

接下来的六天里，每个下午和每个晚上，我都跟阿方索待在一起。圣周（Semana Santa）开始了，这是天主教徒的传统节日，他们在复活节到来之前做最后的忏悔。这几天，身穿白色长袍和兜帽的男子组成长长的游行队伍，跟在载有色彩缤纷的圣母像的花车后。这些男子被称作nazarenos，他们背负着巨大的木质十字架，以此纪念耶稣基督蒙受的苦难。路人为他们欢呼喝彩，还把钱币、小装饰品和鲜花放在花车上，或歌唱或哭嚎地跟着游行队伍走到终点。

游行结束后，就到了酒吧时间。这个节日期间很受人欢迎的饮品是postura，是由金酒和白葡萄酒调成的。我喜欢它那爽冽的口感，也喜欢它辣辣地灼着我的喉头，然后顺滑而下，犹如一道火线般直烧到腹中。酒吧里挤满了人，地上木屑的味道和杜卡多（Ducados）牌与万宝路（Marlboros）牌香烟的气息混合在一起。在一个来自美国中西部的女孩儿看来，这调调简直就是穿越到了现代的"卡门"啊，而且身边还站着专属于我的英俊斗牛士。我们挤过人满为患的酒吧，坐在幽暗的角落里，相互喂着好吃的：盛在袖珍小碟子里的鲜虾、香蒜味的薯片，还有饱满的青橄榄。

临近周末的一天，轮到阿方索背着沉重的木十字架走过塞维利亚的街道了。男人们都带着兜帽，我也分辨不出究竟哪个是他，所以无论谁走过我面前，我都高声欢呼喝彩。第二天，阿方索带我回家去见他父母。他住在一幢巨大的石头房子里，旁边就是一个栽满橘子树、铺着黄色鹅卵石的静谧广场。我们坐在一个天花板足有十五英尺高的房间里，墙上贴着压花的墙纸，色调阴郁的沉重画像环绕四周，我们坐的精美雕花木椅就跟十年后我在大都会美术馆家具厅里看到的展品差不多。他父母的英语流畅动听，还拿橘子汽水和杏仁饼干给我吃。突然，阿方索的妈妈探身过来，细瞧儿子的脖颈。不到八小时前，我爱意满满地咬过那儿。

"哎唷！你的脖子上怎么有这么多瘀青！"

我缩进十八世纪大椅子的软垫中。

"背十字架弄的，妈妈。"

"好孩子。"她带着微笑重新坐了回去。

第二天早上我就被车撞了。在外面度过了漫长的一夜后，我穿过马路回家，压根没看见有车开过来。我拒绝承认这出车祸是报应——我们对阿方索的妈妈撒了谎。后来忧心忡忡的肇事司机来到医院，给我带了一个礼物，一个会亮灯的希拉尔达塔小模型。我刚把它装好，它就在我眼前爆裂开来。就算是这样，我也拒绝看到上帝的旨意。我眼里只有阿方索。我恋爱了。

离开塞维利亚那一天，我寄住的那一家的父亲祝愿我跟阿方索一切顺利，叫我好好抓牢他。

"他父亲那边是塞维利亚的名门望族，有年头了。他妈妈是佛朗哥家族的人。"

我爱上了一个弗朗西斯科·佛朗哥（Francisco Franco）家族的男孩子。阿方索是个温柔的好爱人，不带一丝戾气。可一想到佛朗哥，穿着凉鞋的我就一阵哆嗦。

　　我没能抓牢阿方索——时间和距离让我们渐行渐远。后来我的确又见到了他，那是三年之后，我回到西班牙去念大学一年级。他住在伦敦城外，我去那儿探望他。他带我到坦布里奇维尔斯①去吃咖喱。他依然是塞尔维亚的那个温柔小伙儿，而且一如既往地英俊帅气，潇洒不羁。我不再爱他，但我喜爱他的温柔体贴，也喜欢回忆起当年的往事：彻夜在拥挤的塞维利亚街头漫步，共用一个酒杯啜饮postura，他紧紧地握住我的手，向我讲起那座城市的故事。

　　后来，我还恋爱过几次，每次都以为对方是我的真命天子。就像南希·米特福德（Nancy Mitford）让她笔下的人物"脱缰野马"在《寻爱》（*The Pursuit of Love*）中说的那样："人总是这么以为，每次都是。""脱缰野马"很了解这种心情，她一次次地离开孩子们，去追逐新的爱情。我嫁给了最后一任爱人，而且我们很幸福。可突然之间，有一个男人——那个我曾为他写过成卷成卷的情诗的男人，那个让我一夜之间在校园中穿梭了六次，只为能多拥有一次晚安之吻的男人，那个我曾用马克笔在他胸口上写下我的名字，只为把其他姑娘们都轰走的男人——想要重新进入我的生活。对于我们共同度过的日子，我心中存着温馨的回忆，可我还爱他吗？

　　12月，我在朋友女儿的催促下读了《暮光之城》（*Twilight*），

---

　　① Tunbridge Wells，英格兰东南部肯特郡西南部的自治市，疗养胜地。——译者注

我觉得这套书十分滑稽有趣。可现在细想起爱情这回事，我发觉斯蒂芬妮·梅尔（Stephenie Meyer）的笔法真是娴熟，她细腻地刻画出当某人第一次想从另一个人身上得到更多东西（无论是身体上还是灵魂上）的时候，心中涌起的那种战栗。十几岁的贝拉是学校里的新生，她感到孤独，觉得自己与周围格格不入。她发觉自己对爱德华——她那位英俊性感、衣着得体又非常聪明的实验课搭档——有种奇异的迷恋。发现他是个吸血鬼的时候，她的渴望不曾消退，反而变得更加强烈。贝拉说，对这个她深深爱上的吸血鬼，她有种"无法抵抗的、想要触摸他的渴望"。我明白这种感觉。在塞维利亚，我头一回体验到了这种情感，很吓人，但也很美好。最强烈的战栗莫过于对初吻的期盼。梅尔聪明地把青少年的荷尔蒙（性的渴望）与神秘现象（吸血鬼）结合起来，又把性的欲望融入一场善恶的战争。欲望是一头猛兽，但年轻的恋人（善的一面）愿意接受它，鼓励它，因为她深信，欲望中罪恶的一面终会被驯服。阿方索身上没有丝毫罪恶，但安德鲁绝对有，二十七年前，驯服他的欲望是如此强烈，让人难以抵挡。

或许这就是爱：把欲望驯服成为某种踏实的、可以延续的东西。如今，我和杰克之间的激情已经与二十年前新年夜的初吻不一样了。欲望的火花初绽几周后，杰克到外地出差。我不能忍受离开他的日子，于是跳上飞机，到犹他州去找他。我们观赏了盐湖城上空电闪雷鸣的大雨，还到帕克城（Park City）山顶上的雪景酒店度了周末。但现在，我们更满足于待在家里，我们的激情蕴含在举案齐眉的深情中，在递过来的一杯咖啡里，在一切我们能争取到的二人世界中——离开孩子们、离开他的工作和我的阅读。我们依然保有我们的"暮光时刻"，但更好的是，我们拥有一份持续了二十多年的爱。

在劳丽·柯文写的《家庭的幸福》（*Family Happiness*）中，一个拥有完美人生的女人——有老公、有工作、有孩子、有足够的钱和空闲——爱上了另一个男人。对她来说，丈夫和孩子还不够。她解释说，家庭中的爱是"智慧的，深刻的，从来不会没有回报。它是一切好事的基础，而且光明正大，没有一点需要藏着掖着的东西"。另一方面，她那隐秘的情事，她对家庭之外的那个男子的欲望是"软弱无力的，不会有结局，也不会有任何结果，无论对谁都没有一丁点儿好处。"由于这本《家庭的幸福》更侧重于幻想而非事实，波莉留住了生命中的两种爱，一种是欲望和激情，一种是长久不衰的、对家庭的爱。没有人发现她的情人，没人受到伤害，唯有波莉一人不得不忍受着"充满冲突和痛苦的人生"。她认为这个代价很值得。

在福特·马多克斯·福特（Ford Madox Ford）的小说《好兵》（*The Good Soldier*）中，爱遭到了严厉的对待。两对奸诈而贪婪的夫妻操纵着欲望，把它当作人生战场上的武器。当爱在毫无预兆的情况下突然现身的时候，它被看成了缺点，同时也是一个必须被消灭的威胁——被其他的角色通过"极为正常的、高尚的、稍稍带点欺骗性质"的行为给扼杀了。欲望可以纵容，但在福特的书中，爱情只能导致疯狂和自杀。

在玛吉·埃斯特普（Maggie Estep）的《奇异爱丽斯》（*Alice Fantastic*）中，坠入爱河是简单的，必要的，基本的。爱情到来之后发生的事情才更为复杂，其中夹杂着大量的欲望以及独立、争斗、显露出来的妒意，还有最终的接纳。我理解这种爱，爱不是战场，而是一连串的向着未知的纵身飞跃，偶尔你会撞出青肿，极少数情况下你会头破血流，但那种激扬的欢欣和快乐让一切瘀青和伤痕都变得值得。

《奇异爱丽斯》这本书中包含了各色各样的浪漫爱情，但让我不忍释卷的是埃斯特普对爱丽斯和艾洛伊斯之间姐妹之爱的描写。这姐妹俩长得不像，脾气秉性也迥然不同，从工作到爱情没有一处相似。当她俩发现，两人都在无意中跟同一个男人先后发生过一夜情之后，这出偶然的情事只凸显出两人的不同。艾洛伊丝很生气，她觉得自己很轻贱，而爱丽斯觉得没什么大不了——虽然她再也不会跟威廉上床了。

共同看着母亲的秘密一点点被揭开，姐妹两人的心终于贴近了："泪水滚落下来，艾丽斯伸出胳膊搂住我，很久，很久。我们又像是小孩子了。差异的海洋平静下来。"与爱相比，她俩之间那"差异的海洋"不值一提。她俩唯一的共同点（除了同一个露水情人和都爱狗之外）就是，在这世上她们最爱的人就是母亲和对方。

尽管个性上有天壤之别，但都深爱对方——这种矛盾唯有在手足关系中才会存在。我爱两个姐姐，但是，如果我们是在咖啡桌旁或在派对上相识的陌生人，我们或许永远也不会成为朋友。我跟父母的性格很像（尽管之前我不大愿意承认），但跟安妮-玛丽的共同点就非常少——除了都爱书、爱艺术之美以外。娜塔莎跟我的共同兴趣要多些，但我们姊妹三个结交的朋友类型不一样，爱上的人也都不是同一型的。在理想中的美食、度假、居家和政治观点上，我们三个从没达成过一致。我有了孩子之后，我们的不一致发展到了给孩子取什么名儿，剪什么样的发型，哄睡前应该做些什么。正如里尔克（Rilke）在他的诗作《姊妹》中所写的那样，"瞧啊，看那相同的可能性/在那截然相反的举止中渐渐展现"。然而，我们全心全意地爱着彼此，没有一点犹豫。在生命中最重要的时刻里，我们彼此陪伴——在没那么重要的时刻里，也是一样。

安妮-玛丽是全家人中第一个见到杰克的。她那热情的肯定（"你们俩就像是双胞胎，真是天生一对儿啊！"）坚定了每一个人的信心，包括我在内。我生大儿子彼得的时候，她陪着我散步，度过这辈子头一回生产的阵痛。我们沿着哈德逊河来来回回地走，安妮-玛丽在纸上记录下我每次宫缩的间隔时间。彼得出生后，每年生日，她都会亲手烤一个蛋糕送给他。最棒的一个蛋糕是乐高积木形状的，洒着红艳艳的糖霜。我有一本影集，里面收藏着这些年来所有她亲手做的蛋糕的照片。每一张照片上，她都开怀大笑，双手捧着亲手做的甜点迎向彼得。

关于爱，一个最简单却极为感人的解释来自恩尼斯特·盖恩斯所著的《我的灵魂永不下跪》中的一个人物说的话。这本小说讲述了一个大学毕业后当了老师的美国南方青年格兰特，经人劝说去探望一个名叫杰斐逊的男孩子，杰斐逊因杀人被判死刑，但他只是目睹了那场谋杀，并没有参与。杰斐逊的教母希望格兰特能在杰斐逊死前给他一点小小的启蒙，好让他能像个人一样死去，而不是像他自己的辩护律师所称呼的"猪"。她希望教子能在生命结束的时候得到尊严，知道"在最后的时刻，他不是匍匐着朝那个白人爬过去的，而是挺直腰杆，站直了走过去"。

　　探监的时候，格兰特看到杰斐逊对教母说："这不重要……一切都不重要。"而他的教母答道："这对我很重要，杰弗逊……你对我很重要。"

　　你对我很重要。读着这句话，我胸臆间涨满了感动。这就是爱的真谛，一个人对另一个人很重要，芸芸众生之中，某一个人的存在很重要。人因个性和独特而珍贵。我们不是面目雷同、可以随意替换的角色。我们因被爱而独一无二。

　　拥有并需要这份独特的欣赏——欲望与此不同，喜爱也是。欲望有涨有退，喜爱也无须承诺。但"你对我很重要"意味着，说话的人已经接受了天长地久，甚至是主动承担起这份心愿：从今日始，我将陪伴你，拥抱你，赞赏你。这种情感是牢靠的：我会在这里照顾你。有朝一日，当你离去，我会在这里纪念你。

　　安德鲁突然在Facebook上给我发信息的前几天，我接到了杰克的电话。孩子们都放学回到家了，我刚刚读完当天那本书，妮娜·瑞沃（Nina Revoyr）的《梦想年代》（*The Age of Dreaming*）。

"到医生办公室来找我。我胸口疼。"一小时后，我眼睁睁看着他躺在担架上被人抬走，身上连着监控器、氧气袋，还有其他天知道是什么玩意儿的东西。我回到家，什么也没跟孩子们透露，只是说我要早点出门去上即兴表演课，彼得负责叫比萨，督促每个人按时上床睡觉。我亲吻了每一个孩子，然后去了医院。

接待处的男子把我带到心脏监护病房，还冲我挤挤眼儿："万一不行了，就告诉我一声。"他在勾引一个准寡妇吗？我鸡皮疙瘩都起来了，忍住了许久的眼泪哗哗地从脸颊流下来。

结果，杰克一点事儿都没有。我不会成为寡妇，看来接待处那位大情圣运气欠佳啊。杰克没有心脏病。所有的检查都显示，他的心脏活动很正常，氧气水平很好，身体相当健康。当晚，我陪在他身边，再一次告诉自己，他一切安好，不要担心。等到医生晚上来查房的时候，比起老公的健康，我更担忧的是要走到那个黑乎乎又没有人的停车场去。我们下定决心要继续携手相伴许多年，所以我们两个人都必须健健康康地活着。医生向我保证，停车场里有监控摄像，但他很乐意把我送到车子那儿去。

"哦，我想再多待一会儿，"我转身握住杰克的手。我这辈子最后的爱，我们已经携手走过了许多个年头，我要握住这双手，继续走下去。

我父亲最初与最后的爱就是我母亲。在鲁汶大学（University of Leuven）的一次晚间哲学课上，他第一次遇到了她。当时他已是医学院的学生，而她正在念文学系。教授在讲台上谈论圣托马斯·阿奎那（Saint Thomas Aquinas）的时候，我父亲在笔记本上画下了母亲的素描像。他还保留着那幅素描，那个本子稳稳妥妥地放在他床头的抽屉里。认识我父亲之前，母亲的追求者甚多，但她一个都没看上。她遇上的头一次求婚是那男孩子的母亲代为提亲的，他太害羞了，不敢张口问。遭到我母亲拒绝之后，那个羞涩的男生跑去参加了法国外籍军团。据我所知，自从我父母来到美国后，就没有什么前男友出现在母亲的生活里了，不过，他们那一代人没有Facebook啊。

在妮可·克劳斯（Nicole Krauss）的《爱的历史》（The History of Love）中，让旧情人再度相逢的并不是Facebook，而是执着的心。这个小说讲的是利欧的故事：他"是个很棒的作家，他恋爱了。这就是他的人生"。写作，恋爱。但战争把他和初恋情人艾尔玛分开了。她以为再也见不到利欧，所以另嫁他人。多年后，当利欧再度找到艾尔玛的时候，她该怎么办？她珍藏着他为她写下的文字——毕竟他是个作家——但她让他走。他继续爱着她，可她爱的只是对他的回忆。

爱"对安德鲁的回忆"，跟爱安德鲁是两码事。我跟阿方索的回忆甚至更加甜蜜——他从没甩过我，可我也不再爱他。真相是，无论回忆有多么甜美，这些男孩子未曾与我天长地久。我未曾与他们共度过无数时光，多年前的情愫也不曾延续下来。我怀恋那些情感，但不再感同身受。对于那条Facebook消息中潜藏的提问，我有了答案：我曾经爱过你，但现在不了。

在E. M. 德拉菲尔德（E. M. Delafield）的《乡下夫人在伦敦》（*The Provincial Lady in London*）中，女主角的一位老朋友脱口说出："除了爱，世上的一切都不重要。"她是怎么回答的呢？"银行账户，健康的牙齿，麻利能干的仆人，样样都比那重要。"我大笑着在这句话底下画上了线。忽然，我想起了《我的灵魂永不下跪》中杰斐逊教母的话："你对我很重要。"重要的不是爱这个情感本身，而是我爱的人，那个让这个词变得安稳踏实的人。

当然，人生中有许多小事都很重要，比如银行账户和健康的牙齿，也有许多事根本不重要，比如我头发的状态，或是家里每张床底下都有的灰尘毛球。但是，在这些大大小小的事情中，在心脏监护室、Facebook消息和床底的灰尘中，我所爱的人最重要。

我应该让他们知道，自始至终，他们对我有多么重要。爱的话语会让我们温暖舒畅，即便是在冬末时分。

第十二章　如此丰富的人生

> 既然我已经把了解这件事的痛苦承担了起来，
>
> 我最好问一问，我是否真的想知道这些。
>
> 是的，我想知道，我需要知道，但我不愿知道。
>
> ——温德尔·贝里（Wendell Berry）
>
> 《汉娜·库尔特》（*Hannah Coulter*）

1945年2月13日夜里，我父亲看到五英里外德累斯顿（Dresden）的上空腾起了熊熊火焰，浓烟滚滚。正值将明未明的时分，他透过深沉的夜，遥望着那个地方。他不敢相信自己的眼睛，心里像灌了铅一般沉重——那座城市被炸了。他能闻到烟的气息，而且他知道，熊熊燃烧的不只是楼房而已。成千上万的难民上路逃难，躲避即将到来的苏联军队，他也是难民中的一员。当他在野地里扎营休息的时候，其余难民继续朝着德累斯顿进发，那里是欧洲最美的城市之一，他们要去跟那里的市民和另外数千名难民汇合。

　　等到轰炸结束，德累斯顿已经毁了，城里的绝大多数人都死了——要么被烧死，要么就被闷死在地堡里。两天轰炸下来，罹难人数估计在数万到数十万之间。如果父亲没有停下来在野地里睡一觉，他也会成为其中的一分子。再往前算两年，在那个游击队员来到农庄，杀害了谢尔盖、安东妮娜和波利斯的那个晚上，他也可能会送命。他熬过了战争，活了下来，否则我也不会坐在这儿看书了。但是，生和死都引发出一波波的涟漪，在他的人生中扩散开来。他的所见所闻，他遭受的苦难，他知道的东西，都对他的生命造成了影响。

　　阅读年刚开始的时候，远在比利时的一位表哥送给我一本荷兰作家哈里·穆里施（Harry Mulisch）①写的《暗杀》（*The Assault*）。一连好几个月，它一直放在我的书架上，被贬谪到一个遥远的角落里。"可这本书真的很好。"表哥坚持说。可他不知道的是，我被封面上的照片吓到了——一个死人躺在街道上。封底的文字更让我惊惧："一个以残暴闻名的纳粹奸细被人刺杀了……德国人屠杀了一个无辜的家庭，作为报复。"我不敢读它，是因为我知道它写的是战争、报复还有仇恨。我从父亲那儿听到过这样的故事，我也知道战争期间发生过什么。我当真想读这本书吗？

————————

　　① 哈里·库特·维克托·穆里施（Harry Kurt Victor Mulisch, 1927—2010），荷兰著名作家，出版超过 30 部小说、戏剧、随笔、诗集等作品，被誉为战后荷兰文学三巨头之一。穆里施1982年发行的长篇小说《暗杀》被改编拍摄成荷兰语同名电影（1986年发行），并获得当年金球奖和奥斯卡最佳外语片奖。——译者注

可是，在三月底的时候，我终于走到书架前，取出了这本书。这一年，我要体验好书想要告诉我的一切，不能让心中的恐惧挡道。

翻开这本《暗杀》，一连三个小时我都没有起身。小说是根据一个真实事件写成的，说的是在纳粹占领荷兰的末期，一个残暴的荷兰警察被人谋杀了。而这次谋杀对每一个卷入此事的人都产生了深远的影响：被冤枉的那个家庭、迅速展开恐怖报复行动的德国军官、真正的杀手以及那个被害警察的家人。

在小说的开头，名叫安东的小男孩沿着运河溜达，摩托艇驶过，激起阵阵水波，他看得入了迷："整个水面上荡起复杂的涟漪，变幻不定，数分钟不散……每一次，安东都努力地想要瞧明白这是怎么回事，可这涟漪每次都变得太复杂，他没法看清楚。"随着阅读渐渐深入，我意识到，这"复杂的涟漪"犹如一句预言，昭示着即将发生的事情：警察遇刺，随后安东的全家遭到屠杀，只有小男孩一人活了下来。安东将用整个余生来努力梳理那个恐怖夜晚发生的事，挣扎着想要弄明白那个荷兰警察为何会被杀掉，自己的家人为何成了报复的目标，而在这幅痛苦组成的拼图中，其余那些人又置身何处。

战争结束后，安东被亲戚收留，重返学校，最后成就了一番事业，也收获了爱情。幸福和欢乐的时刻在他生命中再度出现，比如儿子的降生。他用死去哥哥的名字，给孩子命名为彼得。但安东依然在寻找，想要看清那一晚的全貌，他想知道为何他活了下来，家人却没有。生存本身即是"复杂的涟漪"，战争给人留下了失去、恐惧、愤怒和迷茫的伤痕。对于安东来说，战争给他留下的伤痕是心中永远无法驱散的悲观，还有那盘桓着不肯离去的、对家门外那恐怖一夜的记忆。"世界是地狱……就算明天世上成了天堂，由于那发生过的一切，它也不会完美了。一切再也不会归于正确的位置。"

对于我父亲来说，战争的结果是他背井离乡，最终去往大洋彼岸，在一个新世界里重新开始生活。父母告诉我，我的名字是跟着莫斯科芭蕾舞团的演员们取的，她们绝大多数都叫妮娜。但我也知道，我的名字也是战争引起的一个涟漪——它源自父亲的姐姐，1943年那个夜里被人杀害的安东妮娜。就像安东用死去兄弟的名字为儿子命名一样，我的名字也是对一个逝去的生命、一个被战争夺走的手足的纪念。

在《暗杀》的最末一章里，人到中年的安东卷入了一场反核示威。游行的人们抗议未来毁灭性的核战争。但是，对于核战争是否能被制止，安东并不乐观。他深信："到了最后，一切都会被遗忘。"他所说的遗忘并不是宽恕，而是不曾汲取一点教训。他相信战争的恐怖必将一再上演。

看到安东的结论，窝在紫绒椅里的我泛起一阵寒意。一切真的终将被人遗忘吗？人们不曾汲取一点教训？我想起我读过的描写战争的第一本书，艾琳·亨特（Irene Hunt）写的《五度春秋》（*Across Five Aprils*）。它讲的是伊利诺伊州南部的克莱顿一家的故事。这个家庭因美国内战而分崩离析：一个儿子加入了北方军队，另一个南下，跟南方军队并肩作战。

我是在1975年读到这本书的，这是中学功课的一部分。那时，美国即将结束越战，而我们的老师却没能把我们的阅读材料跟现实联系起来：书中描写了战争、伤害，因战争而分崩离析的家庭，还有因意见不合而遭到破坏的国家。身为1962年出生的八年级学生，我们的整个生活始终笼罩在越战的阴影之下。我们已经做好了准备，可以探讨十九世纪六十年代与二十世纪六七十年代所发生的冲突的相似性。这本该是个很好的机会，可以让我们谈谈战争，并且去理解它——或是不理解它。可相反，我们老师把《五度春秋》当成历史小说来教，用它来印证我们在社会研究课上学到的事实——那些为了应付考试而必须了解的事实，考完之后就可以全部抛在脑后。

我还记得七十年代初的某个星期天去教堂的情景，比我读到《五度春秋》大概早一两年。牧师在布道中谴责了所有反对越战的人。

"我们必须坚定不移地支持我国对共产主义和无神论的打击战争。我要告诉你们，要么爱美国，要么就走。"

我身旁，坐在教堂长凳上的母亲蓦地坐直了身子，她的呼吸突然变得急促起来。布道结束后，她随着人流出走教堂，下巴和胳膊都在颤抖。我不记得她是如何跟牧师开始争执的了，但我的确记得，我俩站在教堂外的人行道上，我在她身旁，听着她的声音忽而升高，忽而低落，愤怒令她哽咽，泪水从她的面颊流下。我抓住她的裙角，感受到她坚定的心意。

"民主靠的是国民能畅所欲言，无论这意见是支持政府还是批评政府！离开美国？不，我选择努力把它变成一个更美好的国家，一个能够终结战争，而不是没完没了打仗的国家。"

我感觉得到她那强烈的愤怒，因为一个神职人员为战争唱了赞歌。就像库尔特·冯内古特（Kurt Vonnegut）在描述他的二战经历时说的那样，"战争是谋杀"，我们最好不要忘记这一点。圣亚他那修（Saint Athanasius）教堂的那个牧师忘了这一点。我母亲没忘，我父亲也没有。此后我们再也没有去过那个教堂。

我常常发觉自己在晚餐派对上跟人争论人类的利他精神。有一次我记得特别清楚，那是一个温暖的夏夜，在东汉普顿（East Hampton），有泳池，有龙虾。在八人的餐桌上，我发觉自己是唯一一个愿意相信人类生来就是愿意合作，愿意做事的。我环顾四周，看着这些同桌进餐的朋友，他们全都来自友爱的家庭，受过良好的公立教育，职业生涯一片光明。他们为何就没意识到，他们这丰盛的人生正是建立在人类的良善之上？我认为，人们的善良与无私结出了大大小小的果实，这些佳肴美馔、多年来的友情还有日益壮大的家庭（娃娃们都跟在身边呢）就是明证。但是，席间一位女士莉萨打出了一张王牌——只要争论起人性善恶，这个问题一向有着巨大的威力：

"那战争呢？如果我们这么好，那为什么我们还会互相杀戮？"

我没法回答莉萨。但现在我知道应该怎么对她说了。

"去找本书看，"我应该这样说，"看看我们为何会打仗，去体会那个令我们变得暴力的肇因。"

　　我们不可能坐在夏夜的凉台上解决人性本善还是本恶的问题，但是，如果，只是如果，如果莉萨能在睡前读一本书，而且当真看进去了，她或许就更有可能了解我们那隐秘的自我、野心和欲望，以及这些欲望对我们的人生造成的影响——好坏皆有。

　　在温德尔·贝里写的《汉娜·库尔特》一书中，故事的主角汉娜决定借助书的帮助来理解战争。她的第一任丈夫在1942年去了欧洲并遭到杀害。她又结婚了，可第二任丈夫内森又被派往太平洋战区。参加了冲绳战役后，他回到了家。无论是对汉娜还是对别人，他都绝口不提在那边的见闻。几十年过去，丈夫去世后，汉娜发现自己极想了解那场战争，于是她在书中寻找答案："我需要知道，但我不愿知道。"

　　她从阅读中找到的解答是，丈夫当年忍受的那些恐怖场景是战争中无可回避的事实。战争是"血肉的风暴，是爆炸，是地震，是火焰，是一场人为的自然灾害，在长久以来的愚昧、怨憎、贪婪、高傲、自私和对权力的愚蠢热爱中渐渐积聚成形……如同一场借着风势的烈火，吞噬了宁静的土地和善良的人民"。汉娜之所以要回溯战争的后果，不止是为了她的丈夫，也是为了自己和孩子们。她需要了解他在战场上的经历，以便理解他返家后的行为——既作为丈夫，也作为父亲。她渐渐明白，他需要家乡的宁静，需要亲人的围绕，也需要她的爱，他需要用这些来驱赶战时的记忆："他需要知道他待在这儿，而我也在这儿陪着他，他需要知道他已经再度从战争世界中回来了，回到这儿了。放心之后，他就能再度安眠，而我也能安眠了。"

安东曾喟叹，"到了最后，一切都会被遗忘"，而书籍就是对抗这句话的武器。书籍可以令体验复活，也让人们汲取教训。看着运河上小船引起的涟漪却无法"瞧明白这是怎么回事"的安东感到挫败，但我没有这种挫败感。我明白涟漪的由来和它们造成的影响，这是因为《暗杀》回溯了往事，把那个恐怖之夜与每一个参与人之间的关联都呈现了出来。读完这本书，我能够想象、也永不会忘记战争的代价。我体验了安东所体验的，如今我也将永远记得他。

通过阅读《暗杀》和《汉娜·库尔特》，我体验到了战争的滋味——没错，虽然这体验很安全，但依然让人汗湿背脊，泪流满面。读其他书时也是一样，比如在《奇异爱丽斯》和《家庭的幸福》中，我体验到了爱和情欲。区别在于，我曾经刻意躲开这些讲战争的书，不愿去体验那些吓人的、刺耳的、令人苦恼的东西。而现在我知道了阅读这类书的重要性。因为见证各种各样的人类体验不但十分有助于理解这个世界，而且很有助于理解我自己——看清哪些东西和哪些人在我心目中最重要，同时也想明白为何是这样。

对于安东来说，战争就是人类生性暴戾的明证。对内森（汉娜的第二任丈夫）来说，这个证据没那么斩钉截铁，因为他有家庭，也有一个属于自己的安宁小世界，这些东西成了他的缓冲物。我父亲像安东一样，在战争的谋杀行为中痛失亲人。但他并没有因为战争而变得悲观，没有对人性失去信心。他更像内森，他们两人都亲眼目睹了战争的残酷，也都在战后转向自己的内心，同时建立家庭，追求事业，并用这两样东西来保护自己。就像汉娜说的："我们的家庭生活对他来说是种福气，但他总觉得那四周有一圈火焰，想要收拢逼近。"

我，还有母亲和姐姐们，都是我父亲抵御往昔的盾牌，是挡在他和痛苦之间的缓冲地带。比保护更为重要的是，我们有如一个承诺——好日子终会到来。如今安妮-玛丽去世了，盾牌上出现了裂痕，缓冲地带撕开了缺口，承诺被打破了。我可以把破洞修补起来，但修补的痕迹会永远存在，那粗糙的、凹凸不平的痕迹标志着她的离去。至于那个承诺，我正在竭尽所能地修复它——为了家里的每一个人。我在读书。

在阅读中我发现，生活的重担就是那不均等的、无穷无尽的痛苦。悲剧随机降临，没有公平可言。一切对"轻松的日子就要来了"的承诺都是假的。但我知道，我会挺过这段艰难的日子，把生命中那些最糟糕的事看成压在肩头的重负，而不是套在脖颈上的绳索。书籍倒映出人生——我的人生！如今我明白了，所有发生在我身上以及发生在书中人物身上的苦难与悲伤，既是获得生命弹性的代价，也是它存在的明证。

无论这些人生体验是真实的还是虚构的，它的价值都在于，它告诉我们该怎样生活，或是该摒弃怎样的生活。读着各个角色的经历，看着他们做出的选择的后果，我发现自己变了。我渐渐发现了崭新而独特的体验人生悲欢的方法。我可以像父亲那样看待人生，并与家人亲密地相处，我也可以像安东一样，对世界和人性失去希望，变得尖酸和黑暗。我选择父亲的做法。

《暗杀》这本书讲的不仅仅是战争。《汉娜·库尔特》讲的也不仅仅是战争。这两本书——以及我读到的所有好书——讲述的都是人生体验的复杂与广博。它们讲的是我们想要忘记的东西，还有那些我们想要得到、永远也不嫌够的东西。它们讲的是我们如何做出反应以及我们希望自己该如何反应。书籍就是体验、爱的慰藉、家庭给人的满足感、战争的折磨、追忆的智慧，作者用文字确证了它们的存在。当我坐在紫绒椅里读书的时候，欢笑与泪水、快乐与痛苦，一切都扑面而来。我从未像现在一样，如此安静地坐着，却体验到了如此丰富的人生。

第十三章　与世界紧紧相连

> 浪花儿拍打着岸边，溅出晶莹的泡沫，所有的孩子开始一起玩耍起来。
>
> 看着这一幕，我流下了喜悦的泪水。
>
> 这景象真美啊，"美"这个字的意思，
>
> 我无须向家乡的这些小女孩儿们解释，也无须向你解释，
>
> 因为此刻，我们说的是同一种语言。
>
> ——克里斯·克利夫（Chris Cleave）
>
> 《小蜜蜂》（Little Bee）

　　是什么机缘巧合，让我在阅读年进行到一半的时候读到了克里斯·克利夫的《小蜜蜂》？我以《刺猬的优雅》拉开了这一年的阅读序幕，并从中学到了我的第一课：去寻找世间的美好并珍藏一生。现在我读到了《小蜜蜂》，我发觉，在我和这个世界之间存在着关联，这让人感到亲切又美好。我一向有种"局外人"的感觉，可现在我发现，原来我是这个世界的一部分，与它紧紧相连，不曾隔断。

我从小在移民家庭长大，在美国中西部的那个城镇里，有异类的感觉是很自然的吧。可是，这种无法融入的感觉始终存在：在大学，在法学院，甚至在我们现在生活的这个郊区小镇里，我依然觉得自己跟其他的母亲不一样。我家孩子不算是运动型的，我也不爱参加那些俱乐部什么的，而别人家总是忙着组织孩子们一起玩，打球赛，办鸡尾酒会，所以我总觉着自己像个外人。姐姐去世后，这种疏离感越发深重。人人都安慰我，说过一阵子心情就会好起来，哀伤是个过程，我总有一天会走出来的。可他们怎么知道真是这样？他们怎么知道我会这样？我感到没有一个人真正明白我的感受。

但书本告诉我，人人都不容易；在生命的不同阶段，难免会遭遇挫折和苦难。而且的确有很多人清清楚楚地明白我的感受。如今，通过阅读，我发现忍受痛苦和寻找快乐是人人皆有的体验，而这些体验正是把我与世界连接起来的纽带。我知道，从朋友们那里也能听到同样的悲欢故事，但朋友之间总会有隔阂，有些话没说出来，有些情感会被掩饰起来。而在书中，人物和角色之所以存在，就是为了让我去了解，把他们从内到外看个清清楚楚。在了解他们的过程中，我也逐渐了解自己，了解真实世界中我身边的人。

《小蜜蜂》讲的是一个外号名叫"小蜜蜂"的年轻姑娘逃离了故土尼日利亚，来到英国寻找曾经的救命恩人安德鲁与莎拉夫妇。可安德鲁已经自杀，莎拉则饱受忧郁症困扰。不但丈夫的离世令莎拉质疑自己余生的意义，她的儿子也不断地做出怪异的行为，情人经常惹恼她，而且她那份记者的工作看起来也毫无价值。小蜜蜂尽力去同情她，理解她，相应地，莎拉也尽力支持她。小蜜蜂曾目睹家乡的村庄被人劫掠摧毁，也眼睁睁地看着自己的姐姐被人强暴并杀害。她挣扎着，想要寻找一个让身心都感到安全的地方。她的过往在回忆中盘桓不去，而当下的生活——没有身份也没有工作——也飘摇不定。

莎拉和小蜜蜂都感到自己是局外人。莎拉认为自己身边的每一个人都不过是某种功能的载体，只不过层级不同，她无法理解他们，也无法碰触他们的内心。小蜜蜂是个彻彻底底的"外人"：她是一个没有合法身份的难民，而在身边所有英国人看来，她也是个外国人，况且，那些她不得不经历的恐惧把她与人们进一步隔开。

20世纪80年代末，在当律师的第一年，我接了一桩移民在美国申请避难的案子。和小蜜蜂一样，库尔文德·辛格（Kulwinder Singh）也有一个备受折磨的可怕故事。库尔文德在印度的旁遮普邦（Punjab）被警察抓走，警方怀疑他属于一个主张锡克族独立的武装组织。他被警方扣留了数周，不断遭到折磨，后来他们警告了他一番，把他放了。他艰难地攒齐了够买一张机票的钱，带着亲人的祝福逃离了印度。到了纽约肯尼迪机场后，他立即申请庇护，于是被人带到了曼哈顿城里的一个临时拘留所里。头一回见到他的时候，他那瘦小的身形把我吓了一跳。发给他的橙色囚服太大了，他把袖子和裤腿卷起来，好让衣服合身点。他没刮胡子，满脸疲惫，面孔瘦小得像孩子一样。我们坐下来，通过翻译交谈。翻译是个蒙着头巾的锡克教徒，毫不掩饰对库尔文德那一头短发的厌弃。后来，翻译带着轻蔑的口气告诉我，真正的锡克教徒绝不会剪头发。

不管头发是长还是短，库尔文德都因文化身份而蒙受痛苦。从他踌躇的低语中，我弄清楚了他被捕和受折磨的细节。在规定的会面时间内，在临时拘留所布满灰尘的会见室里，我强逼着自己细看他的伤疤，并做出记录。他的手背上瘢痕累累，满是凹凸不平的褐色伤疤，他的手心里印着烟头烫出的黑色圆点。圆点状的伤痕一路蔓延到胳膊上，当他把囚服的裤腿拉起来给我看时，我看到他大腿上还有更多同样的伤疤。

凭着他的伤痕和证词，我们在移民官司开庭前就赢了官司。库尔文德被准予避难。如今他安静又安全地生活在纽约州。亲眼看见他身上的伤疤，那是我离折磨和迫害距离最近的一次，而我一步也不愿再靠近了。

我不相信有什么因果业力或无形的绳索把我和世上的其他人联结在一起。通过亲身经验，我知道，恐怖骇人的事情的确有可能发生，而我却毫无知觉。我并没有感觉到姐姐的最后一口气轻轻拂过我的面颊，告诉我她走了。数千英里外地震时，我也没有感觉到脚下的大地在微微震动。世界的另一头爆发种族灭绝事件时，我的胸口也不曾在突然间剧痛。库尔文德被人拿着烟头烫手掌时，我也没有感觉到。

但是，即便我对这一切毫无知觉，我也知道，在人类体验中的一些事件，是我应该去感受、去理解的。这就要借助阅读的力量。书本是如何施展这种魔法的？看书的时候，读者与书中的角色牢牢地连在一起，以至于我们变成了他们——即便是（尤其是）这些角色和情节与我们的真实生活迥然不同的时候。作者们究竟是怎么做到的？

答案就是，辨认出普天下人都有的、共同的情感。有天早晨，在两人开车出门去买牛奶的路上，小蜜蜂对莎拉说："我们都努力在这世上寻找快乐。我快乐，是因为我相信那些人今天不会来杀我。你快乐，是因为你可以做出自己的选择。"小蜜蜂和莎拉都在对方的希望中看到了自己，而且她们想帮助对方达成这些愿望。我在这两个角色中都看到了自己。我看到格格不入的局外人在努力寻找答案。关键不在于经历过的事件是否相似，身世是否雷同，而在于我们的渴望。尽管我们的肤色样貌各不相同，但心中的渴望是一样的。

战争结束后，我父亲成了无家可归的人，一个远离故土也没有护照的难民。在难民营住了一段时间之后，他在一个美军基地工作了一阵子，然后搬去跟一个德国家庭同住。这对夫妇在战争中失去了所有的孩子——三个儿子。他们对我父亲好极了，想方设法找来食物给他吃，好让他瘦骨嶙峋的身上能长回点肉。到了晚上，他们邀请他一起坐下来话家常，就像一家人一样。我父亲跟这对夫妇的共通之处是，他们都渴望和平与安全。经历过战争的恐怖之后，他们三个人都想努力地重建一种正常的生活。

战后，杰克的父亲被派驻到菲律宾的一个岛上。在那儿他认识了一些看管日本战犯的美国人，那些日本兵已经由于战争罪行而被判了死罪。但不知怎么的，美国士兵发现这些日本囚犯中有不少人是很有天分的艺术家。美国兵把在国内的爱人的照片拿给他们看，让他们对着照片画肖像。作为交换，美国人给他们拿些香烟和其他稀罕的东西，让他们在最后的日子里过得稍微好一点。对于美国人来说，这种交换让他们好似与家乡的亲人贴近了一些。对于日本人来说，这种交换是对他们才能的认可，也让他们觉得自己还是人，不是亵渎生灵的在战争中被逮起来的畜生。这个故事让我想起《汉娜·库尔特》里的一句话：即便是在冲绳战役最严酷的时候，也有"浓重的怜悯之情在空中渐渐累积"。

四月早些时候，我读完了阿琪·奥贝阿斯（Achy Obejas）的《废墟》（*Ruins*），讲的是一名五十多岁的穷困古巴男人的故事。主人公乌斯纳威（Usnavy）在一家小杂货店里做着琐碎的工作，为排队来买东西的人填写配给卡片："肥皂很少见，咖啡更是稀罕，没人记得上次有肉买是什么时候了。"他跟妻女住在一间小屋里，房间里没有窗户，因为漏水，地板总是湿漉漉的。楼里的公共浴室总是聚集着一大群苍蝇，整幢楼都快塌了。每一天，乌斯纳威都听说又有古巴人渡海逃到美国去，去那边寻找更好的食物和住房，寻找更光明的未来。乌斯纳威的朋友们做了一艘不大结实的木筏，但他不肯离开。

乌斯纳威的人生跟我的没有丝毫共同之处，可我依然对他产生了共鸣。我对他的生活感同身受，跟他同悲同喜。这本书看到最后，我发现自己极其渴望他最后的愿望能够成真："在安的列斯群岛的一个普通的夜晚，在柔和的光影中……乐享天年，心满意足地撒手归去。"作者奥贝阿斯让我感到，乌斯纳威就像是我的一部分，因为她找到了我俩的共通之处：爱，希望，信念。他爱他的家，我也是。他对未来心怀希冀，我也是。他坚信卡斯特罗的革命必将成功，而我坚信书籍的力量。我们坚信的东西虽然不同，但信念对人生的支持力量是一模一样的。

菲利普·罗斯（Philip Roth）的《愤怒》（*Indignation*）中的主角马库斯也是一个跟我毫不相像的人物。他是一个生活在纽瓦克（Newark）的犹太男孩，20世纪50年代上的大学。可我们依然有相似之处：我们都爱父母，也对未来有期望。马库斯跟我一样，感觉到了来自他人的信任的分量。安妮-玛丽过世后，我希望让父母和孩子们放心，我会健健康康地好好活下去；我希望杰克在我们的婚姻中找到安全踏实的感觉；我希望娜塔莎知道，只要她需要我，我就随叫随到。我自告奋勇地承担起了这份责任——尽力为身边的亲人们缓解痛苦和恐惧。

但马库斯渐渐感到力不从心，父母望子成龙的期望太沉重了，朋友们想从他那儿得到的也太多了。子女的责任，宗教的教诲，社会的习俗，大学里的规矩，同学们的性需求——他没法承担起这一切，但他实在太想做到了。到最后，他在重压之下爆发，可他以自身的毁灭作为反抗。一直以来，他都乖乖地遵照规矩行事，只有这一次他违背了所有的期望，可偏偏就这一次产生了最糟的结果。他领悟到，有时我们"最平常不过的、无心的、甚至有点滑稽的选择却带来了最不相称的结果"。由于马库斯的结局，也由于这句话的真实性，我潸然泪下——生活太不公平了。

我坐在一丛盛放的嫩黄连翘旁读完了这本《愤怒》。连翘灌木丛沿着后院一列排开，那里原先全是乱糟糟的一片：枯叶，刺莓丛，毒葛、南蛇藤盘在奇形怪状的梨树上，野草长得足有灌木一般高。

搬进来的头一年春天，我花了好几周的功夫铲掉枯叶和野草，把乱糟糟的刺莓丛和树藤清理干净。我修剪了梨树的枝条，把疯长的草丛里散落的瓶子、烟头和罐头筒拣出来扔到垃圾桶里。我挖出了许多有橄榄球头盔般大小的圆石，用它们垒出灌木丛和花园的边界。我到附近的苗圃里买来许多连翘嫩枝，插在圆石头留下的坑里。我种下荷包牡丹和水仙花。我的胳膊沾到了毒藤，起了好多疹子；我的膝盖被尘土染成了灰色，无论使多大劲也搓洗不掉；晚上躺下的时候，我背上阵阵酸痛。

天气渐渐和暖，夏天快到了，连翘的嫩枝开始泛绿，然后长粗、长高。梨树依然弯成了一个滑稽的角度，但它逐渐开枝散叶，越长越壮。自从那年起，每年春天荷包牡丹和水仙都会新发出幼苗，一年比一年茂盛，梨树也开出了云朵般轻盈的白色繁花。连翘开出明艳的黄色小花，一年比一年灿烂茁壮。我极少修剪这些自由蔓生的枝条。我喜欢这些开满黄花的枝条朝着阳光自由生长的模样，喜欢它们在风中轻轻摇曳，就好像这些灌木在围着如茵的春草翩翩起舞。

这一年，每天读完一本书，我的脑子仿佛被整理清爽了，就像我辛辛苦苦地清理后院一样。哀恸和恐惧的荒草曾在我头脑里纠结疯长。我的阅读——虽然有时候很痛苦，而且常常令我疲惫不堪——把我拉出了阴影，让我走到阳光底下。而且，我不是唯一一个在拔野草、砍毒藤、种下多年生美丽鲜花的人。在这个世界上，我们这样的人到处都有，我们挖啊，扫啊，卖力地干着活儿，等待着鲜花盛放的那一天——它们一定会再度绽放，年复一年，灿烂又繁盛。

在《小蜜蜂》的结尾，莎拉和小蜜蜂来到尼日利亚的一处沙滩上。小蜜蜂在阳光下睡着了。她做了一个梦："我在祖国四处旅行，听到了各种各样的故事。并非所有的故事都是悲伤的，我也发现了许多美好的故事。是的，有些很恐怖，但其中也有欢乐。我的国家的梦想跟你的并无二致——它们就像人类心灵的疆域一般博大。"

是的，小蜜蜂的心与莎拉的心一样大。我的心与库尔文德·辛格的心一样大，我父亲的心与那对在战争中失去了三个儿子的雷根斯堡夫妇的心一样大。太平洋岛屿上日本士兵的心与俘获他们的美国兵的心一样大。我与整个人类相知相连——不是通过因果报应，而是通过共同的情感。尽管我们的人生故事形形色色，各不相同，但我们的情感是共通的，我们的心一样大。

阅读让我渐渐看到，我并不孤独，世上到处有人遭遇过同样的失去和迷茫，他们同样在勉力挣扎着，试图去理解那些始料未及的、令人恐惧的、无法躲避的际遇与悲伤。应该如何生活下去？带着同理心活着。因为，在分担这副恐惧与迷茫、孤绝与悲伤的重担之时，我自己肩头的重压变缓了，变轻了。重负已经开始逐渐消散。希冀的种子重新播下，需求的根茎再度生长。我身处在一个已经拔除了刺莓丛和野草的花园里，而且我不是孤身一人。有许许多多我们这样的人在奋力地清理着杂草，迎接阳光。

第十四章　字间风情

> 结婚12年后，劳拉彻底厌倦了丈夫的激情。
> 她已经意识到，他会得寸进尺，就算你偶尔答允一回，
> 他就会以为印着"欢迎"二字的迎宾地垫将一直铺在门廊上。
> ——简·汉密尔顿（Jane Hamilton）
> 《劳拉的大作》（*Laura Rider's Masterpiece*）

如果情欲只是一种传宗接代的冲动，那么孩子一生下来，它就应该停止了。可是，它战胜了分娩时的身体疼痛，存活下来，这个事实说明，我们对性的欲望不仅仅是生理上的冲动而已。如今，我要伺候六个人吃饱穿暖，照看四个孩子，把一幢房子保持得相对干净整洁，还要每天读完一本书，我的时间很紧，精力老早耗光了。"性"这个字眼压根就不该在我的字典里出现，可它依然还在。这种欲望究竟是打哪儿来的？

　　阅读计划刚开始的时候，我读到了卡萝尔·希尔德（Carol Shields）和布兰奇·霍华德（Blanche Howard）合著的《独身季节》（*A Celibate Season*）。在这部小说中，乔瑟琳和查尔斯是一对夫妻，两个孩子都十几岁了，由于乔瑟琳的工作安排，他俩必须分开十个月。两人之间隔着整个加拿大，由于手头不宽裕（当时电子邮件还没普及开来），两人决定只靠写信来交流。他俩都确信，通过文字，一定能把感情维持下去。

　　但分开了几个月之后，他们发现，单靠写信是不行的。就算时不时地打个电话也不够。相隔两地的痛苦和孤独，再加上对陪伴的渴望，让两人都出了轨。让他俩各自投入别人怀抱的，并不是爱情不再，而是无法碰触。乔瑟琳离开了查尔斯，独自上路，而人的天性是憎恶空缺的。配偶不在的空白，必须要有另一个身体来填补。

　　在《英语老师》（*The English Major*）中，作者吉姆·哈里森（Jim Harrison）①也打发故事的主角独自上路。六十岁的克利夫当过农夫，也在高中教过英语，他的太太薇薇安跟别人跑了，所以克利夫决定去旅行，去看看儿时向往却从没去过的每一个州县。他带着一份井然有序的计划和路线图上路了。可是，从前的学生玛丽贝尔的突然出现彻底打乱了他的计划。玛丽贝尔搭上了他的便车，在这趟一路向西的旅程中，她不仅是个乘客，也成了狂野激情的挑唆者，一个始料未

————————

　　① 吉姆·哈里森，1937年生，美国著名作家，已创作三十余部小说、评论及诗歌集，代表作品有《*Legends of the Fall*》，后被改编为电影《燃情岁月》。——译者注

及的临时停靠站。

克利夫对性这回事想了很多。为何男人需要性，为何女人需要性，为什么情欲的火苗会蹿升、黯淡，然后再次燃点起来？克利夫发现，情欲可以被像微笑一样简单的小事儿引燃。有时候，这"小虫子"蠢蠢欲动，只是因为一个腰身粗壮却面带灿烂笑容的女服务生（"笑得灿烂的女人可不多"），或是记忆中保姆那穿着比基尼的美臀——那是一个夏天，她转身跳下他车子里发烫的座椅，结果被他看个正着："三十年了，她的臀部依然在我的神经细胞里栩栩如生。"

我明白这种感觉。大学的小酒馆中，一只手在桌子底下贴着我的大腿轻抚上来，忆起这一幕就足以让我感到一阵战栗沿着背脊而下。正是记忆的力量——情动时分的触觉记忆——让字里行间的诱惑描写有了魔力。就算脑海里没有旧日回忆，单凭文字，人也会产生新的欲望。几年前，我曾经有个想法：有些女性朋友告诉我，对伴侣最初的激情已经烟消云散，于是我想建一个网站，专为她们写些"动情故事"。

"我爱他，"一个朋友对我说，"可我不再想要他了。"

后来我放弃了这个为别人写挑逗故事的念头，因为把性描写得很精彩的作家已经有不少了。相反，我告诉朋友们去喝杯红酒，读一读好书中活色生香的情爱段落，然后把爱人一把揪过来就行啦。

"读一读玛格丽特·杜拉斯（Marguerite Duras）的《直布罗陀水手》（*The Sailor from Gibraltar*），或是安娜依斯·宁（Anaïs Nin）

的《情迷维纳斯》（*The Delta of Venus*）。"我建议道，"要么就是特丽·麦克米伦（Terry McMillan）的《回春记》（*How Stella Got Her Groove Back*）。"为了寻回激情，主人公斯黛拉去了一趟牙买加（Jamaica），找了个年轻帅小伙，可对于那些没有旅行预算的人来说，单凭看书也能达到同样效果。就在上个月，我读了科林·钱纳（Colin Channer）的《空等》（*Waiting in Vain*），这本书里有大量精彩（也很创新）的欢爱场面描写。即便是相互再熟悉不过的老夫老妻，也能从中找到激情的火花。

这种书对劳拉·赖德尔可能迟早会有用。她是简·汉密尔顿的小说《劳拉的大作》中的女主角。在劳拉看来，婚姻中的情欲是有"保质期"的。日期一过，激情就没了，而且永远不再回来。她爱丈夫，但是，"就像马儿一辈子跳起的次数是有定数的，劳拉也把她的配额用光了"。劳拉把门廊上的"迎宾地垫"撤走，让丈夫知道，他俩之间不会再有性爱。劳拉宣布她的欲望全用光了，这里头只有一个问题：她丈夫的还没用光。他依然想要性，他希望这是爱情的一部分。后来他爱上了另一个女子，还跟人家上了床。他们的生活陷入混乱，有人受到了伤害。

《英语老师》中的克利夫从未对性感到厌倦，但他逐渐领悟到："尝过了足够多的性事之后，你就会明白，它并不是人生的全部。"性爱只是维系婚姻的力量之一，但它的确是一根相当牢固的纽带。在小说的结尾，由于曾经共同拥有的日子，相伴时轻松舒适的感觉，还有那共同的欲望，克利夫和妻子回到了彼此身边。正如克利夫解释的那样，爱情、友谊，还有共同度过的那些年头，都是很重要的。但性爱也会起作用。

我从未跟父母和姐姐们谈论过性，十几岁时没有，后来长大成人后也没有过。念高中的时候，我听朋友们含糊隐约地说起过那回事，但他们说的那些好似都不大对劲。我从书里找到了答案。我读到了那些令人脸红心跳的段落，尽是些什么有节奏地起伏的胸部啦，挺立的乳头啦，雄壮的大家伙啦之类的，可这种东西往往都写得太糟糕，让我不禁怀疑它的可信度。我还读了埃丽卡·钟（Erica Jong）的《飞行恐惧症》（*Fear of Flying*），这本书让我从头笑到尾，可我对不上心的露水情缘没啥兴趣。

高中时我抱着格雷厄姆·格林（Graham Greene）的书猛读了一气，我看完了《一个自行发完病毒的病例》（*A Burn-Out Case*），《问题的核心》（*The Heart of the Matter*），《恋情的终结》（*The End of the Affair*），以及《权力与荣耀》（*The Power and the Glory*）。在格林的笔下，伴随着爱情的性是上帝赐予的礼物，但它总是排在一种更伟大的爱——对上帝的爱——之后。而没有爱的性是对它的目的（传宗接代）的歪曲。好吧，伴随着爱的性，我明白这道理，而且还挺喜欢。但进了大学之后，我好像把这个道理给用反了。性爱率先发生之后，我假装爱上了对方，借此来冲淡无爱之性的内疚感。这假装出来的爱为我的生活平添了不少乱哄哄的闹剧，情绪大起大落啦，纵酒狂欢啦，还有一塌糊涂、场面难看的分手。

大学时期一次又一次拯救了我的书是纳丁·戈迪默（Nadine Gordimer）①的《伯格的女儿》（*Burger's Daughter*）。书名中提到的人物罗莎·伯格有太多值得我效仿的地方。罗莎的父亲是个著名的反种族隔离斗士，父亲死后，她陷入了迷茫和纠结，不知道自己是谁，也不知道未来在哪儿。身为一个极有影响力的名人之女，她笼罩在盛名之下，也背负着责任的重担。这两样她都想远远地避开。自打小时候起，她耳濡目染的就是人要有社会责任感，也要有为政治献身的决心，如今她想要离开这些，为了自己去追寻一种宁静的、平凡的日子。

随着情节的发展，罗莎到法国南部旅行，去探望父亲的第一任妻子。在那儿她坠入了爱河。但是，让她动了真情的其实并不是那个男子，而是恋情给她带来的轻松感，还有那种私密的、匿名的感觉。在他们的爱情中，没有崇高，没有激励，只有平淡和安宁。罗莎和爱人成为无数情侣中的一对儿，在这种平凡的生活中，她找到了慰藉："他们把热气挡在屋外，轻声谈笑，吃着东西，那烹饪的方式数年不变，以至于饭菜的香味已经和石头屋子的呼吸融为一体。某些百叶窗后，有人在享受鱼水之欢。"

罗莎想在法国南部定居下来，让南非永远留在往昔："为自己而

---

① 纳丁·戈迪默（1923.11.20—2014.7.13），南非作家，1991年诺贝尔文学奖获得者，也是第一位获得此奖的南非作家。——译者注

活，而不是为一个国家而活，原来这是有可能的。"但往昔不会让她耽于退隐江湖的满足和安逸。她感觉到自己与南非心念相牵，于是重返儿时故土，去完成多年前父亲许下的承诺。

罗莎成了我的榜样，促使我对自己的人生目标和梦想做了许多思考。她认为爱与性是宁静的慰藉，也是深藏不露的欢愉，这种看法引起了我深深的共鸣，也跟我那些轰轰烈烈又充满痛苦的情事形成了鲜明的对比。我放慢了脚步，让爱情来找我，也渐渐地（这是个学习过程嘛）把自己的欲望约束在亲切的、充满爱意的恋情关系中。我并不总是个忠诚的女友，但当我脚踏两只船的时候，并不是因为欲望征服了理性，而是因为爱情已经消逝不见，可我太过怯懦，不敢提分手。

我第一次亲吻杰克是在1988年的新年夜。我俩在同一间律师事务所工作，都经常加班到很晚，此前几个月我们一直是很好的朋友。那一年的最后一天，我俩都待在办公室，我邀请他跟我去参加一个盛大的派对。派对的地点设在一幢能俯瞰哈德逊河的大楼里，要求正式着装，我开玩笑地给杰克带了一个蓝色和红色波点相间的领结。午夜时分，他松开那个滑稽的领结，一把把我拉到怀里，给了我一个长长的亲吻。打出租车回曼哈顿的路上，他努力地想解开我天鹅绒礼服上的扣子，可那件衣服上的扣子足足有六十来个，出租车停到他家楼下的时候，他才解开了十个，刚好到我锁骨底下。一个月后，我俩去了犹他州，在雪景酒店的蜜月套房里窝了几天，当时酒店只剩这套空房了，我们把它当作上天对我俩爱欲的祝福。伴随着爱情的性，完美的均衡。

或许有一天，我会发现自己想知道跟别人在一起是什么感觉。毕竟这是人的天性——会被与已经拥有的东西截然相反的特质吸引。在文集《女性的烦恼》（*Female Trouble*）中，作者安东尼娅·尼尔森（Antonya Nelson）在一篇名为《岩壁》（*Palisades*）的短篇小说中这样写道："你想要坐在舒适的皮躺椅上，啜饮着上等红酒，把一篇高雅的散文念给睿智的伴侣听，享受意趣相投的知音之乐；你也想在破烂的宿舍房间里，跟一个没心没肺的年轻帅哥来一场狂野下流的云雨之欢……你想要踏实牢靠，也想要宛转流畅。"但是，"想知道"不等于心念游移不定，而且我的欲望也没有日渐黯淡。让爱侣结合在一起的不止是激情，而是两人之间的交流，这是一场绵延数年的对话，有时候通过言语，有时候通过爱抚。

在《英语老师》的末尾，正是由于克利夫和薇薇安意识到他们已经一起走过了这么多年——他们是父母，是朋友，是夫妻——两人才再度走到了一起。两人各有各的兴趣，在各自的空间里过得都很惬意，但两人也都明白他们的欲望交织纠缠，而且曾共同走过漫长的岁月。在《独身季节》中，乔瑟琳和查尔斯也算是有惊无险地度过了危机。他俩的身体和心灵都再度贴近，在共同度过的那些日子里，他俩曾经相互关心，也不能没有对方，这些情愫如同一根根细细的线绳，把他俩连在一起。他俩从未失去对彼此的激情。更确切地说，是激情被放错了地方，然后被他们再度寻回。

情欲从哪儿来？在我读过的书中，许多东西（既包括实物，也包括精神上的东西）都能挑起情欲。就像抚过酥胸的手一样，文字的确也能唤起激情。但是，该如何留住情欲，不让它日渐消散呢？

情欲来自两人之间的爱，同时也会让他们之间的纽带变得更加牢固。激情有起有落，我能够理解小说中劳拉那种"配额用光"的感受。有些时候我也宁愿安安生生看会儿书，而不是跳上床去，而且我肯定更愿意在一年之内每天读完一本书，而不是三百六十五天内每夜都"嘿咻"。但我也知道——而且手边的书证明我是对的——性爱的确会让丈夫和我更加亲密，让夫妇之间的盟约变得更牢固，更有弹性，也更加持久常青。然而，这个盟约建立在许多因素之上，绝不只是生理需求而已。

杰克和我在一起，是因为我们彼此相爱，也因为我们用爱建造出了一个世界——在这个世界里我们感到安全，或者说，尽可能地感到安全。失去安妮-玛丽之后，我知道这安全感是有边界的，但我希望我能稳稳当当地留在这个爱和关怀的边界之内。门口的迎宾垫是一面对抗危险的旗帜，一座人生中的灯塔。

第十五章　没有什么好怕的

> 有句老话是这样说的……
> "死亡是甜蜜的，它把我们从对死亡的恐惧中解脱出来。"
> 这难道不是个安慰吗？不，这是诡辩。或者说，这是一个证据，
> 说明如果我们想要战胜死亡和对死亡的恐惧，
> 需要的不只是逻辑和理性的论证。
> ——朱利安·巴恩斯（Julian Barnes）
> 《没有什么好怕的》（*Nothing to Be Frightened Of*）

　　五月末，纽约中央公园的温室花园里，北边的那条小路已经被枝丫交错的浓荫遮蔽。长椅间的石板路上轻覆着掉落的苹果花，茂盛的常春藤攀上路边的树，摇曳的叶子如同焦急求救的手。右手第三棵树下，安妮－玛丽的纪念长椅正静静地等待着我们。椅子上镌刻着她的名字，还有当年在这条林荫小路上漫步时她对马文说的话："世界如此美好，谁能忍心在绝望中结束生命？"

　　每年她忌日那一天，我们全家都会聚集在这张公园长椅前。今年的日子是星期二，天气很好，阳光温暖灿烂。去纽约的火车上，我看的是乔治·桑德斯（George Saunders）的短篇小说集《天堂主题公园》（*Pastoralia*）。桑德斯笔下的人物总是苦于生活未能得偿所愿，上天不公，他们是没人爱的人，是游移不定的旁观者，是家中关爱别人却总是得不到关爱的那一个。但他们顽强地扛着，熬着，确信生活最终会垂青自己。他们有种没来由的——也是令人敬佩的——乐观心态。《海橡树》那一篇中，有个女人确信自己会得到回报，可还没来得及得到就死了。所以她从冥界返来，就算身为一具日渐腐败的尸体，她也要回来认领属于自己的东西。她简直疯狂到底了，而且打算绝不再忍受："有些人样样都能得到，我却一无所有。为什么？为什么会发生这种事？"她或许是死了，可她依然在抗争。这是虚构的呢，还是真有可能发生？

　　我一向希望着，人死之后还能以某种形式存在。看到朱利安·巴恩斯那本记录他与死亡对战的回忆录《没有什么好怕的》的时候，我觉得这书名正是对死亡发自内心的恐惧。自打小时候起，令我害怕的正是人死之后就什么都没有了——一切都将不复存在。12岁那年，我做了一个清晰无比的梦，直到现在我还能记起每一个细节：我在家，站在地面抬高的门廊上，门廊一头连着灯光昏暗、停着一辆车的车库，另一头连着放满书的书房。一个男人站在书架前，就在我父亲的棋桌前头。他站的那个地方本来放着一把带绿色坐垫的圆顶木框椅，如今却不知去向。他用愤怒的眼神盯着我，嘴巴闭得紧紧的，一脸憎恶。他朝我走来，一只手里拿着枪，顶住我的头，另一只手抓住我，不让我逃跑。我感到枪管抵住了我的头，我知道了死亡的感觉。黑暗，永恒的虚空，一切念头的终结。那男人身后是我永无机会阅读的书，而在我眼前，是永远的空白。

为了面对"一切都没有了"的恐惧，巴恩斯变成了一个困惑的不可知论者："我不信上帝，但我想念他。"他想知道，自己从无神论者变成了一个准信徒，这究竟是因为年龄渐长呢（离死亡越近，来生的概念就越美妙），还是因为智慧渐增？他找不到来生存在的证据，但也找不到相反的证据。

我非常喜欢巴恩斯写的故事：一个无神论者死后来到天堂的大门前，被所见的景象气得要死："瞧瞧那个复活的无神论者，气得暴跳如雷。"要是看见天堂之门和无尽的云朵，还有多年前故去的亲友的面孔，我才不会生气。我肯定会如释重负，激动得头昏目眩。我能接受这样的观点：宇宙间还有许多我们无法了解的维度，逝者的灵魂可能就在这些空间里飞舞飘荡，他们出现在我们的回忆中，或是出现在那种人人都知道的、"似曾相识"的感觉中。我知道，姐姐是出现在我梦里的。可我真盼着她能化身为幽灵前来，让我清清楚楚地看见她。我不会尖叫的，我发誓。不管她是不是一缕空气，我会把她拉过来，然后紧紧地抱住她。

娜塔莎在中央车站的大钟旁等我。

"你有没有觉得安妮-玛丽还在咱们身边？"我问她。

"有啊，当然，"她飞快地回答了我，然后静默了一刹才接下去，"咱们说起她的时候，我知道她就在呢。"

我们朝着中央公园的温室花园走去，进了105街上的那个熟铁大门。我们向右转，走上园子北边那条栽满苹果树的小径，它们的花期就快结束。父母已经到了，就坐在安妮-玛丽的纪念长椅上。

长椅上已经系扎了一束红玫瑰，我们把带来的白玫瑰和一大捧迷迭香加上去，花束上系着宝蓝色的缎带。迷迭香，永志不忘。

"还记得吗，彼得刚满一岁时咱们全都聚在这儿？"

"彼得穿着小小的格子裤和外套。他满园子乱跑，安妮-玛丽到处跟着他。"

那天我们拍了照片，姊妹三人。我们坐在一张跟这个差不多的长椅上，不过，那是在花园南边的小路上。照片里，我们光彩照人，微笑着，自信满满地拥抱着彼此，就好似全世界的时间都是我们的，供我们聊天、大笑、拥抱。如今，我请路人给全家拍张照片。他点点头，微笑着按下快门。余下两个姊妹，母亲，父亲。红色与白色的玫瑰，深绿枝条的迷迭香，一抹宝蓝色的缎带——色彩打破了长椅的暗黑。

安妮-玛丽在那儿陪着我们吗？她能来吗？她去世那年秋天，我独自来到这张长椅前坐下。抬眼往上瞧时，我发现头顶上有一只浣熊，安详而悠然，正舒舒服服地卧在我头顶的树杈上。那只浣熊要么是真的，要么就是安妮-玛丽的灵魂现身来安慰我。几个月后，我再次来到这个长椅前，那次是跟一个朋友一起。我坐下，哭了起来。突然之间，一根硬树枝不知从何处飞过来，打中了我的头。我看着朋友。

"你瞧见没有？安妮-玛丽打了我！她叫我别哭了。"

朋友冲我点点头，眼睛瞪得老大。我不哭了。

在四周年纪念日的这一天，我抬头向上望去，嫩绿的叶片伸展开来，挡住了阳光，最后一波浅粉色的花朵在湛蓝的天空下绽放。漫长的冬季过后，新生焕发。又一条给我的讯息。这是灵魂送来的，还是大自然送来的？

无论是不是幽灵，安妮-玛丽都依然在我生活中占有一席之地。在安德鲁·霍勒伦（Andrew Holleran）的《哀伤》（*Grief*）中，叙述者是这样形容哀伤的："它就像奥西里斯（Osiris），身体被切成碎块，扔进了尼罗河。它用我们不知道的方式滋养生命，那血肉之躯融入人生的方方面面，为土地带来丰沛的雨水，直到生命再度萌发。"奥西里斯，冥界之王，掌握着复活与重生的权杖。我觉得记忆就是这样运作的，把安妮-玛丽重新带回我面前。不，她并没有重生，而且她大概也不是漂浮在我头顶上的魂灵，不是在天堂里歌唱的天使。但她也不是虚无，她死去之后留下的也不是一片虚无。我有回忆，我珍藏着我俩共度的时光。

在杰克和我要孩子之前，有许多个周末我们都是去贝尔港跟安妮-玛丽和马文一起过的。贝尔港在长岛的东头,是个安静的小镇,隔着大南湾(Great South Bay)就能望见火岛上的小丘。在安妮-玛丽的家里能听见海湾泊船上的系缆索在风中叮当作响,到了晚上,海边湿地那咸咸的气息会随着晚风飘进屋内。

夏天,我们乘着马文的帆船出海,或是搭镇上的渡轮到火岛海边玩。我们会一直待在沙滩上,坐最后一班渡轮回家,然后动手做大餐:蟹腿、蛤蜊、意大利面,还有附近菜场小摊的孩子们当天清早刚摘下的番茄。吃过晚饭后,我们就拿着红酒、啤酒和威士忌,挪到装着纱窗的门廊去,在那儿喝酒聊天,直到晨光初现。

冬天时,我们就宅在家里,围在壁炉旁,人人都一边喝热茶一边看书,或是徒步走到贝尔港附近的小镇上去,寻找卖旧货和旧书的摊档。有个周末我买到了全套的《人格培养:一堂实用的自学课》(*Personality Development: A Practical Self-Teaching Course*),是二十世纪三十年代出版的。薄薄的小册子里满是各种各样的建议和指导,范围广博得吓人,比方说,如何清理皮肤上的黑头("用清洁的纱布或亚麻布裹住指尖,然后轻轻地按压,来清除这些恼人的东西"),还有如何挑选想读的书("抱着严肃、认真、真诚的态度来选择书籍,相信天意,然后带着轻松的心态阅读")。当我大声地把如何礼貌而得体地捡起掉落物品那一节读出来的时候("不要把物品一把抓起,而是要用指尖轻轻地、优雅地把它拾起来"),安妮-玛丽爆笑起来,立马就把一张纸巾扔在地板上,给我一个练习的机会。

我记得有一次，就在戈尔巴乔夫（Gorbachev）被政变推翻、飓风"鲍勃"袭击了东海岸的那一天，杰克和我从长岛最远端的出租小屋里逃出来，跑到贝尔港安妮-玛丽的家里躲避风雨。一切都静悄悄的，没看见安妮-玛丽，也没看见马文。我俩一遍遍地喊他们，最后，我只得上楼去找人。

安妮-玛丽从浴室里出来，身上还滴着水。

"政变？飓风？你们说什么呢？"没过几分钟，电就停了。叫醒马文之后，我们都下楼挤在厨房里。

家里的食物只剩下昨天刚捞上来的牡蛎，一点咸饼干，还有几天前剩的面包。没有牛奶，停电了也没法煮咖啡。

"起码咱们还有足够的香槟。"安妮-玛丽说。于是我们就靠着牡蛎和香槟活命，还有几块安妮-玛丽从冰箱深处掏摸出来的臭烘烘的芝士。屋外狂风呼哮，我们点起蜡烛，把壁炉的火生起来，一起度过了美妙的一天。次日清早，电总算来了，戈尔巴乔夫也重回权力中心，阳光灿烂地闪耀着。

有了孩子之后，贝尔港依旧诚邀杰克和我光临——尽管我们要拖着一大堆东西（轻便婴儿床、宝宝椅、童车、大包大包的纸尿裤、衣服、玩具），更不用说还有那几位大嗓门、闹哄哄的小祖宗。大人们依旧在门廊上喝酒聊天到很晚，只不过清晨来得太早，人人都不情愿——尤其是被小娃娃们闹醒的时候，他们急着要动窝，要说话，要玩。我会尽力把他们撮哄到屋子外头去，一路嘘着让他们保持安静，然后把他们带到全世界最冷的餐厅去吃早饭（我们会带着冬衣保暖），然后我开车带他们到海边的游乐场去玩。在那边待到时间差不多了，我们就回家吃第二顿早饭，安妮-玛丽亲手做的蓝莓薄饼——我们来造访时，她总是给孩子们做这个。

安妮-玛丽喜欢坐在地板上陪孩子们玩，每次陪一个。她每只手抓住一只脚，然后让两只脚开始聊天。脚丫子用细细的嗓门儿抱怨不公平的待遇（"为什么总是我穿那只有洞的袜子？"），还你一句我一句地吵架拌嘴，（"你好臭！"，"才不呢，你更臭！"）孩子们嘎嘎大笑，伸出他们的脚丫子，还要听。而她就会继续讲下去，从不疲倦。

在对安妮-玛丽的怀念中，我找到了一个法宝，可以对抗死亡送来的、最糟糕的东西。想起滑稽事儿的时候，我会大笑；想到她的善良，我会莞尔；我找到了面对明天和来生的勇气。有回忆的地方就不会有虚空。我死后，有人会记得我，把我带回来。或许我会变成魂灵，在儿子们的身边飘荡，怂恿他们记住我（她每天看一本书，整整一年呐——多神经啊！），但或许不是这样。如果有个枪手站在那儿，等着切断我的生命，不许我再看架子上的这些书，那起码我现在是安全的。我已经把紫绒椅拉到他的面前，背对着他炯炯的目光。我坐下来，看这一大摞书。我要追忆，也要让我自己好好活着，让那个曾经是安妮-玛丽的人活着。我没有什么好怕的。

第十六章　爱与传承

就像今天一样，她回忆道，那天家里如此安静，整整一天都是他们俩的。

她太清楚自己该做什么了：

把一切都教给他，逗他笑，让他感到安全，知道有人在照看他。

——罗恩·萨斯坎德（Ron Suskind）

《黑暗中的希望》（*A Hope in the Unseen*）

六月初，乔治所在的乐队有场演出。他学吹大号已有好几个月了，我很喜欢大号的声音。指导老师跟我打包票，说孩子要是学了这个笨重的大家伙，保证能顺顺当当地进大学："大号手十分稀有，但不可缺少。"他这样告诉我。我倒是还没开始考虑乔治上大学的事儿，而且我早知道他是个"稀有的、不可缺少"的好孩子。可我的确很喜欢乔治的大号吹奏出的那种低沉又洪亮的乐声。

那场音乐会拉开了一连串期末活动的序幕：彼得要考试，要参加毕业舞会；迈克尔和乔治各自从初中和小学毕业；我们还给马丁办了个海滩派对。我的孩子们长大了。今年夏天他们还会跟我一起待在家里，但跟他们日夜相处的时光越来越少。儿子们的生活正在向外延展，与我渐行渐远，他们终将走到一个我去不了的地方，一个我未获邀请的地方，一个我无法保护他们的地方。

六月初我看了格雷格·博顿斯（Greg Bottoms）的短篇小说集《打斗场面》（*Fight Scenes*），其中一篇里有一幕骇人的场景：一个小男孩把自己的一张照片胡乱涂了一番，然后放进了妈妈的冰箱里。他的朋友发现："如果一个母亲察觉到儿子的生活是什么样儿，他在想什么，他是个什么样的人，哪怕只有一丁点儿了解，她也会心碎至死。"我希望我的孩子们不会有这种让我心碎的生活或想法。我希望他们能呼吸到新鲜的空气，希望他们生活得幸福，不要遇上暗夜和想不开的事。如今我能给予他们的保护，都来自于我通过分享、教育和以身作则而尽力灌输给他们的价值观。可是，我都灌输了些什么呢？

我的卧室里挂着一幅画，那是我们搬到西港的第一年夏天里彼得给我画的。画的名字叫"妈妈在做饭"。画面上，我一只手抱着尚是婴儿的马丁，他正在哇哇大哭，大颗大颗的椭圆形泪珠儿正在往下掉。我的另一只手无助地伸向快要掉到地上的沙拉碗，所有的菜叶子都在碗的四周漂浮着，形成一个绿色的光环。我的嘴巴张得大大的，就跟爱德华·蒙克（Edvard Munch）的名画《尖叫》（*Scream*）一样，而且我的眼里闪着狂野的光。但是，除了张成O型的嘴巴和狂犬

病人般的眼神之外，我显得很快乐，正光着脚，轻盈地在画面的空白
处跃动。

许久以来，我的生活就是画中的那个样子，手忙脚乱，岔子不
断，乱嚷嚷，闹哄哄，但也有欢笑、陪伴和光明，许多许多光明。

无论何时看见孩子们，光明依旧在我心中闪动，可那些用乐高积
木搭城镇、尝试新蛋糕食谱（一次比一次恶心）和睡前大声念故事的
日子已经一去不复返了。好吧，我们依然还一起做巧克力啫喱布丁：
一个人搅和，一个人倒，一个人把模子送到冰箱里，一个人在上桌前
浇上打好的鲜奶油，还有一个人清理收拾（正是在下）。我们也依然
一块儿吃晚饭，虽然现在的菜式是烤鸡排而不是买来的炸鸡块，我拌
的沙拉也能稳稳当当地盛在碗里端上桌了。

但是，以前在晚餐桌旁的随意聊天已经换了模样，现在变成男孩
子们想说时才会说，说出来的也是他们想让我知道的东西。当然，我
从来也不可能了解他们的全部念头，但他们小的时候，总是会咿咿呀
呀地把心里想的东西一股脑全倒出来。如今，我只能依靠他们在吃饭
时说的话，或是借助更为现代的表达方式（比如短信和Facebook）来
了解他们。彼得在Facebook上加我为好友了，可他同时也威胁我说，
要是觉得我在"跟踪"他，他就把我删掉。

"你也不许跟踪我！"我还嘴说。

"行啊，老妈。好像我愿意花时间去看你的个人资料似的。"

他才不会呢。我知道他不会把时间浪费在刺探我上面。可他会把

时间浪费在什么事情上？我相当了解儿子们，可让我惊惧的是那些我不了解的东西。我给他们树立了什么好榜样？给了他们什么好建议？我想知道，在我传授给他们的人生经验中，他们记住了哪些。

我知道我的孩子们像我一样爱阅读。我们还住在纽约市里那会儿，每天早晨杰克和我都带着儿子们走到上东区的PS9学校去。然后杰克继续去上班，我就带着未够入学年龄的乔治回家。有天清晨我们正走在路上，彼得一边拿着书看，一边努力跟上我们。

"彼得，"杰克轻声责备他，"不能一边看书一边走路啊。"

彼得点点头，我们接着往前走。过了几分钟，我发现彼得不见了。我回身去找，发现他站在街区那一头，正埋头看书。既然看书还是走路只能选一样，他就选了看书。

从这一年读过的书里，我看到了自己对孩子们的期望，也看到了心中的担忧。在一连串的声音和场景中，我不仅发现了对我自己人生的指引，也看清了我对他们的希冀。在亚瑟·兰塞姆（Arthur Ransome）的《皮克特人和殉难者》（*The Picts and the Martyrs*）中，我看到了一个在户外度过的完美暑假，没有大人监管，也没有清规戒律。1929年至1947年间，兰塞姆写出了十二本"燕子号和亚马逊号"系列书籍，讲的是来自两个家庭的孩子们的历险故事：沃克家的"燕子们"以及布莱凯特家的两个"亚马逊"姊妹。我所有的英国朋友都在孩提时代读过这些书，有时候我觉得他们讲给我听的童年故事其实就是直接从兰塞姆这些小说里抄过来的。为什么不呢？兰塞姆笔下的孩子们一起玩得快活又精彩。

兰塞姆塑造出的角色不喜欢大人管手管脚，他们要自己找乐子。"我们要自由自在，热热闹闹地玩。一旦找来吃的，我们就会再次升起骷髅旗。我们一分钟都不会浪费，马上就出发。"这些孩子们会照顾自己，也会彼此照顾，他们玩得非常尽兴，相处得也非常好，绝少吵架或抱怨。兰塞姆以对细节的详尽描写而著名，这本小说里就十分具体地描述了如何出海，如何空手抓鳟鱼，如何把兔子剥皮（这个活儿可不大容易）。我希望我的孩子们能像这本《皮克特人和殉难者》里的孩子们一样，勇敢、懂常识，而且过得快活。

读完兰塞姆几天之后，我看了朱诺特·迪亚斯（Junot Díaz）的《奥斯卡·瓦奥短暂而奇妙的一生》（*Brief Wondrous Life of Oscar Wao*）。这也是一幅描绘独立童年的画面，但它更为黑暗。奥斯卡是一个十几岁的男孩，由妈妈一手带大，但后来基本上全靠自己的力量在纽瓦克的街头保护自己，树立自我。兰塞姆书中的孩子们总会得到家人（或家中厨子）的安全保护，可奥斯卡只能全靠自己。他父亲数年前就已消失不见，而母亲跟他和他姐姐的沟通也只有威胁和愤怒："把我在脚底下踩碎是她的职责。"在奥斯卡的生活中，唯一有爱心的是他的祖母，可她住在大海对面的多米尼加共和国（Dominican Republic）。在祖母看来，他是个"天才"，可在其他人看来，他是个"变种人"："你真想知道当个X战警是什么滋味？只需变成一个聪明的、爱看书的有色人种男孩儿，住在美国的少数民族聚居区里就行。妈妈咪呀！那就像你身上长出了蝙蝠翅膀，或是胸前长出了一对触手一样。"

　　我在西港的读书会在六月聚会时读了罗恩·萨斯坎德①写的《黑暗中的希望》。这是一部纪实作品，讲述的是一个由单身母亲抚养长大的男孩塞德里克的故事。他们生活在华盛顿特区条件最糟糕的一个社区里。塞德里克和奥斯卡差不多，也可算是"变种人"，同学们嘲笑他的好成绩，老师们把他当成乖学生的"标本"，坐牢的父亲也不理解他。母亲是他唯一的支柱，她的爱是那样慷慨。可是，吃和住是个问题。有些个晚上，由于没钱，母子俩就没有晚饭吃；他们也被房东轰出来过好几次，不止一次无家可归。

　　尽管奥斯卡和塞德里克之间有点像，但塞德里克得到了母亲从不间断的支持（虽然她并不是次次都理解他）。在我看来，塞德里克成长为男子汉的那一刻，就是当他意识到这一点的时候：无论他想把多少东西留在往昔，他的母亲"绝不能弃在身后置之不理。他能走得这么远，都是因为她。给予，给予，给予，她把她的整个人生差不多都给了他"。如今他对她说："照顾人的不能总是只有你一个。现在我已经有力气来分担一些了。"然后他拥抱她："他伸出长长的手臂，紧紧搂住她。她是个强悍的女人，可从今往后，她再也不必这么强悍了。"

----

　　①　资深记者与畅销书作家，曾在《华尔街日报》担任国内新闻高级记者，他在1995年的专题写作曾荣获普利策奖。后文中的这部作品是他的第一本书，正是脱胎于他的普利策获奖报道，出版后备受赞誉。——译者注

希望与爱培养出一个男子汉。塞德里克得到了细心的照顾，因此成长为一个能够照顾自己，也能照顾他人的男子汉。母亲树立起榜样，儿子就照着榜样成长。我为孩子们树立了什么榜样？一年里，每天读完一本书，这究竟是偏执和疯狂，还是勤勉与自律？这就要看孩子们如何选择了。

在这个阅读计划开始之前，一个下着大雨的秋日，我走到家旁边的路上，把一棵长在几棵大树底下的枫树挖出来。那棵树非常小，但它美丽的橙红色叶片在雨中闪闪发亮。我在树根附近使劲刨挖，终于把整棵树挖了出来。我把根上带着一大坨泥的小树拽上四轮车，然后拉着车穿过草坪，走到后院，把它种在了庭院旁。隔着厨房的水槽，我可以看到它美丽的叶片在湛蓝的秋日天空下闪耀。冬天，它的枝条上凝满晶莹的冰雪；春日，细嫩的新芽茁壮萌发；如今到了六月，细瘦的小树已是一片浓荫。它在庭院的角落投下一方阴凉，刚好可以让我拖过一把椅子，坐在阳光下看书。孩子们问过那棵树的事儿：妈妈你为什么不去一趟苗圃，买一棵漂亮的树回来不就行了吗？

"这是因为，"我向他们解释，"这棵小枫树长在咱们家的大枫树下头啦。在那边它没法继续长，可它是能长大的。多一点阳光、空气和空间，它会长得高高的。所以啊，我救了这棵有潜力的小树，而且又不用花钱，只需把它挖起来，拖到那边，然后种在地里就行啦。你们明白吗？"

"是因为你没钱买树吗？"马丁问。

"因为你抠门？"乔治试着回答。

"因为你喜欢挖土。"迈克尔总结道。彼得只是摇摇头。杰克从屋外进来，给出了另一种解释。

"因为妈妈疯了。"

"以上都对，"我说，"还因为我希望庭院里有片绿荫。"

在那棵树的绿荫下，我读完了芙朗辛·杜·普莱西克斯·格雷（Francine du Plessix Gray）写的传记《斯达尔夫人：第一位现代女性》（*Madame de Staël: The first Modern Woman*）。跟我一样，也跟绝大多数母亲一样，斯达尔夫人的母亲下定决心要用正确的方法来养育孩子。在摸索如何养孩子的过程中，我依靠的是榜样的做法，其中有我的母亲，也有书中我喜欢的母亲形象，比如劳丽·柯文在《没有离别的告别》中塑造的杰拉尔丁·蔻谢尔斯（Geraldine Colshares）。

我觉得我和杰拉尔丁就像一家人。她曾在一支节奏蓝调二人组中当后备歌手与舞者，而我一向梦想着能做这样的事。当她结婚并有了孩子之后，她只想陪着宝宝小富兰克林："他在我的臂膊间酣睡，丝毫不知道抱着他的这个人已经没了工作，也没有了职业前程，而且已经跟不上时代。小富兰克林当然不在意这些，我也不怎么在意。我的人生从此有了意义：坐在一张摇椅里，心无旁骛地凝视着我的宝宝，给他喂奶，给他拍奶嗝，轻摇着哄他睡觉。"

一点没错，儿子们小的时候我就是这种感觉。所以，或许我用不着到书中寻找如何做母亲的指导，同样也不必寻求对结果的认可。

不管怎样，看着吉拉尔丁对于"当妈就像在乐队里演出一样"的观点——"非常疲累，要唱很多歌。而且一直得站着"——让我对自己的当妈方式满意多了，而且我唱得比以前更大声了。

斯达尔夫人的母亲也是从书本中学习育儿经的。她很认同让-雅克·卢梭（Jean-Jacques Rousseau）的作品，尤其是他在小说《爱弥儿》（*Émile*）中给出的指导。她要遵照这些指导，把孩子直接培养成一个能充分实现自我价值的人。在传记作家格雷看来，这位母亲完全误解了卢梭的意思，但结果并无大碍。她的女儿最终成长为一个非常机敏聪慧的女子，她野心勃勃，最关键的是，对生活极富热情。

斯达尔夫人在一封信中写道："唯有热情能带给我们最强烈的幸福感。"我尽力教育我的孩子们，要带着开放的快乐心态和好奇心面对每天发生在身边的事。说到底，好奇心不就是想多学一点、多了解一点的强烈热情吗？

对于新颖的观点和视角，安妮-玛丽总有用不完的精力和无穷的好奇心。这种热情贯穿在她的工作和交友中，尽管这种态度的另一面（她对老生常谈很不耐烦）难免会让跟她相处的人感到紧张。有很多次吃晚饭的时候，我看见她起身离席，因为她听够了死气沉沉的谈话，想找一个更有启发的谈话对象聊天。在我们这些很了解她的人看来，这信号很明确：换个聊天话题。找到新话题并不难。安妮-玛丽时刻准备着（而且满怀热情）迎接新颖的观点，而且很乐意重新回到饭桌前头。我希望我的孩子们在晚餐派对上能表现得更圆融一些，但要像安妮-玛丽姨妈和斯达尔夫人一样，始终带着开放的心态来面对新颖的、与众不同的观点和意见。

我还希望孩子们对生活给予的一切都带有感恩之心。在玛丽·由加理·沃特斯（Mary Yukari Waters）的《夜之法则》（*The Laws of Evening*）中，我找到了对这种感恩之情的美好描写。这本书中的故事大部分都发生在日本，时间从二战之前一直延续到战后若干年。沃特斯笔下的角色目睹了大量的死亡：有身边至亲的离去（孩子、父母、配偶），也有国家之难（广岛的恐怖）。这些人物没有一个怕死的，但他们表现出的反应各不相同，有期望，有懊悔，有接受："她感激留下路标的那个人，这说明他也明白这未卜的境地是什么意思，因为那路标上没有一文半字；古往今来，许许多多的人也明白它的意思；这个路标也说明，通过谦卑的努力，她已经来到了正确的地方。"

尽管对死亡的解读各有不同，但沃特斯笔下的角色对生命都心怀敬意。他们对自己能活着这件事抱着深深的感恩之情。正如某个角色所说的："斑驳的树影在地面上缓缓移过，整座花园的景象和谐地交织融合在一起……说到底，活着是最重要的。"

沃特斯书中的一个人物引用了十七世纪的武士兼著名俳句诗人水田正秀（Mizuta Masahide）的一首俳句。我真心想把这几句诗刷在厨房门口的墙上："屋舍既已毁/反得豁然现新景/皎皎月初升"。换个角度，就有豁然开朗的新景观。这正是我希望孩子们拥有的心态。不要去看生活中最糟的一面，要看最好的。面对失望，要有再度振作起来的生命弹性。

我还希望孩子们拥有什么？村上春树（Haruki Murakami）在他的回忆录《当我谈跑步时，我谈些什么》（*What I Talk About When I Talk About Running*）中说到，决定当作家之后，他收窄了自己的目标："……人生之中总有一个先后顺序，也就是如何依序安排时间和能量。到一定的年龄之前，如果不在心中制订好这样的规划，人生就会失去焦点，变得张弛失当。"①确定了自己的人生重心将是写作之后，他就把全副心思放到了这上头，他知道，人生中的某些事情恐怕是要放弃了。跑步是不能放弃的（由于体质易于发胖，他用跑步来维持体型），但从此要不再熬夜，也不再参与社交活动。

"他没有试着样样都做。"吃晚饭时，我对杰克解释道。

那顿饭是乔治的生日大餐，我们已经一连庆祝了好几天：学校里开了派对，当天下午朋友们来聚会，现在是和家人一起吃晚饭，周末还会有一场庆祝，我父母和娜塔莎会来。我做了好多冰淇淋蛋糕，还买了一支弹药充足的Nerf牌玩具枪当礼物（今年光靠吹泡泡和打彩罐是没法糊弄他啦）。我把"生日快乐"的条幅挂在了厨房里，整个夏天它都会一直挂在那儿：我们家这四个儿子都是在夏天出生的，而杰克的生日是在八月底，为这个季节画上圆满的句号。这个周末只是个开始，夏天也才刚刚拉开序幕，可我已经累得筋疲力尽了。

---

① 此处译文引自村上春树：《当我谈跑步时，我谈些什么》，施小炜译，南海出版公司2009年版。——译者注

样样都做？开什么玩笑！梅瑞迪斯、四个儿子，再加上我父母——绝大多数的周末我们家都人满为患。夏天会有更多宾客光临，床垫横七竖八地铺在地板上，浴室里的毛巾堆得老高。吃的总是不够，牛奶、香蕉、橙汁、面包，这几样东西天天都排在采购清单的最前头。所有的房间都乱糟糟的：摊开的书本，拆开的玩具，用过的玻璃杯，看完的报纸，还有脏衣服，到处都是脏衣服。孩子们把尘土和树叶带进家，猫儿们在角落里呕吐，留下一小堆一小堆嚼过的草团儿。每两周，一位巴西朋友会率领着清洁工们来到我家，用让我艳羡的效率和纪律把家里全部打扫一遍。可二十四小时后，地毯上就又洒上了薯片，灶台和料理台面上溅上了油点子，又一只猫咪把辛辛苦苦嚼碎的草杆吐了出来。

"没人想让你样样都做。"杰克用坚定的目光看着我，彼时我正在把小碟子上最后一点冰淇淋蛋糕舔干净。我最好开始跑步了，我心下暗想，再给我每天的任务清单上添上一项。

"你是说我不应该试着又看书又写书评同时见朋友还陪孩子们玩然后喂饱全家再加上洗衣服和做好吃的……"

彼得和迈克尔嗤之以鼻，但我继续往下说。

"还有打扫屋子，免得家里变成没人管没人问的垃圾堆，给花园除草，叠被铺床……"

"嘿，"马丁打断我，"我自己铺床的，而且我也帮着除草了。"

"是啊，"乔治说，"而且我的生日派对上招待客人的零食都是我自己准备的。我一向都自己铺床，而且我都是自己把脏衣服拿到洗衣房去的。"

"你们都做得很棒，"杰克说，"我知道妈妈很感谢你们的帮助。"他看了我一眼。

"是啊，我很感谢你们。"我说。

我知道乔治是对的。他独自把待客的零食全部安排好，还参与了所有的派对准备工作。我只需给他的玩具枪供应弹药就行了。至于周末的那场派对，杰克会做午饭，大点的孩子们会负责清理工作。没有一个人抱怨今年的生日条幅上没有装饰缤纷的彩纸和气球（往年我都会这样准备），大家可能甚至都没注意到。

一年之前，堆在厨房台面上的明信片、打折券、学校的通知单，在餐桌上越摞越高的考试卷子、作业和账单，墙角飘舞的一团团灰色尘土球儿（更不用说猫儿们吐出来的草团儿）肯定会把我逼得发疯。可今年，我夸张地叹口气，说："管它呢，我有更有趣的事情要做。"

不知怎么的，阅读好像对我施了魔法，这乱糟糟的生活反倒让我看见了那一轮初升的明月。非常非常合算的交易。

"我很幸运。我在做我最喜欢的事，每天读完一本书。而且你们大家都在帮助我做到这件事。我敢说，肯定没人这样帮助村上春树哦。这就是家人做的事——互相帮助。"

"你在教训我们吗？"乔治问，他翻了个大大的白眼儿，撇了撇嘴。

"不，我在感谢你们。"好吧，或许我是在讲大道理。但我也在分享，把我这一年在书中得到的一切领悟与大家分享。我们在一起摸索、寻找。生命的弹性，无上的热情，感恩之心，人生的焦点，还有独立自主的精神，这些都是家庭之爱的坚实根基。在我读到的书中，我发现这些元素一而再、再而三地重复出现。它们都是构成满意人生的原材料啊。我还往里头加入了一小撮"乱糟糟的居家氛围"，这是人生这块蛋糕的膨松剂。

六月的最后一天，我读了欧内斯特·海明威（Ernest Hemingway）的《尼克·亚当斯故事集》（*Nick Adams Stories*）。在《论写作》那一篇中，我发现了对理想夏日的致敬，也让我想起了我自己在中西部度过的夏日时光：上午，我们待在后院的草坪上，坐在破烂的躺椅上看书；下午，我们去密歇根湖畔玩，在清凉的湖水中畅游；晚上，大家都聚在屋后的庭院里，感受着仲夏夜的热浪一点点地平息下来，玩"大富翁游戏"，聊天，说笑，直至夜深。

我想要找回那样的感觉，"只是躺着，无所事事"的夏日，就像尼克·亚当斯一样。我还有孩子们在家陪伴我——至少还有这一个夏天可以共度。还有更多的生日要庆祝，更多的蛋糕要烤，更多去处需要我开车接送，更多的饭要做，更多的脏衣服要洗。但是，我也肯定会腾出时间来，带全家人去游泳、玩游戏，或者只是躺在吊床或草坪上看书。我们在一起度过的时光永不会被人忘记，爱、安全感、简单的幸福与快乐，这些都将永远留在我们心间。

第十七章　草坪上飞舞的萤火虫

> 玛乌不由地想起了过去在奥尼恰的夜晚，想起了黑夜里的不安和欢悦，
> 身子不禁一阵抽搐。每个夜晚，自从他们来到南方之后，
> 正是这同样的抽搐将她与已经逝去的一切连接了起来。
>
> ——勒·克莱齐奥（J. M. G. Le Clézio）
>
> 《奥尼恰》（*Onitsha*）

由于就住在海滨，夏季里我们家一般不大会出门度假。但是，在这个每天读一本书的夏日，我放任自己出门游历，去往很远很远的地方。这一年，书是我的慰藉，也是我的人生导师，但它们也把我急需的假期送给了我。当孩子们外出野营的时候，或是在房间里玩耍、在院子里疯跑的时候，我就成为自由的旅人：我能去往千里之外，也能回到百年之前，我能重游故地，也能饱览新景。"没有哪艘快船能像书本一样/须臾间带我们去向远方"，这是艾米莉·狄金森（Emily Dickinson）的诗句。我搭上的就是一艘马力全开的快船。

　　我跟着威廉·特雷弗[①]的脚步，在《我在翁布里亚的家》（*My House in Umbria*）中来到意大利，在那儿我看见"小路的尽头有幢黄色的房子……小路在成片成片的橄榄树和柏树旁蜿蜒而过……长满三叶草的斜坡上，金雀花和金急雨肆意绽放，罂粟和天竺葵星星点点地散落在草地上……山坡柔和地升起，远远地有一片向日葵田"。

　　"妈妈！"乔治的声音打断了我的阅读，把我拉回此时此地。"晚上吃什么？"

　　这个么，"应该是……意面吧……再洒一点儿橄榄油。"我关上音乐室的门，回到翁布里亚。

　　搭上一艘钢船，我穿越大洋，来到勒·克莱齐奥在《奥尼恰》中描绘的尼日利亚。这是一趟艰苦的航程："日日夜夜过去了，只有这大海冷酷依旧，天空以船的速度在移动，太阳在钢板上缓慢前行，像一道目光落在额头，落在胸口，在身体的内部熊熊燃烧。"可是啊，看我抵达之后见到了什么："每逢太阳落山，西面……的天空便阴郁起来……河在下游拐了一个弯，接着缓缓向南流去，河面辽阔如同海湾，上面星星点点的小岛，并不分明，像是随波逐流的木筏。雷雨盘旋即至。天空仿佛被撕裂开来，布满血红色的伤痕。接着，黑云即刻涌到河面上方，驱逐依然飞翔在太阳余晖中的白鹭。"[②]

---

　　① William Trevor，爱尔兰当代短篇小说大师，素有"爱尔兰的契诃夫"之称。——译者注

　　② 此处三段译文均引自勒·克莱齐奥：《奥尼恰》，高方译，人民文学出版社2010年版。——译者注

在克莱尔·吉根（Claire Keegan）的短篇小说《走在蓝色的田野上》（*Walk the blue fields*）中，我在午夜时分踏上爱尔兰的大地："暗蓝色的夜笼罩了原野……春天已经来了，干燥清爽，充满希望。赤杨伸展着枝条，灰白色的枝干仿佛涂上了黄铜色……空气凛冽清寒，充满野醋栗的浓香。一只小羊羔从熟睡中醒来，走过蓝色的田野。头顶上，星星都已各就各位。" 我一向想去爱尔兰——大学里我读到了叶芝的诗句，此后这些年里也一读再读——如今我已身临其境。

在《茵尼斯弗利岛》中，叶芝这样写道：

> 在那里我会觅得安宁
>
> 从晨曦的薄雾
>
> 到蟋蟀清鸣之处
>
> 安宁缓缓滴落
>
> 那里的午夜微光闪烁
>
> 正午燃起紫色暗火
>
> 红雀的翅翼扇起暮色

这首诗是我的最爱之一，不仅因为它让我想起童年时长大的地方（湖边），也让我体会到一种新鲜和陌生的感觉，也就是小屋的隐逸僻静，"藤篾黏土作围篱"，藤篾是个什么东西？其实它是什么都无所谓，我只想再次居住在湖岸边，这辈子头一回住在邻近"豆角架"和"蜂箱"的小屋里，聆听蟋蟀的鸣叫（这个我很熟悉），看着被"红雀的翅翼"扇起的暮色。

红雀？我仍然不知道这是什么东西，但我被深深地迷住了。熟悉夹杂着新奇，这种感觉最让人迷醉了。

但我也想找回早已逝去的旧日时光。姐姐去世后，回到过去，重返她还在的日子，这种渴望一天比一天强烈。我想回到童年时的埃文斯顿去过个假期。我会选择夏天，夏天时我们姐妹几个可以晚点睡，晚上我们会到屋外去玩，跟邻居家的孩子们一起玩抓人游戏、躲避球和捉迷藏。跑累了我们就在草地上横七竖八地躺下。要是饿了，大点的孩子，比如安妮-玛丽，就会带着小孩子们回屋去找棒冰或桃子吃，运气更好的时候，还能跟大人们要到钱去买冰淇淋。

卖冰淇淋的小卡车还没露脸，浓郁的甜香和一遍遍播放的叮咚乐声就早已传来。它停在马路边，有甜筒冰淇淋、三明治和糖果卖。吃完冰淇淋后，我们姊妹几个就坐在屋前的台阶上玩，直到父母唤我们进去。萤火虫飞过草坪，隐没在灌木丛和树枝间。我们从没聊过长大之后要做什么。一起坐在开阔的夜空下，看着萤火虫明明暗暗，我们以后肯定是想做什么就做什么，毫无疑问。一切都是可能的。

读到凯文·坎蒂（Kevin Canty）的短篇小说集《钱的去处》（*Where the Money Went*）中那篇"燃烧的桥梁，破碎的玻璃"时，我仿佛回到了当年那个地方，所有的感觉一下子都回来了。虽然这故事讲的是一个较为年长的男人与一个年轻女子的爱情，但它的背景是百分百的美国中西部，那漫长的夜晚、广阔无垠的空间、一望无际的、星光熠熠的夜空，那汪洋肆意的丰饶与可能性。坎蒂写道："中西部的春天的气息，汽油味、玫瑰花香与柏油气混合在一起，远处的人放枪的声音，洲际公路上不时传来的嘶嘶声，打碎玻璃的声音，笑声，生活本身的声音。"对我来说，听到这些声音、闻到这些气息的时候是夏日，而不是春天，这个故事把我一下子拉回到了童年。

"燃烧的桥梁，破碎的玻璃"中的主人公感觉到了这股同样的拉力。他是个已届中年的酒徒，打算在沙漠里享受两周的昂贵水疗，好解决酗酒的问题。在那儿他遇到了医生的妻子凯伦。他爱上了她，她走后，他决定跟随她回到俄亥俄州的家乡。

罗斯巴赫在俄亥俄找到了凯伦，但更重要的是，他重新回到成长的地方，寻回了少年时光。"那闪耀着光华的春日啊，野花在车道旁喷薄绽放，蜜蜂儿漫天飞舞。"和罗斯巴赫的感受一样，故事里那美国中西部的春景让我欣悦又振奋。随着他一步步地寻回儿时的记忆，"那早已被他忘怀的、粉色和紫色的春日"，我也回到了我的童年。

罗斯巴赫沉浸在一派盛景中："繁盛春日的午后，蜂儿们热闹地嗡嗡欢唱"，"停车场里的樱桃树开满了粉色的花，雪片般柔粉清白的花瓣落在树下停着的车子上"。想起"十七岁的那些日子——那时他能清楚地感觉到体内那鲜活的生命力，想起那年的春天，那些奇迹"，罗斯巴赫感到，"那根碧绿的导火线依然在他体内燃点着，火花迸溅"：他生命中的无尽可能已经再度引燃。

在我自己的"碧绿导火线"的照耀下，我读完了这本书，我的少时记忆也萌醒复苏了。我记得，夏夜里我躺在床上，大敞着窗户，让温暖的微风飘进来。在床上，我能听见高尔夫公路上的车声，还有隔壁邻居家门廊上传来的无线电声。我闻得到花园里刚刚松过的泥土那幽暗湿润的气息，刚割过的草散发出的甜香，还有烧烤的烟熏气。这些声响和气息就像是发给我的邀请函，召唤我跑出去，投身天地之中。那时的我已经年纪稍长，不再玩捉迷藏，也不再等冰淇淋车了，但我依然相信我的未来是无边无际的。我知道，那阵微风来自一扇饱含着承诺的窗，那是冒险、爱和乐趣的承诺，正等着我一一实现。

书籍就是我的时光机，是通向疗愈的列车，是来自年少时分、被重新点燃的祝福。克努特·汉姆生（Knut Hamsun）的《梦想家》（*Dreamers*）带我重返大学时光，回到那些个春天的晚上——在花树下与刚刚爱上的男孩紧紧相拥。汉姆生为萌动的春情赋予了意乱情迷的力量："又是春天了。对于敏感的心灵来说，春天几乎令人无法忍受。它把创造力催向无与伦比的高度，把饱含着辛香的气息吹送到纯真的鼻端。"

《梦想家》的故事发生在世纪之交挪威的一个海滨小镇上。被幽禁了整整一个寒冬之后，海滨小镇的居民们在海风中舒缓着身心，温暖的泥土，新叶初绽的树木，盛放的繁花，这一切让他们感到自由奔放。《梦想家》里的人物们沉溺在生机勃勃、关于爱和财富的幻梦中，突如其来的阳光和热浪催生出欲望："这是做梦的季节，是心头小鹿乱撞的季节……每一座岩石岛屿上都传来鸟的鸣啭……海豹从水中抬起湿淋淋滴着水珠的脑袋，四处瞧瞧，又潜入到它海面下的世界里去了。"

春末夏至，情感和欲望渐渐安顿下来："玉米和土豆正在茁壮生长；草地上漾起碧浪；每一幢小屋里都储存了鲱鱼，牛羊吃得胖滚滚的，提桶里满盛着牛奶和羊奶。"食物充足丰美，梦也是一样："夏日是做梦的季节，但随后你必须停止了。可是，有些人终其一生都在做梦，这是改不了的。"

能终生做梦的人是幸运的。这需要一种深远的乐观：相信梦想能够成真。我发觉，我渴望看书其实还有一个原因：为了回到那个对所有的梦想都确信无疑的地方。青草的气息，潮湿的夜空中挂着沉甸甸的星星，拂过我面颊的暖风，这一切都深深地嵌在我的脑海中。这些回忆犹如一圈篱笆，包围着我，让我感到安全。那年我十岁，所有的明天都在等待着我，整个世界只为我而展开。或者，我重归十八岁，在蓓蕾初绽的苹果树下亲吻一个男孩，心里那样清明笃定——我的整个人生都将充满同样热烈的渴望与情怀。

读完《梦想家》之后，母亲告诉我，克努特·汉姆生也是我外祖父非常喜欢的作家。听到这个我高兴极了。如今，我和外祖父有了共同的阅读经历。我不太了解外祖父，但我爱他。我很想知道他在阅读汉姆生时找到了什么样的解脱感。我想象出来的画面是这样的：在春天的绿树下，一片阳光中，外祖父坐在一个白色的藤编躺椅里，白丁香的香气从草坪那头一阵阵飘过来。他永远也想象不到，有一天，在康涅狄格州，他的一个外孙女会坐在一个被猫咪弄得臭烘烘的紫绒椅子上阅读汉姆生，她的身旁大开着一扇窗，夏日的微风在自由穿行。两个读者，被同一本书讲述的地方和季节吸引，原因不同，但结果一样：两人都喜爱那个故事，都在那个地方找到慰藉——那个存在于这世界上，也存在于时间中的地方。这是逃离，是假期，是记忆的复苏。旅行不一定非要独身上路。共同读过一本书，就意味着一次结伴而行的逃离。

　　就算是书中的故事跟我毫无关系，我也能从那复苏的记忆中找到共鸣，从当下逃离。在艾伦·西利托（Alan Sillitoe）的短篇小说《长跑者的孤独》中，一个男孩被送到了感化院，也就是英国教养失足青年的地方。这个名叫史密斯的男孩的确是个问题少年，他抢了一个面包房，把钱藏在破败家中的一根旧排水管里。他抢钱是为了重新找回一家人那短暂的欢乐。收到父亲抚恤金的那天，"我们拿到了所有需要的钱，在那几个月里，我从没见过哪个家庭像我们家一样快乐"。可一场豪雨当着警察的面把抢来的钱冲了出来，史密斯被送到了感化院。

　　但是，感化院的日子也不是全都那么糟糕。史密斯入选了越野长跑队，为了参加一场全国比赛，他开始训练。每天清晨在乡间跑步的时候，他享受到独自一人的静寂，也找到一种逃离的感觉，他殷切地盼望这一天中最美好的时刻。

我跟这位名叫史密斯的男孩没有一点共通之处，但在他对晨跑的描述中，我忆起了一段极为独特的往事：那是在我将近三十岁的时候，有个大清早我出门散步。当时我在阿迪朗达克（Adirondack）参加一个环保会议，住在离会议中心大概有三英里远的一个农家里。第一天会议结束后，带着激动的心情——未来几个月里我们要做到那么多事情——我回到农舍，准备好好睡一觉。

夜里，天气变得非常冷，住在农舍楼上的我睡得难受极了。就算把所有的衣服都裹上，我也暖和不过来。最后我干脆下了床。我探头出去看看最后一丝夜色，空气冷若冰霜，四下寂静无声。如果非得冻着不可，那我宁愿待在外头活动活动胳膊腿儿，总比缩在小床上发抖强。

走着走着，远山上方的天空露出曙色。太阳在我眼前升起，一缕缕阳光照上被霜染白的草尖。我走在碎石铺成的小路上，那咯咯吱吱的声音就像冰面在脚下裂开。感觉到了阳光的煦暖，秋天的蚂蚱都恢复了精神，在我前头蹦蹦跳跳地领路。我一边走，一边观察着四周的一切。伏在地上的秋草在阳光下晶莹闪耀，路边的灌木丛染上了一层红色。光秃秃的黑色树枝指向天空，远处的群山在粉色和杏黄的薄雾中隐现出黛青。清冽的空气扑上面颊，我大口大口地深深呼吸。来自苏醒大地的纯粹能量正在我的血液中涌动，我觉得自己好像会飞一样，双翼一拍就能掠过群山。

我的感受跟晨跑的感化院男孩一模一样，清新的世界无遮无拦地在他身旁展开："在鸟儿尚未鸣唱的清晨，踩着结了霜的草，飞一般地迈出第一步，我就开始沉思起来。跑步时的我就是那个样子……有时，我觉得自己从未像那几个小时一样自由——我慢步跑上大门外的小路，在路尽头那棵腆脸凸肚的橡树旁转弯。"我知道那种"从未如此自由"的感觉，在阿迪朗达克的那个清晨，我就是这种感觉。

回到过去，回到我乐观欢畅、天地阔朗无限的时光，回到姐姐不曾离去的时候。人人都有"之前"和"此后"，某一件哀恸的、痛苦的、难熬的事情把我们的人生截然切成两半。对我来说，这件事就是姐姐的骤然离世。安妮-玛丽去世后的那几个月里，我失去了对未来的一切信念。我认为姐姐的故去是个信号——这个世界抛下了我，它不再等待我了。

可是我错了。通过这一年的阅读，我发觉那"碧绿的导火线"依旧燃点着，迸溅着可能性的火花。书籍不仅带着我逃离现实，让我领略崭新的体验，作者笔下的人、地方和气氛也把我带回到昔日与当年——那时的我还殷切渴盼着明天。

该如何生活下去？全心全意地投入当下，但也愿意到其他地方和其他时空中旅行。我的未来依靠着它。我们都需要时不时地逃离，离开日常生活中大大小小的压力、心碎和失望。我需要逃离这个已经没有安妮–玛丽的地方，回到我俩都在的当年，回到那段眼前一片阔朗、精彩即将渐次展开的岁月。

书籍是能载我前往任何地方的快船。我的未来并不是无界无限的，现在的我已经明白了这一点。但我的人生依然像当年一样，充满了各种各样的可能性——那个小姑娘跟姐姐们坐在门口的台阶上，吃着冰淇淋，看着萤火虫一明一灭地飞过黑暗的草坪。

第十八章 推理小说中的答案

> 我想明白了，这全看我自己的选择：
> 是认为这个结局不公平、不满意，并为此痛苦受罪呢，
> 还是决定接受事实——这个结局，
> 也唯有这个结局，是最合适的。
> ——本哈德·施林克（Bernhard Schlink）
> 《塞尔夫的谋杀案》（*Self's Murder*）

一顶黄色的帽子漂浮在水面上，棕色的头发四散开来——第一次读到约翰·麦克唐纳（John D. MacDonald）的《绯红诡计》（*The Scarlet Ruse*）是在三十年前，我依然还记得崔维斯·麦基（Travis McGee）如何亲手剪下那女人的头发，再把她丢失的锁挂在帽子上。帽子顺水漂进了海湾，造成迷惑人的假象，借此来捉住坏蛋。"这比我希望中的更好。这场景吓住了她。她漂浮在那儿，在小筏子上死去了。我很想知道，她究竟能不能理解这个事实：她终将死去，死亡不

可避免。如今，我的朋友们，咱们全都少了一天，人人如此。而欢乐是唯一能让时钟变慢的东西。"

推理小说中的睿智箴言。《绯红诡计》是麦克唐纳21本"颜色代码"系列作品中的一本。我父亲把整个系列都读了个遍，我读了其中的大部分——在芝加哥那漫长又湿热的夏日与夏夜。

能对读者的人生造成深远影响的，不一定非得是文学巨著不可。第一次读到麦克唐纳的这句"欢乐是唯一能让时钟变慢的东西"时，我十七岁。这话是一句含蓄的宣言：放开手，忘掉不幸，尽情享受喜悦，无论它多大或多小。比起当年，这句话让现在的我感触尤深，但即便是在当时，它也在我心中激起了火花，让我牢牢地记住了它。这不仅是因为此话出自麦克唐纳的推理小说，而我跟父亲都很痴迷他的作品，更是因为推理小说这种作品类型有话要对读者说——那些话关乎这个世界，关乎我们为了理解自己在这世界中的位置而付出的努力。

在我成长的过程中，我们家人人都读推理小说。尤其是在夏天，我们聚精会神地、一本接一本地阅读那些讲述谋杀、失踪、背叛和欺骗的故事。全神贯注地读着那扣人心弦的曲折情节，直到湖岸边只剩自己一人，再没什么比这感觉更好的了。我父亲用两位"麦克唐纳"的作品来过夏天：约翰·麦克唐纳和他的崔维斯·麦基系列，以及罗斯·麦克唐纳（Ross Macdonald）和他的刘亚契（Lew Archer）系列。我母亲喜欢雷克斯·斯托特（Rex Stout）和P. D. 詹姆斯（P. D.

James），安妮－玛丽最爱阿加莎·克里斯蒂（Agatha Christie），娜塔莎一心扑在多萝西·塞耶斯（Dorothy L. Sayers）的温西勋爵（Lord Peter Wimsey）系列上。我是从迪克·弗朗西斯（Dick Francis）的赛马场推理系列上起步的，后来一直跟着父亲的脚步，爱上了那两位麦克唐纳。

在纽约工作的第一个夏天，安妮－玛丽邀我去她贝尔港的家里度假。那时候我每隔几个星期就会大忙特忙，一周连轴工作七十小时。假期终于到来的时候，我简直欣喜若狂。终于能离开纽约城那黏腻的暑热，去长岛东部享受带着咸味的柔和海风了。我只带了一件泳衣和一条短裤，其他的一概没带。从防晒霜到顶楼专门属于我的房间，安妮－玛丽把一切都给我准备好了。屋里有一张双人床，上头盖着一条洗得褪了色的绿白花的被子，一盏灯罩上绘着蛛网图案的落地灯，还有一个装满了七十年代的《纽约》杂志的藤篮。

在那边过的第一个周末，我发现了一个推理小说的宝藏。在我的阁楼房间底下就是安妮－玛丽的书房，屋里堆满了书。一面墙上全是学术书籍，有建筑学的专著，成卷成卷的哲学书，还有艺术史和批评理论的专业期刊。对面墙上整齐地摆着窄身书架，密密地放满了小说和诗集——还有推理小说。在我成为纽约客的第一个夏天里，我把阿加莎·克里斯蒂的作品从头到尾、一本接一本地读了个遍。

我儿子们还不会看书的时候，安妮－玛丽就带着他们继承了夏天看推理小说的传统。她带着他们坐在贝尔港家中的庭院里，把她收藏的埃尔热（Hergé）的《丁丁历险记》全都拿出来，把漫画里的法语对白一句句地翻成英文，讲给他们听。《绿宝石失窃案》（*The Castafiore Emerald*）、《蓝莲花》（*The Blue Lotus*）、《黑岛》（*The Black Island*），几个小家伙听得入了迷。孩子们长大一点之后，她就带着他们去贝尔港的图书馆。在那儿他们可以一起在童书架子前流连寻找。拿着安妮－玛丽的借书卡（我依然把它放在我的钱包里，那浅蓝色的卡纸上印着深蓝色的标志：一只海鸥站在书堆上），他们发现了玛乔丽·温曼·夏尔马特（Marjorie Weinman Sharmat）的《大侦探小内特》（*Nate the Great*）系列推理小说，还有伊丽莎白·利维（Elizabeth Levy）的"怪事"（*Something Queer*）悬疑故事系列。

安妮－玛丽过世后的第一个夏天，我和杰克带着孩子们到贝尔港去看望马文。把车停在后院的砂石车道上，我发觉自己在期盼一个场景：就在我们打开车门下车来的时候，安妮－玛丽从草坪那头走过来迎接我们。可她当然没有来。她已经不在了，就在上个月，我们把她的骨灰撒在了贝尔港在火岛那一侧的海面上。没有她在那儿等着我们，我还怎么踏进这幢房子？孩子们蜂拥而出，跑过草坪，乒乒乓乓地拉开后院的纱门，高声叫着去找马文，我默默地坐在车里。

那天我终于还是下了车，进屋和大家待在一起。下午，我走进安妮－玛丽的书房，用手指抚过那一排阿加莎·克里斯蒂。我抽出了《无人生还》（*Ten Little Indians*），但又放了回去。我还没有做好准备，不忍重温这些我跟姐姐都看过的书。我坐在一把面朝西边的灰色旧椅子上，看着那排前两年才刚栽下、如今已经长高了的树篱，泪水滚落下来。

自从那年夏天起，我们每年都会去贝尔港。每一年，我依然有种感觉：今年，安妮-玛丽会走过草坪来迎接我们。这感觉转瞬即逝，那是刹那间的疯狂念头，违背了我所知道的现实。但是，在那一瞬间，我仿佛看到穿着黑色拖鞋、卡其色短裤和白T恤的安妮-玛丽穿过草坪向我们走来。在我看来，这一幕比她的离去更为真实。在我的内心世界中，在我想要寻找的秩序里，她永远是个重要的角色，占据着显著的位置。对我来说，这个世界比其他的一切都更为真实可信。

正是这种对秩序的寻找，让我迷上了推理小说。没错，我在优秀的推理作品中找到了智慧的火花，可我真正想寻找的是解答。我想在宇宙中寻找一种秩序。在真实的世界中，合理的事情有时候是极少的，但在推理小说中，情节纵然百转千回，也总有合理的解释。问题的解答找到了，那种满足感是踏实又强烈的。

今年夏天，由于我每天要读完一本书，去贝尔港的年度旅行只能缩减成短暂的拜访。我们会把午饭时间留足，然后下午到海边去玩。到达之后，儿子们和杰克走过草坪进屋去了，我照例在车里多坐了一会儿。我带着期望等待着，可安妮-玛丽没有来。无论多少个夏天过去，无论我在车里等多久，安妮-玛丽都不会带着微笑和亲吻来迎接我了。我又多等了一小会儿，然后进屋去跟大家会合。

那天下午我们去了火岛，坐着马文的快艇在大南湾里游览。那天非常热，风很大，巨浪拍打着火岛的海岸。浪太大了，我没法游泳，而且我更愿意在阳伞下看书。今年多好哇，我有借口——"我得把今天的书看完！"我打开书，那是本哈德·施林克的《塞尔夫的谋杀案》。施林克最著名的小说是《朗读者》（*The Reader*），但这本推理小说很快吸引了我。

《塞尔夫的谋杀》中的主角是私家侦探杰哈德·塞尔夫，这个纳粹时代的检察官如今帮人排忧解难。身为私人侦探，塞尔夫非常勤勉地工作着，他想用这种苦行般的赎罪，来纠正往昔的错误。已经七十多岁的塞尔夫非常清楚，绝大多数潜在客户"更愿意雇一个拿着手机、开着宝马车、以前当过警察的年轻人……而不是开着一辆旧欧宝的老家伙"。但不管怎样，塞尔夫都不准备放弃。他勉力做下去，真心实意地关心那些找他求助的人，同时也挣扎纠结着，努力接受一个事实：有些时候他一点忙也帮不上："我没法再为他们做些什么，没法帮他们解决问题，这种无助的感觉折磨着我。"

一个声音突然打断了我的阅读。

"妈！你不想玩徒手冲浪吗？"彼得在水里问我。

"今天不了，宝贝儿，我很喜欢这本书。"

塞尔夫接了一个新案子，帮助一家银行的董事查找一位匿名股东的真实身份。调查出现了意料之外的转折，时而回溯到劫掠犹太人财产的纳粹时代，时而又跳转到当下，揭示出统一之后的德国存在的冲突，比如纳粹光头党的复苏、如何把东德融合进西方的思维和文化，不少问题都暴露出来。

故事最后，塞尔夫解决了匿名股东的身份谜题，同时也揭穿了与之相关的、导致了一连串谋杀的欺诈与偷窃事件。可他没法证实对谋杀的推理，凶手永远也不必为罪行付出代价。

塞尔夫有种受骗上当的感觉。他解开了命案，却不能享受正义得以伸张的满足感。后来，塞尔夫渐渐领悟到，他必须接受那些无力改变的事情："我想明白了，这全看我自己的选择：是认为这个结局不公平、不满意，并为此痛苦受罪呢，还是决定接受事实——这个结局，也唯有这个结局，是最合适的。"

推理小说中的智慧，海滩上的发现，还有对"宇宙秩序"的全新理解，我们无法控制身边发生的事情，但我们应该对自己的反应负责。面对姐姐的故去，我该作何反应？我要为这个反应负责。一旦度过了最初的震惊以及随之而来的哀恸阶段，我就可以选择如何反应。

我抬眼望去，看着此刻发生在海滩上的、我身边的一切。迈克尔有一年玩徒手冲浪时撞伤了，结果进了急诊室，嘴巴附近缝了二十针，所以现在他对海浪有种合理的忌惮。他正在沙滩上建城堡，马丁在挖护城河，帮他把水引过来。彼得和杰克在徒手冲浪，乔治坐在我旁边看书。马文和多萝西——那个即将成为他妻子的女人——在沿着海滩散步。

彼得从水里跑上来。"有东西喝吗，妈妈？"

"我饿了！"迈克尔叫道。我转身从小冰箱里拿出几瓶水和几串葡萄。

"咱们什么时候走？"乔治一向不太喜欢热天，也不抗晒。

"我什么时候走都行。"我说。

什么时候都行，什么事情都行，一切事情都行。我的反应取决于我自己。最合适的结局取决于一个人如何对待生活给他的东西，而不是生活给了他什么东西。

可是，生活从你这儿拿走的东西呢？如何在痛失长姊后生活下去？如何生活？这个反应同样也全部取决于我自己。

推理小说告诉我，宇宙中的确存在秩序。我相信它的存在。但优秀的推理小说也告诉我们，有些问题是没有答案的。我知道这也是真的。我们都会遇到一些永远也无法解开的疑团——为什么非得发生那件事？但是，我们能够、也必将在某些地方找到秩序，或许是在书中，在朋友和家人那里，或许是在信念中。通过如何度过自己的人生，我们为秩序下了定义；通过如何应对人生递给我们的东西，我们创造出秩序；通过接受"并非所有的问题都有答案"，我们找到秩序。

在那个明媚的八月下午，我靠回沙滩躺椅的椅背，环顾四周，在湛蓝的天空下望向波光粼粼的海面。孩子们在不远处的沙滩上玩，杰克依然在海里驾驭波浪，马文和多萝西正从沙丘那边往回走。我过得还不错。日复一日，我让自己沉浸在书本中，从字里行间汲取智慧的同时，我也在创造秩序。这充满魔力的阅读年将是我那沉重哀恸的恰当终局，也是我余生的坚实开始。

第十九章 善意的力量

> 善意的行为无比清晰地显示出，
> 我们是脆弱的、需要相互依赖的动物，最大的支持力量就来源于彼此。
> ——亚当·菲利普斯（Adam Phillips），芭芭拉·泰勒（Barbara Taylor）
> 《论善意》（*On Kindness*）

九月初，我的继女梅瑞迪斯从伦敦打来电话。八个月前她搬到了英国，孰料与男友的感情生变，原本全都安排好的生活计划被打乱了。一个周四的清晨，天刚蒙蒙亮，家里的电话响了，我听见梅瑞迪斯在那头伤心地抽泣。杰克从我手中接过电话，让梅瑞迪斯搭飞机回家。他悄没声地问我一句："行吗？"我点点头。

我还能怎么办？面对绝望，除了送上善意和一个让人安心的、想住多久就住多久的住处之外，我还能怎么办？我的第一反应就是，要为一个悲伤困惑的人送上抚慰，无论它是多么微不足道。我没法解决梅瑞迪斯的问题，但我可以见证她的伤痛，陪伴她度过难熬的日子。

在绘本传记《缝不起来的伤痕童年》（*Stitches*）中，作者戴维·斯摩尔（David Small）讲述了自己的童年故事。小时候，他跟抑郁的母亲和漠不关心的父亲生活在一起，夏天跟患有精神病的外祖母一起过，大人们经常辱骂他，他极度缺少亲切的拥抱和爱抚。由于父亲用放射疗法治疗他的呼吸问题，他患上了喉癌，好几年不能说话——那是身体上和心理上的双重沉默。于是斯摩尔转向用艺术来表达自我，在艺术创作中，他也能从阴郁悲惨的家庭生活中挣脱出来。有一页上，幼小的斯摩尔钻进了自己的绘画本，进入到自己创造出的世界里，在这个世界里，他可以安全地做自己，家人碰不到他。

他一直长到了十几岁，才有一个成年人终于注意到了斯摩尔的孤独隔绝，并向他伸出援手。这位治疗师送来了他从未得到过的善意和同情。"他像对待心爱的儿子一样对待我，"斯摩尔写道，"他真心实意地关心我。"在这位充满爱心的大人的帮助下，再加上艺术这个避难所，斯摩尔熬过了痛苦的童年，终于收获了丰盈的人生。

在亚当·菲利普斯与芭芭拉·泰勒合著的《论善意》中，两位作者指出，善意是人类的天性："历史告诉我们，人类想与他人建立链接的愿望会在许多方面表现出来，从对友谊的经典赞颂，到基督教关于爱和善心的教诲，直到二十世纪的社会福利论。"菲利普斯与泰勒相信，在减轻他人的重担时——安抚他们的恐惧，帮他们重燃希望——我们获得了力量。当相同的善意回馈到我们身上时，我们的生命之花灿然开放，我们自己的恐惧减轻了，希望在心中牢牢地扎根生长："善意……创造出一种亲密的感觉，一种让我们既害怕又渴望的、与他人联结的感觉……说到底，善意令人生变得值得。"

听闻梅瑞迪斯姐姐要回家了，四个儿子高兴得要命。他们没问她为什么离开伦敦，也没打听她半途改变了的人生计划。实际上，他们间的唯一一个问题，就是会不会把她的名字加进饭后打扫的值日表。会的。最能把人拉回正轨的，莫过于家务事和有规律的生活。周五晚上，杰克去肯尼迪机场接到了梅瑞迪斯和两个鼓鼓囊囊的大箱子，然后一起回到了我们在西港的家。我们一家七口又聚齐了。

我希望我的家里充满善意和爱心，家人能够相互接纳和支持——既有言语上的，也有行动上的。当然，他们兄弟几个之间免不了有争吵（我俩这当父母的有时也难免拌嘴），可尽管如此，在我们家里，人人都能自由自在地做自己，而且也因为自己的本来面貌而被爱。正是这种无条件的爱，让家庭成为安全的避难所，让这幢房子成为一个充满安宁和慰藉的归处——无论是放学、下班，还是跟男友分手、整个围绕他而制订的人生计划全都半途而废之后。

在家门之外，我的感受是，朋友、熟人，甚至是陌生人之间的善意都是经常能遇到的事情，不是偶尔有之的例外。姐姐去世后，朋友们的各种善意之举接二连三地涌来。人们写来慰问卡片，送来鲜花，还帮忙做晚饭。有位朋友在我的花园里种下一丛丁香，只要走进厨房就能看到它。这丛丁香渐渐长大，到了春天，它会结出一串串沉甸甸的、清香无比的深色花蕾。每当我看到这丛花，就会想起安妮-玛丽，也会想起为我种下它的朋友海瑟尔。

我是听着饱含慷慨和同情的故事长大的。有些家庭从英勇的战时故事中汲取养料，有些家庭从一穷二白的开拓中获取力量。在我们家代代相传的故事中，善意是最大的力量。它包括战争中的善举，比如雷根斯堡那对在战争中失去了全部三个儿子的夫妇，收留我父亲与他们同住；或是战争结束后，在安特卫普郊外，我的曾外祖母生活的小村里，全村的人一起出动，祈祷有人能把盘尼西林送到当地医生手中。没过几天，一队美国大兵就把药物送来了，那位牙齿发炎的村民的命保住了。

有些故事也很好笑。我父亲小的时候，他的任务之一是每天早晨把家里的羊赶到地里去。有天放羊的时候，我父亲的腿被野狗咬了，伤口很深，血流不止，他疼极了。一个老婆婆扶着他走到田边，说她可以帮忙。我父亲很感激她。随后老婆婆向他解释她打算怎么做：她会撩起裙子，蹲在他受伤的腿边，往伤口上撒泡尿，防止感染。她冲着一群从山头上跑过来的男孩子招招手，那些都是我父亲的小伙伴。但他没看见他们。

"我可以在你伤口上撒尿，但是有其他孩子们在旁边，你是不是宁愿我别这么干？"

父亲点点头。

"那就赶紧跑回家，拿肥皂把腿好好洗一洗。快跑！"

老婆婆展现出两种善意，撒尿，还是不撒，我父亲做出了选择。那道伤疤依然还留在他腿上，但在他看来，要是小伙伴们看见村里的老奶奶对着他的腿撒尿，那他心灵上的伤疤恐怕要更骇人哩。

战时，我在比利时的外婆开展了一项慈善事业，具体业务是为在战争中失去了女仆的家庭缝补袜子。战争结束后，她把这个织补的本事用在了"刚果的可怜孩子"身上。为何生活在炎热中非的孩子需要羊毛袜，我不知道，但她的心意尽到了，而且她大概是下意识地想为利奥波德国王二世（King Leopold II）在比属刚果（Belgian Congo）的严苛统治做些补偿吧。

也是这位外婆，在一位去非洲当牧师的堂亲带着非洲妻子和三个混血孩子回来后，她是全家族里唯一一个欢迎他们的人。"所有的爱都是神圣的"，这是我外婆的人生哲学。她帮助这个年轻的家庭在比利时安顿下来。

我伯伯乔治的人生哲学是，不惜一切代价也要让心爱的人有饭吃。战后的德国，食品非常短缺。可尽管如此，乔治伯伯还是想办法给父亲找到了吃的。当时他在美军兵营的厨房里干活，于是他偷出香肠和火腿带给我父亲，靠着这些吃的，我父亲活了下来，一直熬到被雷根斯堡大学录取，并被那对好心夫妇收留。在那之后，伯伯依然偷带食物给我父亲，让他跟新的家人分享，作为对他们收留我父亲的答谢。

此后，乔治伯伯继续为美国大兵们工作了三十年，最后当上了驻捷克边境美军基地的总厨。美国人抓到他拿香肠回家当周日午饭的时候，他被开除了。"可我拿香肠都拿了三十年了！"他辩解道。美国人希望把他留下，因为他做饭手艺绝佳，而且性格开朗快活，对谁都和和气气的，可是规定就是规定。所以乔治伯伯就在当地村里的酒馆找了份差事，结果这家小馆很快就成了不当班的大兵们最爱的去处，其中也包括那位不得不把伯父从厨房里开除的军官。我们姊妹几个明白这故事的含义：善意有时会超越律条，归根结底，善意比绝大多数律条重要。

我想为梅瑞迪斯做些事情，好让她知道，我关心她，也心疼她的遭遇。可是，她没有需要消毒的皮肉伤口，也没有需要缝补的袜子。我不擅祈祷，但我尽力做她最爱吃的菜，带着对乔治伯伯的敬意，给她煎上一两条香肠。在《论善意》中，两位作者写道："善意的行为无比清晰地显示出，我们是脆弱的、需要相互依赖的动物，最大的支持力量就来源于彼此。"我想成为梅瑞迪斯的支持力量，可我的支持算是哪一种？《论善意》着重强调了亲子之间的关爱本能："在父母和孩子之间……善意是被期待的，被准许的，实际上也是义不容辞的。"可我不是梅瑞迪斯的母亲，也不是她的伙伴，我不是她的姨妈或奶奶，也不是她的保姆或老师。

最初，梅瑞迪斯和我相处得并不太好。她是杰克的独女，我是固执的后妈。我们之间的磕磕绊绊多了去了。刚跟梅瑞迪斯相处的那会儿，有一个周日，杰克、梅瑞迪斯和我一道去纽约附近的熊山（Bear

Mountain）国家公园去玩。当时已是十月末，树叶都快掉光了，但天气很暖和，天空明净澄澈，阳光灿烂。我们玩了一天小孩子的游戏——在游乐场里玩，绕着池塘远足，在公园斑驳的草坪上玩捉迷藏游戏。

送梅瑞迪斯回新泽西的路上（当时她跟她妈妈同住），她开始抱怨为什么让她坐在后座。

"那咱们干脆把妮娜放在路边，梅瑞迪斯？"杰克问。"让你坐到前头来？"当时我们正在9号公路上，大概在博根郡（Bergen County）附近。夜色已经笼罩下来，气温变得很低了。

"是的，爸爸。让她下车。"

杰克大笑，放慢了车速。

"你干吗？"我问。

杰克冲我挤挤眼。"你确定吗，梅瑞迪斯？天冷得很呐，走回城里还有好远好远。"

"就这么干，爸爸。她没事的。"

杰克没有"就这么干"，他加速开起来，我们把梅瑞迪斯送回了她妈妈那儿。

我想，关于我跟梅瑞迪斯的关系，最准确的说法就是，我是她"最老的"朋友。自打她六岁起我就认识她了，我曾经跟她一起旅行，一同生活。我们俩都爱猫，爱马儿，都喜欢红酒和巧克力。我哭泣时她拥抱过我，当她需要我时，我搂住她。就像所有的老朋友一样，我们俩的友情曾经一帆风顺，也曾磕磕绊绊，一度高歌猛进，也曾陷入停滞，然后又再度自行重启。就像所有的友谊一样，情感的重新启动总是始于善意。去熊山之后的那个周末，我让梅瑞迪斯坐在了租来的车子的前座。杰克搬进我在切尔西的公寓时，我拿出一天时间，陪梅瑞迪斯烘烤小猫形状的圣诞饼干，用这个方式来欢迎她。出炉的饼干硬得像石板，我们干脆拿来装饰圣诞树：我们用钉子在饼干顶端凿出个小洞（没错，就硬到这种程度），然后把缎带穿过去，把它挂在圣诞树枝上。

九年后，梅瑞迪斯搬过来跟我们一起住的时候，她展现出了宽容和爱——她对弟弟们极为耐心，打心眼儿里爱他们。而我坚持要求杰克把我俩的卧室让给女儿，我们则搬到客厅去住（当时的房子里只有两间卧室）。我知道梅瑞迪斯需要一个私人的空间。

十三年后，她再度需要一个私人的空间，一个安全的避风港。这个我可以轻而易举地做到。但我想为她再多做一些。亲子之爱在意料之中，但我对梅瑞迪斯的爱一定要一次次地反复证明。不管我能做的事是大还是小，我都希望它很特别。我提议带她去看在皇后区举行的美国网球公开赛，她答应了。

"要很早起床才行哦。"我提醒她。每年看公开赛我都买自由坐席的票，"自由"意味着观众没有固定的预留座位，没法对号入座。但是，如果能在早上八点赶到网球中心，排队等到球场十点钟开门，然后朝着大看台（自由坐席的区域）能跑多快就跑多快，就可以抢到前排的好位子。如果在狂跑抢座的路上撞到了人，我会道个歉（这是善意），然后继续往前跑（这是坚决：毕竟公开赛每年只有这么一回啊）。我把计划讲给梅瑞迪斯听，她同意了。

那天我们早早地赶到了法拉盛草地公园，前头只有一两个人在排队。我掏出当天要看的书——约翰·奥布赖恩（John O'Brien）的《好转》（Better）。这是一本阴郁的小说，讲的尽是性爱、酗酒和金钱。书里附有不止一幅描绘酒后乱性和放荡冶艳的插画，看书的时候我低着头，暗自希望没人从我身后探头过来瞧。十点钟大门一开，我就一通狂跑，一步两阶地爬上大看台，然后飞身冲下，占领了球场旁第一排的位子，就在底线偏右的位置。梅瑞迪斯随后跟了过来，脸上带着微笑。

"这位子真好。"她说。

"是啊，是啊！"占到了我们旁边位子的一对夫妻气喘吁吁地说。他们的脸上涂着红白两色的油彩，好似在前额和面颊上画了一面丹麦国旗。

"我们来看卡洛琳·沃兹尼亚奇（Caroline Wozniacki），"在我们身后坐下的男士说，"你们来看谁？"

我转头过去跟人聊了起来。"今天都有谁上场？"

"汤米·哈斯（Tommy Haas），吉姆·克里斯特尔斯（Kim Clijsters），沃兹尼亚奇……威廉姆斯姐妹过一会儿要打双打。"梅瑞迪斯跟我对视一眼，击掌相庆。今天有大威小威姐妹俩？然后梅瑞迪斯起身去买咖啡，我转过来继续读《浪子》。离比赛开始还有一小时呐。

奥布莱恩最著名的作品是《离开拉斯维加斯》（*Leaving Las Vegas*），一个自毁酒徒的故事。《浪子》中的角色同样也在酒精中寻找遗忘和解脱。一个名叫"双料费利克斯"（Double Felix）的富有男子把自己的家变成酗酒男人的乐园，同时也欢迎那些愿意用身体来换取光鲜生活的女子。故事的叙述者名叫威廉，他曾经是一个野心勃勃的年轻人，却被这幢房子里的迷醉气息俘获，终日沉浸在性爱和酒精的狂欢中。基本上每个早晨都以跟房主"双料费利克斯"狂饮伏特加而拉开序幕，然后再饮酒作乐一整天。在小说中，奥布莱恩对酗酒者最出色的描写就是他暴露出酗酒背后的冷漠和麻木，对生活的彻底放弃，以及堕落到底的意志力。在自我毁灭的过程中，他笔下的人物依靠醉酒来保持镇定。威廉从未全身心地、清醒地面对任何事情。由于酒精的作用，他面前的一切都是模糊的，仿佛笼罩着云雾。

当威廉终于从恍惚状态中走出，拿出实际行动拯救了一个人、随后又保护了另外一个人的时候，我震惊了。这本书的调子变了。奥布莱恩给了他的角色一个重生的机会。我带着焕然一新的兴趣往下读：威廉抓住机会，走出冷漠，投入生活。他告别神游状态，找到了希望，也看到了人生的可能："虽然没什么了不起的，但这股热情劲儿扭转了我的人生方向，它部分来源于我想要确信，生活中处处存在着希望。"确信希望的存在，等于朝着正确的方向迈出了一步，这是一个积极的举动。借由关心身边的人，他迈出了向前的第一步。

"要与人为善，"柏拉图（Plato）说，"因为你遇到的每一个人都有硬仗要打。"善意是一种积极蓬勃的力量，它让人们跨越隔阂，建立链接。酩酊大醉的威廉是孤独的，但是，当他伸出援手，去帮助那个真心关心他、曾经当过妓女的女人时，他不再孤独了。当我因姐姐的离世而一蹶不振时，朋友们的劝慰、信件和拥抱提醒了我，他们告诉我，我不是孤零零地困在哀恸之中，关心我的人都陪伴在我身边。当梅瑞迪斯从伦敦回到家，她发现弟弟们、爸爸、还有我都张开双臂，迎接她回家。尽管这些事情的情境不同，但其中蕴含的善意是相通的。善意跨越隔阂，把人们联结起来。

世上的不公无法抹平，我也找不出任何有说服力的解释，说清为何疾病、死亡和困苦会如此不公平地降临人间。但我发现，同理心、同情心和关爱确实能够缓解痛楚和哀伤。简·凯尼恩（Jane Kenyon）在她的诗作《杀死那植物》（*Killing the plants*）中这样写道："他们会继续为穷人送上救济/花朵的神迹，清润的空气/皆是持久而坚韧的事例。"善意就是持久而坚韧的，它百折不挠地回答着"悲剧"和"失去"这样无法回答的问题。在艰难与痛苦面前，同情心能帮人减轻肩头的重担。即便是最慷慨的善行也无法把安妮-玛丽带回我的身边，可是，每一个温情的关爱之举都能让这场硬仗变得没那么严酷，它们缓解我的重负，给予我支持的力量。

现在，该轮到我为梅瑞迪斯送上源源不断的支持和关爱了。我带着她度过了轻松的一天，让她暂时忘记那些烦心事，先不去想未来该怎么办。在灿烂的阳光下，我俩喝着柠檬汁，欣赏着网球比赛，跟着人群欢呼喝彩。威廉姆斯姐妹上场了，拿下了比赛，也赢得了我们的赞叹。吉姆·克里斯特尔斯赢了，沃兹尼亚奇赢了。我不记得汤米·哈斯打赢没有，可他长得那么帅，谁在乎他的输赢啊？当他在场边换球衣，露出那小麦色的胸膛时，梅瑞迪斯和我叽叽咯咯地窃笑起来。

这么多年了，那次从熊山回家的路上，梅瑞迪斯想把我扔在路边的往事已经成了我们家的笑话。但我觉得这个故事的内核是严肃的。这是谁应该安全地留在车里、谁可以被抛下不管的问题。谁应该得到善意的对待，谁将被孤零零地扔在高速旁边。无论是当时还是现在，我都想让梅瑞迪斯放心：善意是一种力量，而善行就像一根丝线，在人们身边来来回回，编织出一张安全的网。我希望她知道，在车子里，在这幢房子里，在这个家里，永远有她的位置。赛场看台上也会有好位置——如果她愿意早起并飞奔去抢的话。

第二十章　路路的摩托车

> 看点什么都行，不管什么内容，只要你迫不及待地想重新拾起它。
>
> ——尼克·霍恩比（Nick Hornby）
>
> 《家务活与灰尘》（*Housekeeping vs. the Dirt*）

我的阅读年就快结束了。

"你肯定迫不及待地想放松一下吧，"一个朋友对我说。

可我本来就很放松啊。我已经享受了一年的快乐时光，天天有书为伴的一年。不管生活的其他方面变得多么累人——开车接送、做饭、洗衣服，但读完当天的那本书一向是我的赏心乐事。在这读书的一整年里，我没有生过一天病。天天沉浸在喜悦里，让我对病菌都免疫了。不太了解我的人对我说，新的一年一开始，我肯定会忙不迭地远离书本。哈！我还跟从前一样，全心全意地爱读书呢。

读到一本好书会让人由衷地感到快乐。如果看完前十页左右，我还是不喜欢这本书，我就把它放到一边，从书架或书堆里再找一本来读。正如尼克·霍恩比在他那本《家务活与灰尘》中向我提出的忠告（我是在二月份读到这一本的）："在我看来，问题之一就是，我们有个根深蒂固的看法，以为好书就应该是艰深难读的——除非它写得艰深难读，否则就对我们没一点好处。"但是，我读过的所有的书，无论是需要细啃的艰深作品，还是一口气就能读完的浅显之作，都对我很有好处，极大的好处。而且它们带给我快乐，极大的快乐。

能深深吸引我的，不一定非得是震撼性的重磅大作。我只需要一个精彩的故事、迷人的角色、有趣的背景，这就够了。没错，我非常喜欢保罗·奥斯特、妙莉叶·芭贝里和克里斯·克利夫这样的作家，我喜欢他们深刻动人的文学作品，但简单点的作品同样也能让我心满意足。比如亚历山大·麦考尔·史密斯（Alexander McCall Smith）的伊莎贝尔·达尔豪西（Isabel Dalhousie）系列的第一本，《周日哲学俱乐部》（*Sunday Philosophy Club*）。我爱上了这个系列故事的主角伊莎贝尔·达尔豪西，她的魅力足以让我老老实实地坐在椅子上，凝神细读她在今日爱丁堡（Edinburgh）的最新探险故事。

伊莎贝尔极为亲切体贴，可她也会因为妒忌或失去耐心而大嚷大叫。她对艺术和音乐很感兴趣，但对艺术家、音乐家以及她遇到的每一个人的性格更为好奇。她觉得帮助和理解别人是责无旁贷的，可她绝不是个容易被操纵的人。虽然她乐于坚定地维护自己的立场，但是，如果他人的话很有道理，她的心态也足够开放，愿意改变自己的观点。她聪慧、风趣，尽管谈到伦理学问题时她会非常较真儿，但她从来不会太拿自己当回事儿。伊莎贝尔并不是一个非常真实或经过深入挖掘的角色——史密斯书中的其他角色也都不是这样——但她非常吸引人，她让人舒心，是个聪明的热心肠，一个乐观主义者，一个富有同情心的女英雄。

伊莎贝尔的生活方式也让我十分着迷。我很乐意去她家当个全职女管家：她那幢舒适的城中住宅里满是书籍和艺术品，肆意盛放的杜鹃花和一只狐狸令茂盛的花园完美无缺。她的工作是给一份应用伦理学（比如要不要当个好人，如何当个好人）期刊当编辑。而且她有钱，相当有钱——足够生活得舒适无忧，但也不至于多到成为负担。

十月的第一天，我读了麦考尔·史密斯系列小说中的第六本：《失落的感恩之心》（*The Lost Art of Gratitude*）。与金融欺诈和剽窃的情节交织在一起的，是伊莎贝尔与孩子父亲变幻不定的关系，还有她对"感恩的本质"的见解。她意识到，出生地"决定了我们是谁……它给了我们文化、语言，还有一整套决定着我们的肤色、身高、对疾病敏感性的基因"，而且我们应当对出生地赋予我们的机会心怀感恩。我同意她这个深思后的结论：那些得到了许多天赐之福——比如健康、财富和安全感——的人，理应做出更多贡献。

这些想法并不是伊莎贝尔的首创，也不是由耶稣在路加福音中首次说出、后来又被肯尼迪总统再次阐述的。但这个概念值得一提再提，而麦考尔·史密斯正是把历经验证的箴言重述出来的大师——他让笔下那些惹人喜爱、风度迷人的角色说出这些话，让这些古老的格言历久弥新，长盛不衰。我心满意足地读完了这本书，感到自己的道德水准都提高了一大截，而且还做好了准备，去迎接更多耗费心力的精神大餐。

这个月的阅读一如往常：更多发人深省的严肃作品，用一些轻松的题材来平衡；推理小说用反映成长历程的小说来调剂；反映中年生活或生命尾声的作品，穿插着青少年文学；哥特风和暗黑系与回忆录相搭配。我读短篇作品，也看长篇小说；读个人叙述，也看科幻作品。在所有这些书中，我都能找到快乐。

在《孟买时间》（*Bombay Time*）的序言结尾，作者瑟丽缇·乌姆里加尔（Thrity Umrigar）写下这样的字句："一天，一天。盛满诺言与希望的银瓶。另一个机会。再造，复活，重生。一天，生命中最小的单元，也是最大的机会。"这些文字令人陶醉，我迫不及待地翻到下一页，希望看到更多。读到J. A.贝克（J. A.Baker）在《游隼》（*The Peregrine*）中对大自然那简洁流畅的描写，我的鸡皮疙瘩都起来了，这样的段落让人屏气凝神，充满期待："随着双翼向上抬升、往后收拢，它滑翔得越来越快。它的整个身体放平，缩紧，速度越发迅疾。在空中划出一道优美的弧线后，它朝着地面一头扎了下去……我看见田野在它身后疾驰而过，它掠过树篱、榆树、农场的楼房，最终消失不见。只留下我一人，面对着空荡荡的天空。风烈烈地刮着，太阳隐没在云层背后，我的脖子和腰又冷又僵，眼睛酸痛，而那荣耀的翼影已经无迹可寻。"

看到莎拉·霍尔（Sarah Hall）的《绘灵师》（*How to Paint a Dead Man*）中一位主角的话，我心中充满暖洋洋的希望。这个长久以来全心思索死亡的角色对生命做出了令人心痛却又积极肯定的结论："这世界会容纳你的境遇，就像容纳一切境遇一样。而你的身体会不断地向你解释它是怎么运作的，这是最初的实验，是终身的天赋。你的身体会不断地向你讲述，至少在目前，你无法从这个特殊的舰船中逃脱。这些就是构成你的原子。这些是你的意识。这些是你的人生体验——你的成与败，你的是非功过。这是你最初也是最后的机会，你独一无二的传记。这是存在的容器，一碗你的人生之汤，在其中，有些东西是有意义的，在其中，你会找到疗愈，在其中，你找到自己。"

我已经用了一年时间，来搅拌这碗人生之汤，我烹煮美餐，寻找疗愈的良方，也找到我自己。与美餐相伴的，是源源不断的好书。毕竟，我所知道的、最简单易得的乐趣之一就是拿着一本书，坐下来，边吃边看。每周至少有一顿饭，我允许孩子们把书带到饭桌上，边吃边读。同享美食，同享乐趣。

我和杰克共同拥有的第一个家，是在上东区一幢没有电梯的楼里的第五层，一套两居室的公寓。我们搬进去刚一两个月，我的膝盖就动了个大手术（不全是因为那五层楼）。手术过后的三周左右时间里，我必须卧床休息，左腿上还连着一个锻炼膝盖的机器，好让它一直保持活动状态。我没法离开公寓，由于吃着止痛药，我也没什么食欲，而且医生也不让喝酒。我也不能跟杰克干点别的，因为那活见鬼的膝盖机器会碍事。但我可以看书。一连很多天，我整天除了看书什么也不干。我发现了吉姆·哈里森，读了他的《被萤火照亮的女子》（*The Woman Lit by Fireflies*），我读了约翰·契弗（John Cheever），列夫·托尔斯泰，芭芭拉·金索弗（Barbara Kingsolver），我沉迷在伊丽莎白·乔治（Elizabeth George）紧张得揪心的惊悚小说中，也徜徉在安东尼娅·弗雷泽（Antonia Fraser）较为平缓温和的推理中。我还读完了安妮-玛丽送来的大部头——查尔斯·帕利泽的《梅花点阵》。

　　养伤的第一周过后，我的腿肿得像红杉树干一样粗，医生让我赶紧到急诊室去，"马上就去！"也就是一刻也耽误不得。杰克出差去了，单凭我一个人是绝对不可能挪下五层楼的。我给安妮-玛丽打了电话，她就住在四个街区之外。我请她来接我去医院。

　　"我这就来。"她跟我保证。

　　"哦，安妮-玛丽，再帮我一个忙？"

　　"没问题，什么事都行。"

　　"你能先到'街角书店'去一趟吗？他们给我留着戴维·莱维特（David Leavitt）的小说集，《一个我从未去过的地方》（*A Place I've Never Been*）。"多幸运啊，离我家半个街区远的地方有一家纽约城最棒的小书店，过去这些天，书店老板一直在稳定地给我供应精神食粮。

"妮娜！咱们得去医院了！你腿上的血有可能出现凝块了，这可不是闹着玩的。"

"我知道，可我在那边得有东西看呀。"

于是安妮-玛丽给我取了书，带我搭出租车去了纽约大学附属医院。后来一切安好，我的腿消肿了，那本书看完了，我也很开心。

又过了两周，到了该回去上班的时候，这下我没那么开心了。倒不是说我不喜欢我的工作。当时我在自然资源保护委员会（Natural Resources Defense Council）工作，专门处理污水排放问题，还赢得了"烂泥皇后"的美名，这样的工作怎会不招人爱？可我意识到，回去上班之后，安安静静不受打扰的阅读时光就结束了。我给自己的安慰是，我要坐公交车上班了，路上的时间很长（我绝对没法拄着拐杖走下地铁站的台阶），我可以在上下班的路上看书。

如今，四十多岁的时候，我再度让自己沉浸在长时间的阅读中，而且天天如此，把看书变成了我的日常习惯。可这次我往这个日常习惯里添了一个新做法。我为读过的书写书评，而且跟任何一个想跟我聊天的人谈论书。在与别人分享读书感悟与心得的过程中，我发现了一个全新的、至为基本的阅读之乐：谈论书。

许多年前，1989年吧，《新共和国周刊》（New Republic）刊登了作家兼评论家欧文·豪（Irving Howe）的一篇评论文章。欧文·豪哀叹文学评论家与大众读者之间横亘着一条鸿沟，他把后者称为"普通读者"。他写道，文学评论家根本不在乎"普通读者"怎么想。

我写了一封信，回应欧文·豪的那篇文章。在信中我这样写道，身为一个普通读者，我也不怎么在乎文学评论家怎么想。不管是他们还是他们的文章，都跟我喜欢看的书没半点关系。当我跟别人谈论书的时候，我们谈的不是叙事风格的潮流趋势，也不是对文本的最新批评。相反，"那就像聊八卦，扯闲篇儿，就跟说起'邻居家出了什么事儿？'一样。我们爱自己的书，也爱那些跟我们口味相同的、活生生的人。"

在那封信里，我还引用了莫里斯·皮亚拉（Maurice Pialat）执导的一部老电影《路路》（*Loulou*）中的情节。年轻的杰拉尔德·德帕迪约（Gérard Depardieu）饰演男主角路路。路路是个爱骑摩托车的英俊小混混，为了他，漂亮的女主角离开了年纪较长、富有学养的情人。她跳上路路的摩托车后座，准备扬长而去的时候，那位年长的情人大喊道："可是你都没法跟他谈论书！"她带着鄙夷的神色回答道："书是拿来看的，不是拿来谈的。"

让我惊讶的是，《新共和国周刊》把我的信刊登出来了。让我更为惊讶的是，那年秋天我在理疗医师的诊所里遇见了欧文·豪。我去那儿做膝盖复健，而他是个努力让四肢和关节正常运转的老先生。我上前去问候他。

"我认识你吗？"他的双眼在眼镜后头眯缝起来。

"《新共和国周刊》上发表的那封信是我写的，关于普通读者的那封。"

他清了清嗓子。"既是这样，我看咱们就不谈论书了。我只希望你会一直看下去。"

说完之后，他转身回到健身脚踏车那儿。以后我再没见过他。

关于爱书，我说对了，可是关于"没有必要谈论书"，我错了。我跟《路路》里的那个年轻女郎不一样。我的确需要跟人谈论书。因为书这个话题可以让我跟别人轻松地聊起天来，跟谁都可以，聊什么都行。跟亲戚、朋友，甚至是通过我的网站跟我建立联络的陌生人（后来我们成了朋友）。当我们讨论正在读的书时，我们实际上是在讨论自己的人生，讨论我们对各种事情的看法：从悲伤到忠诚和责任，从金钱到宗教，从忧虑到醉酒，从性爱到洗衣，无所不包。没有哪个话题是不能说的禁忌，只要我们能把它跟某本读过的书联系起来，所有的反应都是允许的，只要把它置于人物和处境的背景下。

阅读年的最后一天，我读了皮特·德克斯特（Pete Dexter）的《斯普纳》（Spooner）。这本书讲的是卡尔默（Calmer）和斯普纳这两个男人的故事，由于对同一个尖刻而难以相处的女子的爱，他俩的人生交织在一起。卡尔默生性保守、耐心，喜欢埋头苦干。他的继子斯普纳活泼好动，粗枝大叶，心里搁不住事儿。卡尔默给斯普纳讲了一个道理：每个人都只不过是"故事中的一部分"，想明白了自己的角色，就能想明白一切重要的事情，比如如何工作，如何教别人，如何去爱。当斯普纳发觉自己不大可能成为小说家之后，他遵照的正是卡尔默的教诲："对于写作，有两件事斯普纳非常清楚。第一件就是你别以为能假装关心某个人或某件事，这是混不过去的；第二件事——如果你想听的话——就是没人想听你昨天晚上梦见了什么。"

非常诙谐、迷人又感动的一本书。我愉快地读完了《斯普纳》。但在这最后一本书里，我也找到了一条指令。我领会了那句话的意思：我生活在这个世界上，我是身边每一个人的"故事的一部分"。我这个每天读完一本书的计划影响到的不仅仅是我自己的人生，还有别人的——每一个曾与我一同分享阅读之乐的人。通过对书籍的讨论，我把阅读带给我的满足感传播出去，就好比作者们通过写书来创造出极乐一样。能够与人分享这些欢乐、慰藉和智慧，这是多么美好的事！我要分享的一切，都是从这么一个简单的举动开始的：在我的紫绒椅上坐下，翻开书页。

但是，在结束之前，我们还有一堂课要学，还有一部分故事要讲。

第二十一章　紫绒椅上的托尔斯泰

有些事已经悄然发生，没有一个人察觉，
但它比所有显露可见的事都重要得多。
——列夫·托尔斯泰（Leo Tolstorg）
《伪券》（The Forged Coupon）

　　我父亲曾在疗养院里待了两年外加两个月零两天。入院时他二十四岁，出院时已经二十有六。在德国雷根斯堡生活和学习期间，他被比利时鲁汶大学医学院录取，得到了一份奖学金。入校注册时，所有的学生都要做体检。X光透视的结果表明，我父亲的肺部有一些黑点，可能是得了肺结核。这是战争的后遗症，大概是在德国南部的难民营里感染上的。比利时的医生告诉我父亲，他们会安排他疗养一阵子，离开鲁汶的城市空气，到开阔的欧本（Eupen）山区去呼吸健康清新的空气。医学院只能先等等了。

欧本位于比利时和德国的国境线附近，是一个坐落在草场和林畔的小镇，一派田园风光。疗养院设在一幢庞大的石头建筑里，那房子就建在山脊上，俯瞰着四周的山丘和谷地。入院后的头两个月，我父亲只能在跟另一个病友共用的房间里卧床休息。等到身体恢复了一些之后，医生准许他按照疗养院的常规作息生活。那儿的日子颇为单调：吃饭，跟病友们一起活动活动，然后休息。上午的时候，大家闲聊，看书；吃过丰盛的午饭，我父亲就和其他几十位病人们一样，在医院的露天游廊上找一张折叠床，躺下来休息。病人们裹着温暖的羊毛毯，沐浴在阳光下，来自霍厄·凡恩（Hohes Venn）和亚琛（Aachener）森林的微风抚慰着他们的身心。

在疗养院里，我父亲一个人也不认识，但他渐渐地交到了朋友。一个波兰朋友教会了我父亲下象棋，两人在游廊上一下就是好几个小时。另一个来自比利时的朋友教我父亲说法语。我父亲和这位查尔斯·德弗里斯（Charles de Vries）大声朗读小说，查尔斯会纠正我父亲的发音。我父亲依然记得，他在读亚瑟·库斯勒（Arthur Koestler）的《正午的黑暗》（*Darkness at Noon*）时学会了"pince-nez"①的念法。

疗养院里有些病人因肺结核去世了。但绝大多数人跟我父亲一样坚持过去，活了下来。他们磨炼着下象棋的本领，吃下丰富的大餐，午后在游廊上休息，然后每天晚上早早上床睡觉。有些病人要吃抗生

---

① 即"夹鼻眼镜"。——译者注

素，另外一些病情不严重的，比如我父亲，接受的是气泵疗法：把空气泵直接连到胸腔里，让肺部适度塌陷。没有了氧气，肺结核细菌就会死掉。这种塌陷法其实是让肺部重启，就像把电脑关机，然后重新再打开一样。

1951年，父亲的病彻底痊愈，离开了疗养院。他回到鲁汶去念医学院。有天晚上，在听一场神学和哲学演讲的时候，他第一次见到了我母亲。教授在讲台上大谈圣托马斯·阿奎那的时候，我父亲在笔记本上画下了母亲的素描像。演讲结束后，他走到她身边，做自我介绍。两人一起离开了演讲厅，到附近的咖啡馆去打乒乓球。六年后，他俩结婚；次年，安妮-玛丽出生。

父亲在欧本疗养院度过的那段日子犹如人生中的一次暂停，一段把战争与和平区分开来的间隙。在间隙的那一边，是兄姐惨遭杀害的往事，是与父母的被迫分离，是背井离乡颠沛流离的岁月，是当兵和当难民的日子；而在间隙的这一边，是他的另一段人生，在这段人生里，他遇到了我母亲，迁移到美国，然后一个接一个地迎接三个爱女降生。如果没有疗养院里的那两年零两个月零两天，他的第二段人生或许就不会开始。那段时光不仅把他从肺结核中拯救出来，也愈合了战争给他留下的伤痕。他学会了下象棋，学会了在湛蓝天空下的游廊上不问世事，静心休养。在疗养肺病的那段日子里，他也为此后的人生做好了准备，他的身体和心神都振作起来，准备迎接即将到来的奇迹。

现在，我父亲依然天天到中央公园去下象棋。他们老两口的公寓客厅里也总是摆着一局棋，他自己跟自己下。我们小时候，父亲会在晚餐过后布下战局，在书房的一块木板上走马飞车。白天上班时，趁着手术或病人来访的空档，他就在医院的医生休息室里下棋。记得有一个周六的上午，我去医院玩，结果看见一大群医生围在那边，观看我父亲和另一个医生对弈。

"你老爸啊，很有水平。"一个医生告诉我。我知道。毕竟他师从高手，比如多年前在欧本疗养院里的那位波兰病友。

在列夫·托尔斯泰的中篇小说《伪券》中，托尔斯泰剖析了人生的起伏转折，以及一个人能对另一个人的生活造成何等的影响。在小说的开头，做父亲的费多·米哈伊洛维奇·斯莫科夫尼科夫（Fedor Mihailovich Smokovnikov）刚刚度过了糟心的一天。从办公室回到家后，他把一肚子火都撒到了家人头上，先是拒绝了儿子米提亚（Mitia）的请求，不肯借钱给儿子去还债，随后又在晚餐桌前闷闷不乐，大发脾气。"三人默默地吃完了晚饭，从桌前站起，一言不发地各干各的去了。"

费多不肯借给儿子的那笔钱其实很少，在他的整个人生中，这貌似是一件微不足道的小事，可它却引发了一连串的事件，影响了一大批各式各样的人物。米提亚伪造了一张支付券（跟签过字的支票差不多），然后从小店老板那儿换来钱，还清了欠朋友的债。小店老板发现这张支付券是伪造的之后，为了把它脱手，就用它向过路的农人伊万·米罗诺夫（Ivan Mironov）买了一批木材。当农人在酒馆想花掉这张支付券的时候，被人识破，结果被关进了监狱。伊万付了罚款被放出来之后，把小店老板告上了法庭，希望讨回公道。可店主成功地买通了仆人瓦西里，瓦西里做证说，他们从来没从农人伊万那儿买过木头。结果法官判伊万支付诉讼费用，并把他赶出了法庭。

　　穷困无助的伊万走上了犯罪的歧路，偷了斯蒂潘·派拉戈什坎（Stepan Pelageushkine）的马。心地阴暗的仆人瓦西里沦为窃贼，甚至偷了主人（也就是小店老板）的东西。成功地从骗局中脱身的米提亚陷入了浅薄的、物质至上的生活。斯蒂潘发现偷马的人是伊万之后，用石块砸死了他，结果锒铛入狱，被关了一年，出狱时已经身无分文，无家可归。一个人接着一个人，欺骗和不公正的涟漪一圈圈地扩大，把原本毫无关联的人串在一起，贪婪，背叛，幻灭，愤怒，终至谋杀。

　　然而，一个善良的老妇人玛丽亚·赛米诺夫娜（Maria Semenovna）的死扭转了这一连串连锁反应与恶性循环。就在临死的时候，她警告凶手斯蒂潘："对自己仁慈些吧。毁掉别人的灵魂很糟糕……但更糟的是毁掉你自己的！"斯蒂潘还是杀了她，可就在刀子挥过她颈间的那一刻，他心间涌起一阵奇异的感觉——他不再是从前的他了。"突然之间，他觉得精疲力竭，没法再多走一步。他栽倒在排水沟里，一直躺了一夜，第二天，第二夜，他依然一动不动地躺在那儿。"

斯蒂潘终于从排水沟里站了起来，径直走向警察局投案自首。在狱中，斯蒂潘改头换面，开始赎罪，偿还手上的血债。他和善地对待其他犯人，怀着同情心对待每一个人，而且获得了劝服他人的天赐本领。

行文至此，《伪券》变成了一个"把爱传出去"的故事，斯蒂潘的行为引发了一连串善行。每一个人物做出的良善慷慨的举动都得到了好报，而且得到善意的人又对另一个人做出良善之举，于是，美好从一个人传递到另一个，最终回到了米提亚——那个伪造支付券的儿子——身上。米提亚去探望了斯蒂潘，听着这位满脸皱纹的男子讲述他的人生故事。斯蒂潘的故事打动了米提亚，"那个一直把时间花费在胡吃海喝和赌博作乐上的浪子"改头换面。他买下了一块地，结了婚，全心全意地帮助农人，"能帮他们多少就帮多少"。一直跟父亲疏远的米提亚主动去探望父亲，希望弥补往昔的裂痕。老费多被深深地打动了，他发现了潜藏在他儿子和他自己心中的良善。

一直到了阅读年的末尾，我才真正领悟了托尔斯泰在《伪券》中传达的东西。我是在七月份读到这本书的，当时我理解到的是，人与人之间存在着某种联系，我们都是相关联的，一个行为就能引发出一串连锁反应，产生许多始料未及的影响与后果。可如今，我坐在紫绒椅中，回忆起这本《伪券》，我发觉托尔斯泰解释了我身上发生的一切事情，并且点明了我此生的意义。我曾经历过的那些事情——夏夜在屋前的草地上玩躲避球，跟父母旅行，上错了公车之后被姐姐拉了下来，倒车时撞上警车，每一次陷入爱情，孩子们出生，姐姐去世——描绘出了我这一生的轮廓线。可是，最终决定我此生的意义的，是我如何面对欢欣与伤痛；如何与他人建立链接，并用这些链接与我的人生体验，一起构筑出安稳的内心世界；如何向别人伸出援手，帮助他们走好曲折的人生路。

每天读完一本书，这一整年的时光就是我的疗养期。愤怒与悲悼宛如有害健康的空气，一度充溢在我的生活中，就在这一年，我远远地离开它们，就在这一年，我逃入书籍的山林，任治愈的微风轻轻拂过。我的阅读年就是我的人生暂停期，在间隙的一边，是因姐姐故去而无法负荷的哀恸；在间隙的另一边，是在静静等待着我的未来岁月。在这为期一年的、与书日日相伴的休养期里，我终得康复。更让人欣喜的是，我也知道了在康复之后该如何生活。

当我从安妮-玛丽故去的那间病房跑出的时候——就在那间病房里，我最后一次看到她，跟她吻别，还自信满满地告诉她，第二天我再来看她——我其实是在逃离。我要逃离那个房间，在那儿，我亲眼看见父母因哀恸而崩溃，看见娜塔莎啜泣，看见马文在屋里狂躁地走动，看见杰克在竭力安抚每一个人。

一连三年来，我能跑多快就跑多快，竭力以双倍的速度去爱，去学习，去生活，希望能借此弥补安妮-玛丽失去的人生机会。我竭力麻醉自己，让自己忘掉那些失去的东西。当我决定每天读完一本书并写下书评的时候，我终于停了下来，不再逃离。我静静地坐下来，开始阅读。每一天，我阅读、消化、吸收，思考着所有那些看过的书和作者，还有作者笔下的人物与他们的结论。我让自己沉浸在作者们创造出来的世界里，我见证了面对人生曲折起落的新方法，发现了幽默、同理心和建立链接这些好工具。借由阅读，我想通了太多事情。

我的人生不会被姐姐如何故去而束缚，只会因她曾如何生活而丰盈。她在我生命中的位置是被她做过的每一件事、带我见识的每一样东西、引领我接触新事物的方式所界定的。

大学毕业的那年夏天，我去纽约探望安妮-玛丽。当时她住在切尔西（Chelsea）的一套转租来的公寓里，那是一幢褐砂石住宅的顶层。当时的切尔西发展方向尚未明朗，人员混杂，既有野心勃勃的新移民，也有相当一批已在此地居住了十几年的中下阶层。它的周边是一圈单间分租的房舍，里头住着酒鬼和毒品贩子。

那时安妮-玛丽刚开始跟马文交往，而我爱上了哈佛广场上我打工的那家冰淇淋店的经理。可是，在共度的那个周末里，我俩都没提起这些男孩子。我们聊到了安妮-玛丽正在研究的巴黎圣厄斯塔什教堂。我们谈起它那优美的拱顶、华丽的装饰，还有那宏伟壮观的模样。我们还谈到了安·比蒂（Ann Beattie）的短篇小说，安妮-玛丽分租来的公寓就是她的。我俩对她的作品意见相悖（但我俩都非常喜欢她的公寓）。安妮-玛丽说，我太年轻了，还不到喜欢比蒂的小说的时候，但以后有一天我肯定会喜欢。我们还聊起了拿到法学院学位后我该做什么，是追求我对历史的爱好呢，还是从政。安妮-玛丽确信我能当个出色的参议员。

周六傍晚，太阳还没落山，天色还很亮堂，我们从公寓的窗户里爬到砂石楼房的屋顶去。屋顶上涂了黑色的柏油，踩上去软乎乎的，很暖和。我们坐在屋顶的石头护墙上，俯瞰着纽约城。帝国大厦在一大片迷宫般的屋顶和水塔中卓然而立。我俩用宝丽来相机给彼此拍照。我还珍藏着这些照片，在照片里，我们俩穿着白色的紧身T恤和非常短的短裤，年轻、健康、苗条，我俩都在笑，精力充沛，自信洋溢。我们一直在屋顶上坐着，直到天空变成了暗紫色。那天我们肯定吃了晚饭，可我一点儿也不记得了。我只记得坐在她身边，纽约城的灯围着我俩一盏盏亮起，我们一直聊天到深夜。

后来我的确喜欢上了安·比蒂，安妮-玛丽在这一点上说对了。但其他的一切我们不可能预见：安妮-玛丽用一个观看建筑的全新视角，写下了圣厄斯塔什教堂的分析文章；我当上了执业律师，把历史和从政抛在脑后，后来我又当上了母亲，把法律抛在脑后；马文和安妮-玛丽成为我三儿子的教父母；还有，就在我们在屋顶深夜倾谈的二十年后，一个一月的早上，安妮-玛丽发觉腹部起了一个肿块；四个月后，她逝去。

托尔斯泰这样写道："人生的唯一意义就是为人类服务。"在他看来，这种服务是一种宗教上的职责。在我看来，它是人生的一个事实，也是最重要的一桩事实，一桩恒久不变的事实。能够永生的，是我们为彼此所做的事。我的姐姐去世了，但她曾为我做过的一切依然鲜活地存在着。我依然能感觉到，在柏林的汽车里她伸过来搂住我的那只手臂；我依然能听见，我们谈天至深夜的话音。

安妮-玛丽是谁？在我眼中，她是长姊，是学者，是个美人儿，也是挚友。她是这一切的总和。我崇拜她，"监视"她，爱她。我的人生映照出她的人生。我要把我自己与她的生牢牢相连，而不是她的死。死亡夺走了她的一切选择，但我的选择权还在，我选择让她陪伴我一路走下去——她活在我的记忆里。她将继续塑造我，指引我，为我提出建议和忠告。她拉着我走向这个每天读完一本书的阅读年，用我们对书籍共同的爱来激励我，用我想读完所有我俩想共读的书的渴望鞭策我。

通过阅读，我学会了珍藏生命中的回忆——那些美好的时刻，美好的人——因为我需要这些回忆来帮我渡过难关。我学会了宽恕，原谅我自己，也原谅我身边所有的人，我们都在尽力地背负着自己的重担，认真地走下去。我现在明白了，爱是一种强大的力量，足以超越死亡，而善意是链接我和世界的最佳纽带。最重要的是——由于我现在知道了安妮-玛丽会永远陪伴在我身边，也永远陪伴在她爱的人身边——我明白了一个人的生命会对另外一个人造成多么深远的影响。而且，一个生命能影响到的人不止一个，还有很多，很多。

痛失所爱的哀恸，并无良药可以治愈，其实也不该有。哀恸不是疾病，也不是折磨。它是面对挚爱逝去时的唯一反应，它让我们看清，我们对生命是多么珍重——因为生命充满了那么多奇迹、激动、美好与满足。

　　面对哀恸，唯一的回答就是生活下去。往回看，追忆那些失去的时光和人；但同时也要向前走，带着期盼和激情。同时，借由善意、慷慨和同情的举动，把这些浸润着希望与无尽可能的感受传播出去。

　　我这一辈子都在看书。当我最需要看书的时候，书籍给了我所需的一切，而且给了我更多，超乎我的预期。我的阅读年给了我想要的空间，让我想清楚如何在失去姐姐之后继续生活下去。在书籍疗养院里度过的这一年让我重新做出了选择：哪些事情对我是重要的，哪些是可以搁置不理的。并非所有的人生休整期都能如此奢侈——我绝对不会再拿出一整年的时间来天天看书了——但是，时不时地从狂乱的忙碌生活中停下脚步，不管用什么方式来小憩一下，都能帮你把乱糟糟的生活重新恢复平衡。对有些人来说，这休憩可能是空出一下午来织织毛衣，或是每周一次的瑜伽课，或是跟朋友或牵着狗散一个长长的步。我们都需要一个空间，好让事情顺其自然地发展；我们都需要一个地方，让我们想起自己是谁，哪些东西对自己最重要；我们也都需要留出一段暂停的时光，重新觉察到活着的愉悦和幸福。

　　"我们生活在奇迹之中，它在激情与忧虑的循环往复中闪耀着光芒。"诗人卡洛琳·凯泽（Carolyn Kizer）这样写道。我知道，这话是对的。我的休整期结束了，我的心灵和身体都得到了治愈，但我绝对不会离开紫绒椅太久。还有那么多书等着我去读，那么多欢乐有待发现，那么多奇迹有待开启。

致谢

衷心感谢我的父母蒂尔德·桑科维奇（Tilde Sankovitch）与阿纳托尔·桑科维奇（Anatole Sankovitch），还有我的姐姐娜塔莎，感谢你们恒久的爱与陪伴。

感谢帕特·门茨（Pat Menz）和鲍勃·门茨（Bob Menz）夫妇俩，以及我所有的姻亲，感谢你们始终相信我，支持我；感谢琼·巴滕（Joan Batten）所有的妙点子；感谢我的孩子们，彼得、迈克尔、乔治和马丁，你们是照亮我人生的光芒；感谢继女梅瑞迪斯，让我做你最老的朋友；感谢詹森（Janssen）一家人，感谢你们与我分享好书、家庭故事与长时间的美餐。

感谢杰克·门茨，我爱你如你所是，你是我的一切。

感谢斯蒂芬妮·杨（Stephanie Young）、玛格丽特·凯利（Margaret Kelley）、萨莉·麦卡（Sally Maca）、贝弗·斯坦利（Bev Stanley）、萨拉·希克森（Sarah Hickson）、克里斯蒂娜·厄特（Christine Utter）、维维卡·范·布莱德尔（Viveca Van Bladel）、娜塔莉娅·伦斯基（Nataliya Lenskiy）、蒂什·弗赖德（Tish Fried）、戴

维·威尔克（David Wilk）与劳拉·威尔克（Laura Wilk）、加里·金斯伯格（Gary Ginsberg）、乔·特林加利（Joe Tringali）、玛格丽特·休斯·亨德森（Margaret Hughes Henderson）、苏珊·波林·努斯鲍姆（Susan Paullin Nussbaum）、玛丽昂·尼克松（Marion Nixon）、凯特·希恩·格拉克（Kate Sheehan Gerlach）、埃利斯·拉特利夫（Ellice Ratliff）、克里斯蒂娜·克劳斯（Kristina Krause）、安吉·阿特金斯（Angie Atkins）、西莉亚·扎纳（Celia Zahner）、吉尔·欧文斯（Jill Owens）。特别感谢Ted 工作室的黛比·霍尔姆（Debbie Holm）和凯瑟琳·雅各比（Catherine Jacobi）。感谢蒂姆·华莱士（Tim Wallace）与帕齐·华莱士（Patsy Wallace），还有彼得·阿普尔鲍姆（Peter Applebome）。感谢塔兹韦尔·汤普森（Tazewell Thompson）让我看到，专注加上渴望，能够创造出美好的事物。

　　如果没有西港公立图书馆，我绝不可能在这个阅读年里找到所有这些精彩的好书。我要特别感谢玛尔塔·坎贝尔（Marta Campbell），感谢她到全世界搜罗好书，然后把它们带回西港的家。

　　百万次地感谢埃丝特·纽伯格（Esther Newberg）给我自信，感谢茱莉亚·谢费茨（Julia Cheiffetz）和凯蒂·索尔兹伯里（Katie Salisbury）耐心而坚定地督促我前行。

　　我带着深深的敬意感谢过去这四十多年来我读到过的所有伟大作家，我期望继续从他们那里找到智慧、慰藉、欢乐、逃离、愉悦，直至我生命止息。

我的一年阅读书单
（2008.10.28—2009.10.28 ）

取之不尽，用之不竭。

——塔基亚娜·索里（Tatjana Soli），《忘忧果》

The Abbot's Ghost, by Louisa May Alcott

About Schmidt, by Louis Begley

Act of the Damned, by Antonio Lobo Antunes

Address Unknown, by Kressman Taylor

The African Queen, by C.S. Forester

The Age of Dreaming, by Nina Revoyr

Algren at Sea, by Nelson Algren

Alice Fantastic, by Maggie Estep

All My Friends are Superheroes, by Andrew Kaufman

All Souls, by Christine Schutt

All That I Have, by Castle Freeman Jr.

American Born Chinese, by Gene Luen Yang
《美生中国人》/杨谨伦/陕西师范大学出版社

Amphibian, by Carla Gunn

Ancient Shore, by Shirley Hazzard

Anna In-Between, by Elizabeth Nunez

Annie John, by Jamaica Kincaid

Are You Somebody? By Nula O'Faolain

The Art of Racing in the Rain, by Garth Stein
《我在雨中等你》/加思·斯坦/南海出版公司

The Assault, by Harry Mulisch

Aunt Dimity Slays the Dragon, by Nancy Atherton

Bangkok Haunts, by John Burdett

Beauty Salon, by Mario Bellatin

The Believers, by Zoe Heller

Bellwether, by Connie Willis

The Best Place to Be, by Lesley Dormen

Better, by John O'Brien

Bird by Bird, by Anne Lamott
《关于写作：一只鸟接着一只鸟》/安妮·拉莫特/商务印书馆

Black Water, by Joyce Carol Oates

Blank, by Noah Tall

The Body Artist, by Don Delillo

Bombay Time, by Thrity Umrigar

The Book of Chameleons, by Jose Eduardo Agualusa
《变色龙》/若泽·阿瓜卢萨/台湾野人文化（仅有繁体译本）

The Book of Murder, by Guillermo Martinez

Boston Noir, edited by Dennis Lehane

Breath, Eyes, Memory, by Edwidge Danticat

The Bridge of San Luis Rey, by Thornton Wilder

The Bridges at Toko-Ri, by James Michener

Brief Encounters with Che Guevara, by Ben Fountain

The Brief Wondrous Life of Oscar Wao, by Junot Diaz

Brooklyn, by Colm Toibin
《布鲁克林》/科尔姆·托宾/人民文学出版社

By Chance, by Martin Corrick

Bye, Bye Soccer, by Edilberto Coutinho

The Calling, by Mary Gray Hughes

Call Me Ahab, by Anne Finger

Camera, by Jean-Philippe Toussaint
《浴室 先生 照相机》/让·菲利普·图森/湖南美术出版社

Captains Courageous, by Rudyard Kipling

Castle Nowhere, by Constance Fenimore Woolson
《怒海余生》/鲁德亚德·吉普林/译言古登堡计划（仅有电子版译本）

The Castle of Otranto, by Horace Walpole

A Celibate Season, by Carol Shields and Blanche Howard

Charles Dickens, by Melissa Limaszewski and Melissa Gregory

Cheese, by Willem Elsschot

Christmas in Plains, by Jimmy Carter

Climate of Fear, by Wole Soyinka

Conjugal Love, by Alberto Moravia

Consider the Lobster, by David Foster Wallace

Cooking and Screaming, by Adrienne Kane

The Council of the Cursed, by Peter Tremayne

The Crofter and the Laird, by John McPhee

Crow Planet, by Lyanda Lynn Haupt

Crusader's Cross, by James Lee Burke

The Crying of Lot 49, by Thomas Pynchon
《拍卖第四十九批》/托马斯·品钦/译林出版社

The Curriculum Vitae of Aurora Ortiz, by Almudena Solana

The Curse of Eve, by Liliana Blum

A Curtain of Green, by Eudora Welty
《绿帘》/尤多拉·韦尔蒂/译林出版社

Dangerous Games, by Margaret MacMillan

Dangerous Laughter, by Steven Millhauser

The Darts of Cupid, by Edith Templeton

Dead Giveaway, by Simon Brett

Dead Horse, by Walter Satterthwait

A Dead Man in Barcelona, by Michael Pearce

Deaf Sentence, by David Lodge
《失聪宣判》/戴维·洛奇/上海译文出版社

Death Etc., by Harold Pinter

Death of a Witch, by M.C. Beaton

Death Rites, by Alicia Gimenez—Bartlett

Death with Interruptions, by Jose Saramago

The Deer Leap, by Martha Grimes

DeKok and Murder by Installment, by A. C. Baantjer

Delhi Noir, edited by Hirsh Sawhney

Desperate Characters, by Paula Fox

The Detective Wore Silk Drawers, by Peter Lovesy

The Devil's Tickets, by Gary M. Pomerantz

The Diamond Girls, by Jacqueline Wilson

The Diary of a Nobody, by George and Weedon Grossmith
《小人物日记》/乔治·格罗史密斯，威登·格罗史密斯/上海三联书店

Disquiet, by Julia Leigh

Divisadero, by Michael Ondaatje
《遥望》/迈克尔·翁达杰/人民文学出版社

Dogs, Dreams, and Men, by Joan Kaufman

The Door to Bitterness, by Martin Limon

Double-Click for Trouble, by Chris Woodworth

Dreamers, by Knut Hamsun

Drink to Yesterday, by Manning Coles

The Duppy, by Anthony C. Winkler

The Elegance of the Hedgehog, by Muriel Barbery
《刺猬的优雅》/妙莉叶·芭贝里/南京大学出版社

The Emigrants, by WG Sebald

Emma-Jean Lazarus Fell in Love, by Lauren Tarshis

The Emperor's Tomb, by Joseph Roth

Ender's Game, by Orson Scott Card
《安德的游戏》/奥森·斯科特·卡德/广西科学技术出版社

The English Major, by Jim Harrison

Escape Under the Forever Sky, by Eve Yohalem

Esther's Inheritance, by Sandor Marai

Even Cat Sitters Get the Blues, by Blaize Clement

Ex Libris: Confessions of a Common Reader, by Anne Fadiman
《书趣》/安妮·法迪曼/上海人民出版社

Explorers of the New Century, by Magnus Mills

Facing the Bridge, by Yoko Tawada
（本书暂无中译本，但吉林文史出版社出版了作者多和田叶子的另两本代表作《雪的练习生》及《嫌疑犯的夜行列车》）

The Fairacre Festival, by Miss Read

The Faithful Lover, by Massimo Bontempelli

The Fall, by Albert Camus
《堕落》/阿尔贝·加缪/上海译文出版社

Falling Angels, by Tracy Chevalier
《天使不想睡》/崔西·雪佛兰/皇冠出版社
（本书仅有繁体译本。此作者在中国大陆出版的中文版作品有《戴珍珠耳环的少女》［南海出版公司］与《情人与独角兽》［江苏人民出版社］）

Family Business, by Laurie Colwin

The Famous Flower of Serving Men, by Deborah Grabien

Female Trouble, by Antonya Nelson

The Ferguson Affair, by Ross Macdonald

Fiendish Deeds, by P.J. Bracegirdle

The Fifth Child, by Doris Lessing
《第五个孩子》/多丽丝·莱辛/南京大学出版社

Fight Scenes, by Greg Bottoms

Fine Just the Way It Is, by Annie Proulx

The First Person, by Ali Smith
（本书暂无中译本。此作者阿莉·史密斯在大陆出版的中文版作品有《迷》［译林出版社］）

A Fisherman of the Inland Sea, by Ursula K. Le Guin
（本书暂无中译本。人民文学出版社出版有该作者厄休拉·勒奎

恩的系列作品《地海传奇》）

The Forged Coupon, by Leo Tolstoy

For Grace Received, by Valeria Parrella

Forty Stories, by Donald Barthleme
《唐纳德·巴塞尔姆短篇小说集》/唐纳德·巴塞尔姆/中国对外翻译出版公司

Frida's Bed, by Slavenka Drakulic

The Garden Party, by Katherine Mansfield
《金丝雀:曼斯菲尔德短篇小说选》/凯瑟琳·曼斯菲尔德/上海译文出版社

Gerald Keegan's Famine Diary, by James Mangan

The German Mujahid, by Boualem Sansal

Girl Boy Girl, by Savannah Koop

The Glass Castle, by Jeannette Walls
《玻璃城堡》/珍妮特·沃尔斯/湖南教育出版社

Godlike, by Richard Hell

Gold, by Dan Rhodes

Good Behavior, by Molly Keane

The Good Life According to Hemingway, by A.E. Hotchner

The Good Soldier, by Ford Madox Ford
《好兵》/福特·麦多克斯/春风文艺出版社

The Good Thief, by Hannah Tinti

The Granny, by Brendan O'Carroll

A Great Day for a Ballgame, by Fielding Dawson

Grief, by Andrew Holleran

The Grotesque, by Patrick McGrath

The Guernsey Literary and Potato Peel Pie Society, by Mary Ann Shaffer and Annie Barrows
《根西岛文学与土豆皮馅饼俱乐部》/玛丽·安·谢弗、安妮·拜罗斯/南海出版公司

The Gutter and the Grave, by Ed McBain

Hairstyles of the Damned, by Joe Meno

Half in Love, by Maile Meloy

Hannah Coulter, by Wendell Berry

Happens Every Day, by Isabel Gillies

A Happy Marriage, by Rafael Yglesias

The Haunted Man and the Ghost's Bargain, by Charles Dickens
《狄更斯鬼魅小说集》/查尔斯·狄更斯/安徽教育出版社

Her Deadly Mischief, by Beverle Graves Myers

The History of Love, by Nicole Krauss
《爱的历史》/妮可·克劳斯/人民文学出版社

The Hollow-Eyed Angel, by Janwillem van de Wetering

A Hope in the Unseen, by Ron Suskind

The House Beautiful, by Alison Burnett

The Housekeeper and the Professor, by Yoko Ogawa
《博士的爱情算式》/小川洋子/人民文学出版社

Housekeeping versus the Dirt, by Nick Hornby

The House on Eccles Road, by Judith Kitchen

How I Became A Nun, by Cesar Aira

The Howling Miller, by Arto Paasalinna
（本书暂无中译本。漓江出版社曾出版该作者亚托·帕西里纳的另一本代表作《当我们一起去跳海》）

How to Paint a Dead Man, by Sarah Hall
《绘灵师》/莎拉·霍尔/新世界出版社

The Hunt for Sonya Dufrette , by R.T. Raichev

I Feel Bad About My Neck, by Nora Ephron
《我的脖子令我很不爽》/诺拉·依弗朗/万卷出版公司

I Love Dollars, by Zhu Wen
《我爱美元》/朱文/作家出版社

Indignation, by Philip Roth

In Her Absence, by Antonio Munoz Molina

Inkheart, by Cornelia Funke
《墨水心》/柯奈莉亚·芳珂/人民文学出版社

The Inner Game of Tennis, by W. Timothy Gallwey
《身心合一的奇迹力量》/提摩西·加尔韦/华夏出版社

In the Meantime, by Robin Lippincott

In the Pond, by Ha Jin

《池塘》/哈金/台湾时报文化（仅有繁体译本）

In the Woods, by Tana French
《神秘森林》/塔娜·弗伦奇/上海人民出版社

In Time of Peace, by Thomas Boyd

Iron Balloons, edited by Colin Channer

I Was Dora Suarez, by Derek Raymond

Jacob's Hands, by Aldous Huxley and Christopher Isherwood

Jerusalem, by Selma Lagerlof

John Crow's Devil, by Marlon James

The Joys of Motherhood, by Buchi Emecheta

Kindred, by Octavia E. Butler

The King and the Cowboy, by David Fromkin

Kitchen, by Banana Yoshimoto
《厨房》/吉本芭娜娜/上海译文出版社

Krapp's Last Cassette, by Anne Argula

Lark and Termite, by Jayne Anne Phillips

The Last Essays of Elia, by Charles Lamb
《伊利亚随笔选》/查尔斯·兰姆/上海译文出版社

Last Night at the Lobster, by Stewart O'Nan

The Laughter of Dead Kings, by Elizabeth Peters

Madame De Stael, The First Modern Woman, by Francine Du Plessix Gray

Make No Bones, by Aaron Elkins

Man in the Dark, by Paul Auster
《黑暗中的人》/保罗·奥斯特/人民文学出版社

The Man in the Picture, by Susan Hill

The Man of My Life, by Manual Vazquez Montalban

The Man Who Was Thursday, by G. K. Chesterton
《代号星期四》/ G·K·切斯特顿/南海出版公司

Marley and Me, by John Grogan
《马利与我》/约翰·杰罗甘/长江文艺出版社

The Master of Petersburg, by J.M. Coetzee
《彼得堡的大师》/ J.M.库切/浙江文艺出版社

Masterpiece, by Elise Broach
《谁是偷画贼？》/艾莉丝·布洛奇/天下远见出版股份有限公司
（仅有中文繁体译本）

Meat Eaters and Plant Eaters, by Jessica Treat

A Mercy, by Toni Morrison
《恩惠》/托妮·莫里森/南海出版公司

The Mercy Papers, by Robin Romm

Miss Lonelyhearts, by Nathaniel West
《寂寞芳心小姐》/纳撒尼尔·韦斯特/湖南文艺出版社

Miss Misery, by Andy Greenwald

Mister Pip, by Lloyd Jones
《皮普先生》/劳埃德·琼斯/人民文学出版社

The Moon Opera, by Bi Feiyu
《青衣》/毕飞宇/浙江文艺出版社

Moon Tiger, by Penelope Lively

Murder in the Calais Coach, by Agatha Christie
《东方快车谋杀案》/阿加莎·克里斯蒂/人民文学出版社

Murder Is My Racquet, by Otto Penzler

The Musical Illusionist, by Alex Rose

My House in Umbria, by William Trevor

Narrative of the Life of Frederick Douglas, by Frederick Douglas

Never Let Me Go, by Kazuo Ishiguro
《别让我走》/石黑一雄/译林出版社

Newton, by Peter Ackroyd

The Nick Adams Stories, by Ernest Hemingway
《尼克·亚当斯故事集》/欧内斯特·海明威/上海译文出版社

Nobody Move, by Denis Johnson

The Notebooks of Malte Laurids Brigge, by Rainier Maria Rilke
《马尔特手记》/里尔克/上海译文出版社

Nothing to Be Frightened of, by Julian Barnes

Oh Joe, by Michael Z. Lewin

The Old Man and Me, by Elaine Dundy

Olive Kittredge, by Elizabeth Strout
《奥丽芙·基特里奇》/伊丽莎白·斯特劳特/南海出版公司

On Chesil Beach, by Ian McEwan
《在切瑟尔海滩上》/伊恩·麦克尤恩/上海译文出版社

One Dog Happy, by Molly McNett

One Foot in Eden, by Ron Rash

Onitsha, by J.M.G. LeCLezio
《奥尼恰》/勒克莱齐奥/人民文学出版社

On Kindness, by Adam Phillips and Barbara Taylor

On the Line, by Serena Williams and Daniel Paisner

On the Pleasure of Hating, by William Hazlitt

The Open Door, by Elizabeth Maguire

The Orchid Shroud, by Michelle Wan

Out of Captivity, by Marc Gonsalves, Keith Stansell, Tom Howes, Gary Brozek

The Palestinian Lover, by Selim Nassib

Pastoralia, by George Saunders
《天堂主题公园》/乔治·桑德斯/作家出版社

The Patience of the Spider, by Andrea Camilleri

Payback, by Margaret Atwood

People of the Book, by Geraldine Brooks

The Peregrine, by J.A. Baker

The Perfectionists, by Gail Godwin

Petey and Pussy, by John Kerschbaum

The Picts and The Martyrs, by Arthur Ransome
《燕子号与亚马逊号》/亚瑟·兰塞姆/贵州人民出版社

Pilate's Wife, by H.D.

The Pisstown Chaos, by David Ohle

The Plated City, by Bliss Perry

Please Kill Me, by Legs McNeil and Gillian McCain
《请宰了我》/莱格斯·麦克尼尔、吉里安·麦凯恩/花城出版社

Poisonville, by Massimo Carlotto and Marco Videtta

Polaris, by Fay Weldon

The Poorhouse Fair, by John Updike

Pressure is a Privilege, by Billie Jean King

The Private Patient, by P.D. James

The Provincial Lady in London, by E.M. Delafield

The Public Prosecutor, by Jef Geeraerts

Pulpy and Midge, by Jessica Westhead

The Pursuit of Love, by Nancy Mitford

Rage, by Sergio Bizzio

Rancho Weirdo, by Laura Chester

Respected Sir, by Naguib Mahfouz

Revelation, by C.J. Sanson

Revolutionary Road, by Richard Yates
《革命之路》/理查德·耶茨/上海译文出版社

Rhino Ranch, by Larry McMurtry

Rimbaud, by Edmund White

River of Darkness, by Rennie Airth

A Rogue's Life, by Wilkie Collins

Rome Noir, edited by Chiara Stangalino and Maxim Jakubowski

Ronald Reagan, by Andrew Helfer, illustrated, by Steve Bucellato and Joe Staton

Roseanna, by Maj Sjowall and Per Wahloo
《罗丝安娜》/马伊·舍瓦尔、佩尔·瓦勒/新星出版社

Ruins, by Achy Obejas

The Rules of Engagement, by Anita Brookner

Russian Journal, by Andrea Lee

The Salt-Box House, by Jane de Forest Shelton

Salvation and Other Disasters, by Josip Novakovich

The Samurai's Garden, by Gail Tsukiyama
《武士花园》/盖尔·月山/译林出版社

Say You're One of Them, by Uwem Akpan
《就说你和他们一样》/乌文·阿克潘/江苏文艺出版社

Scat, by Carl Hiaasen

Seize the Day, by Saul Bellow

Self's Murder, by Berhard Schlink

The Servants' Quarters, by Lynn Freed

The Session, by Aaron Petrovich

The Seven Deadly Sins, by Angus Wilson, Edith Sitwell, Cyril Connelly, W.H. Auden, Patrick Leigh Fermor

Sex, Drugs, and Cocoa Puffs, by Chuck Klosterman

The Shadow of the Sun, by Ryszard Kapucinski

A Short History of Women, by Kate Walbert

Silks, by Dick Francis and Felix Francis

Silverwing , by Kenneth Oppel

The Simulacra, by Philip K. Dick

The Sin Eater, by Alice Thomas Ellis

Six Early Stories, by Thomas Mann

Six Kinds of Sky, by Luis Alberto Urrea

The Sixth Target, by James Patterson and Maxine Paetro

The Skating Rink, by Roberto Bolano

The Slippery Year, by Melanie Gideon

Smile as They Bow, by Nu Nu Yi

A Smile of Fortune, by Joseph Conrad

Snakehead, by Anthony Horowitz

Something Nasty In The Woodshed, by Kyril Bonfiglioli

Somewhere Towards the End, by Dianna Athill

Songs My Mother Never Taught Me, by Selcuk Altun

Son of Holmes, by John Lescroart

Speak, by Laurie Halse Anderson
《我不再沉默》/洛莉·荷思·安德森/台湾木马文化（仅有繁体译本）

The Spoke, by Friedrich Glauser

Spooner, by Pete Dexter

A Sport and a Pastime, by James Salter

Stardust, by Neil Gaiman

Stitches, by David Small
《缝不起来的伤痕童年》/戴维·斯摩尔/人民文学出版社

Stolen Children, by Peg Kehret

The Sun Field, by Heywood Braun

A Sun for the Dying, by Jean Claude Izzo

The Swap, by Antony Moore

Tamburlaine Must Die, by Louise Welsh

The Tempest Tales, by Walter Mosley

Ten Poems to Set You Free, by Roger Housden

A Terrible Splendor, by Marshall Jon Fisher

The Thanksgiving Visitor, by Truman Capote
《卡波蒂短篇小说全集》/杜鲁门·卡波蒂/上海译文出版社

They Who Do Not Grieve, by Sia Figiel

The Thing Around Your Neck, by Chimamanda Ngozi Adichie

Things Fall Apart, by Chinua Achebe
《这个世界土崩瓦解了》/钦努阿·阿契贝/南海出版公司

The Third Angel, by Alice Hoffman

The Thirty-Nine Steps, by John Buchan
《三十九级台阶》/约翰·巴肯/重庆出版社

The Three of Us, by Julia Blackburn

A Toast to Tomorrow, by Manning Coles

The Tomb in Seville, by Norman Lewis

To Siberia, by Per Petterson
《去往西伯利亚》/佩尔·帕特森/湖南文艺出版社

The Touchstone, by Edith Wharton

Towards the End of Morning, by Michael Frayn

Twenty Boy Summer, by Sarah Ockler

Twice-Told Tales, by Nathaniel Hawthorne

Twilight, by Stephanie Meyers
《暮光之城》/斯蒂芬妮·梅尔/接力出版社

Two Marriages, by Phillip Lopate

Under the Frangipani, by Mia Couto

The Unknown Masterpiece, by Honore Balzac
《巴尔扎克中短篇小说集》/奥诺瑞·德·巴尔扎克/长江文艺出版社

Vanessa and Virginia, by Susan Sellers
《文尼莎与弗吉尼亚》/苏珊·塞勒斯/南京大学出版社

The Vengeance of the Witch-Finder, by John Bellairs (with John Strickland)

The Venice Train, by Georges Simenon

The Vicar of Sorrows, by A.N. Wilson

Victorian Tales of Terror, edited by Hugh Lamb

Waiting in Vain, by Colin Channer

Wake, by Lisa McMann

Walk the Blue Fields, by Claire Keegan
《走在蓝色的田野上》/克莱尔·吉根/人民文学出版社

War Dances, by Sherman Alexie

Watchmen, by Alan Moore and Dave Gibbons

《守望者》/阿兰·摩尔、戴夫·吉本斯/世界图书出版公司

Watership Down, by Richard Adams
《兔子共和国》/理查德·亚当斯/华东师范大学出版社

The Weekend, by Peter Cameron

What I'd Say to the Martians, by Jack Handey

What I Talk About When I Talk About Running , by Haruki Murakami
《当我谈跑步时我谈些什么》/村上春树/南海出版公司

When You are Engulfed by Flames, by David Sedaris
《甩不掉的尴尬》/大卫·赛德瑞斯/安徽人民出版社

Where Angels Fear to Tread, by E.M. Forster
《天使不敢涉足的地方》/E.M.福斯特/人民文学出版社

Where the Money Went, by Kevin Canty

Where Three Roads Meet, by John barth

Where You Once Belonged, by Kent Haruf

The White Tiger, by Aravind Adiga
《白老虎》/阿拉文德·阿迪加/人民文学出版社

The Whore's Child, by Richard Russo

Willful Behavior, by Donna Leon

Will War Ever End? by Paul K. Chappell

Will Work for Drugs, by Lydia Lunch

Winning Ugly, by Brad Gilbert

Wizard's Hall, by Jane Yolen

The Wright 3, by Blue Balliet

The Writing Life, by Annie Dillard

The Yellow Leaves, by Frederick Buechner

The Yellow Wallpaper, by Charlotte Perkins Gilman

图书在版编目（CIP）数据

托尔斯泰与紫绒椅：一年阅读好时光 / [美] 桑科维奇
著；苏西译.—杭州：浙江大学出版社，2014.12
书名原文：Tolstoy and the purple chair: my year
of magical reading
ISBN 978-7-308-14033-1

Ⅰ.①托… Ⅱ.①桑… ②苏… Ⅲ.①随笔-作品集-
美国-现代 Ⅳ.①I712.65

中国版本图书馆 CIP 数据核字（2014）第 268184号

TOLSTOY AND THE PURPLE CHAIR: My Year of Magical Reading
Copyright © 2011 by Nina Sankovitch
Published by arrangement with Harper, an imprint of HarperCollins
Publishers.
浙江省版权局著作权合同登记图字：11-2014-310号

托尔斯泰与紫绒椅

[美] 妮娜·桑科维奇（Nina Sankovitch） 著　　苏　西译

策　　划	杭州蓝狮子文化创意有限公司	
责任编辑	杨　茜	
出版发行	浙江大学出版社	
	（杭州市天目山路 148 号　邮政编码 310007）	
	（网址：http://www.zjupress.com）	
排　　版	浙江时代出版服务有限公司	
印　　刷	浙江印刷集团有限公司	
开　　本	880mm×1230mm　1/32	
印　　张	9	
字　　数	179千	
版印次	2014年12月第1版　2014年12月第1次印刷	
书　　号	ISBN 978-7-308-14033-1	
定　　价	36.00元